Von Königen und Propheten

-

Der Sturm zieht auf

Von Jeremia Schönberg

Bibliographische Information der Deutschen Nationalbibliothek.
Die Deutsche Nationalbibliothek verzeichnet diese Publikation
in der Deutschen Nationalbibliografie; detaillierte bibliografi-
sche Daten sind im Internet unter http://dnb.dnb.de abrufbar.

Cover Illustration von Izabela Witkiewicz

© 2020 Jeremia Schönberg

Herstellung und Verlag:

BoD – Books on Demand, Norderstedt

ISBN: 978-3-7504-9862-4

Prolog

Prolog

Es war ein Tag wie jeder andere, als der Tisch in der prächtigen Halle von Nam bebte. Rodrik schlug mit seiner mächtigen Faust auf den großen Eichenholztisch, so dass die kleinen Zinnarmeen umfielen, die darauf verteilt waren. Fast augenblicklich glättete sich die Miene des großen Mannes wieder und er fuhr sich durch sein schulterlanges Haar.

„Rodrik, mein König", sagte ein Mann, dem es aufgrund seiner Statur kaum zuzutrauen war, so unterwürfig zu sprechen. „Rodrik, mein König", wiederholte er, „ich werde das wieder gut…"

„Genug!", rief Rodrik. „Es war Eure Aufgabe, David, Eure Aufgabe, diese Männer in Euren Mauern festzuhalten und sie nie wieder das Tageslicht erblicken zu lassen!"

„Mein König", sagte David flehend.

„Nie wieder!" rief Rodrik, dem die Zornesröte ins Gesicht schoss. Die anderen drei Männer am Tisch wagten es nicht, ihren Blick vom Boden zu erheben.

„Rodrik", es war eine Frau, die sprach. Eine wunderschöne Frau mit kastanienbraunen Haaren, die sie zu zwei Zöpfen geflochten auf ihrem Dekolleté liegen hatte. „Lasst mich mit den Meinen die geflohenen Männer suchen, wir werden sie finden, Ihr habt mein Wort!", sagte sie energisch.

„Ewe" sagte der König, plötzlich mit einer viel wärmeren Stimme, welche ihm nach seinem Wutausbruch nicht zuzutrauen war.

„Wie wollt Ihr mit 18 Männern vier der gefährlichsten Männer des Landes finden, die sich wahrscheinlich schon in alle Himmelsrichtungen verteilt und ihre Anhänger bereits um sich geschart haben?" Ewes Augen verengten sich.

„Vertraut Ihr mir etwa nicht?", in ihrer Stimme lag unverkennbar eine Spur von Angriffslust. Nun blickten auch die drei Männer auf, welche stumm geblieben waren. Es war offensichtlich, dass sie beeindruckt waren, wie diese Frau mit ihrem König sprach. Doch in Rodriks Gesicht zeichnete sich ein Lächeln ab. Es war nur der Anflug eines Lächelns unter seinem Bart zu erkennen, dies war jedoch der Beweis dafür, dass auch er von Ewes Tatendrang beeindruckt war.

„Ich wollte Euch keinesfalls kränken Ewe, doch ich brauche Euch und Eure Speerträger hier. Bei mir." Diese Antwort schien Ewe zu besänftigen, wenn auch nicht ganz zufrieden zu stellen.

Einer der drei bisher stillen Männer ergriff das Wort. Er hatte ein langes Gesicht mit schwarzen Haaren, die seine Ohren nicht ganz bedeckten.

„Mein König", sagte er mit leiser, aber dennoch fester Stimme. „Wenn Ihr mir erlaubt?", mit einem Nicken bedeutete ihm Rodrik fortzufahren, „Da ich selbst eine, sagen wir, schwere Vergangenheit hatte...", nach diesen Worten hielt er kurz inne und blickte herausfordernd in die Runde. Ewe zischte und blickte demonstrativ in die entgegengesetzte Richtung. Seine Lippen kräuselten sich zu einem Lächeln als er fortfuhr: „...weiß ich, wie kräftezehrend ein solcher Ausbruch ist. Und da ihr Entkommen gerade mal ein," er blickte voller Verachtung David an „naja, sagen wir, zwei Nächte her ist, können sie nicht weit gekommen sein, mein König." Rodrik blickte konzentriert auf den Tisch in ihrer

Mitte, welcher das gesamte Land zeigte und einem Hufeisen glich, bevor er zu sprechen begann.

„Jede Sekunde, die wir hier vergeuden, können diese Männer sich weiter von der Gefängnisfestung entfernen, Lord Karus!", bei dem Wort „Lord" schnalzte Ewe laut mit der Zunge und wiederholte es im verachtenden Ton: „Lord."

„Es reicht Ewe!", donnerte Rodrik „Wenn ihr eure ewigen Streitereien nicht beiseitelegt, muss ich euch beide aus dem königlichen Rat entfernen lassen. Und damit meine ich für immer!", fuhr der König sie an.

„Aber mein König", sagte Karus mit aufgesetzter Unschuldsmiene „Vergesst nicht, von wem diese Streitigkeiten ausgehen." Rodrik fuhr sich mit beiden Händen übers Gesicht und wandte sich an die beiden Männer, die bislang an der Konversation noch unbeteiligt gewesen waren.

„Lord Ace, schickt Eure Meisen los und lasst das ganze Land absuchen. Ich will meine Augen in jedem Wald, jedem Gebirge und jedem noch so kleinen Dorf haben!" Der alte Mann nickte, erhob sich vom Tisch, blickte in die Runde, verbeugte sich und schritt wortlos aus der Halle.

„Lord Blum, ich will jeden Grenzposten, jede Mauer, jeden Turm Tag und Nacht bewacht haben. Verstärkt die Armeen, meinetwegen bezahlt Söldner, findet einen Weg, diesen Wahnsinn zu stoppen, bevor wir ihn nicht mehr aufhalten können."

„So sei es, mein König", sagt Lord Blum mit tiefer ruhiger Stimme. Und so stand auch er auf, verbeugte sich vor dem Rest und verließ die Halle.

Nun waren sie nur noch zu viert im Thronsaal. Rodrik richtete das Wort erneut an Ewe: „Bringt David hier", er deutete auf den Meister der Gefängnisfestung, „in ein freies Gemach." David blickte erschöpft aber voller Dankbarkeit den König an. Doch Rodrik fuhr fort: „Und stellt zwei Eurer fähigsten Speerkämpfer vor seine Tür." Nicht zu seinem Schutz, das stand fest!

„Aber mein König", begann David, doch Rodrik gebot ihm mit einem Kopfschütteln, zu schweigen.

„Wir werden Euch hierbehalten, bis diese Sache bereinigt ist. Ihr könnt froh sein, dass Ihr nicht im Kerker Eure Zeit absitzen müsst!". Ewe zog den muskulösen Mann am Arm hoch, den sie um Haupteslänge überragte.

„Bewegt Euch!" fuhr sie ihn an. An der Tür blickte sie über die Schulter zurück zu Rodrik und senkte kurz ihren Kopf als Zeichen des Respekts, würdigte Lord Karus allerdings keines Blickes. Mit dem Gefangenen verließ sie die Halle.

Jetzt waren Rodrik und Lord Karus allein in der riesigen Halle und Rodrik sagte müde: „Musol, ich kann nicht immer meine Energie dafür verschwenden, mir eure Differenzen anzuhören. Ich bitte dich, provoziere Ewe doch nicht immer." Rodrik wirkte viel menschlicher als er dies sagte. Musol antwortete nicht und grinste ihn nur schelmisch an. „Mir ist es ernst", sagte der König nachdrücklich.

„Rodrik mein Freund habe ich Euch je enttäuscht?" fragte Musol plötzlich sehr ernst. „Du hast über fünfzehn Winter im Kerker meines Vaters gesessen…".

„Das war ja wohl kaum mein Fehler?" unterbrach Musol ihm mit kalter Stimme.

„Ja, ich weiß, ich weiß" erwiderte Rodrik mit hängendem Kopf, so dass man sich hätte fragen können, wer von den beiden Männer denn nun der König von Anasta war. „Ich werde alt Musol, wir werden alt. Meine Knochen werden müde." Musol setze wieder sein übliches Grinsen auf, die Männer umarmten sich.

„Ach Rodrik, mein lieber Rodrik. Lasst uns nicht davon sprechen. Macht eine Pause. Geht zu Bett, Corvo wird nicht gleich morgen mit seinen Schergen in Eure Gemächer einfallen." Rodrik lachte: „Danke, mein Freund, das werde ich tun." Musol verneigte sich theatralisch und ließ den schmunzelnden Rodrik zurück in der menschenleeren Halle.

Rodrik schmunzelte noch, als Musol die große Tür hinter sich zugezogen hatte. Er verließ die Halle und schritt in den königlichen Garten, in welchem er sich auf die nächstgelegene Bank fallen ließ und in den Himmel blickte, wo die ersten Sterne zu sehen waren.

Rodrik war klar, dass dieser Tag seine ganze Herrschaft gefährden konnte. Dieser Tag würde als Tag des Ausbruchs in die Bücher der Gelehrten eingehen. Der König schloss die Augen und schlief augenblicklich ein.

Kapitel 1 – Der Traum des Propheten

Es war eine regnerische Nacht, als drei Männer, die Kapuzen tief ins Gesicht gezogen, über einen kleinen Feldweg spurteten. Sie versuchten, den Wald zu erreichen, um sich vor dem strömenden Regen zu schützen. Als sie das dichte Blätterdach erreichten, strich sich einer der Männer die Kapuze mit einem Lächeln vom Kopf. Er hatte rückenlanges, blondes Haar und war schlank gebaut. Während er seinen großen Beutel auf den trocken gebliebenen Boden stellte, sagte er mit weicher Stimme: „Lasst uns ein Feuer anzünden, Freunde. Dann können wir hier übernachten und unter dem Blätterdach schlafen.". Er blickte verträumt in den wolkenbedeckten Himmel, während es langsam aufhörte zu regnen.

Der offensichtlich stärkste Mann der Gruppe zog ebenfalls seine Kapuze vom Kopf, schüttelte sein schulterlanges, wildes braunes Haar aus dem Gesicht und machte sich daran, Holz für ein Feuer zu suchen, während der Dritte die Kapuze auf seinem Kopf ruhen ließ und einen großen Laib Brot aus seinem Beutel nahm.

Wenige Augenblicke später prasselte ein warmes Feuer vor den drei Männern und erleuchtete ihre Gesichter. So sahen die Narben im Gesicht des Starken noch furchteinflößender aus.

„Wie wäre es mit etwas Musik, Freunde?", fragte der junge blonde Mann. Die Reaktion des Mannes mit der Kapuze war unergründlich, da sein Gesicht noch fast gänzlich bedeckt war. Doch der von Narben gezeichnete Mann streckte alle Glieder von sich und sagt mit rauer, wenn auch friedlicher Stimme, „Oh sehr gern Baldin. Ich schlaf dann einfach besser ein." Und so griff Baldin zu seiner Laute und fing an zu singen.

„Anasta, Anasta oh Lande mein! Vor vielen Jahren zogen sie ein! Die mächtigen Männer, einst unbedeutende Leut', heut regieren sie ihr Land mit Stolz. Ein König durchs Blut, ein König durchs Schwert, wer bin ich zu entscheiden wem die Ehre gebührt." Brüsk unterbrach ihn der mit der Kapuze. „Baldin, sei still!"

„Oh missfällt dir das Lied? Ich kann auch dein Lied singen", sagte er hastig.

„Das ist es nicht", entgegnete der Andere, „Männer kommen auf uns zugeflogen, nein geritten!" Baldin blickte angsterfüllt umher und zog seine Beine näher an die Brust. Doch der Ritter schien wieder hellwach, sprang auf und ergriff seine Armbrust, welche er zuvor neben sich gelegt hatte. Sie verharrten einige Zeit in Stille, bevor der geheimnisvolle Mann sagte, „Pau, versteck dich! Bleib aber in der Nähe und spann deine Armbrust! Warte auf mein Zeichen!" Der Krieger gehorchte augenblicklich und verschwand auf leisen Sohlen im dunklen Wald.

Kaum war er im Dickicht nicht mehr zu sehen, hörte der mysteriöse Mann nun deutlich Pferde näherkommen. Es mussten vier, nein, fünf Tiere sein, dachte er, und einige Herzschläge später sah er seine Vermutung bestätigt. Fünf schneeweiße Pferde kamen direkt vor dem prasselnden Feuer zum Stehen und die darauf sitzenden Männer stiegen ab. Sie trugen keine Helme, doch offensichtlich schweren Kampfschutz, welcher allerdings nicht den Eindruck einer einheitlichen Rüstung erweckte. Vielmehr waren dem einen seine Armschienen viel zu groß und einem anderen der Brustpanzer aufgrund seines dicken Bauches zu klein. Das konnten keine Krieger sein, dachte der kapuzenverhüllte Mann, es waren Banditen und darüber hinaus schienen sie nicht die Intelligentesten zu sein. Der größte der Gruppe trat einen

Schritt näher an das munter prasselnde Feuer und grinste, wobei sich seine schiefen, gelben Zähne offenbarten.

„Was haben wir den hier?" Als er dies mit rauer Stimme sagte, war unverkennbar der Geruch von Wein zu erkennen. „Einen Barden und einen Spinner!", fuhr er mit einem grunzenden Lachen fort. Bei diesen Worten blickte der Mann mit der Kapuze auf. Seine Augen waren von unterschiedlicher Farbe, eins feuerrot, eins ozeanblau.

„Ich habe dein Herz gesehen", sagte er leise und ohne seinen Blick von dem Banditen abzuwenden. „Getrieben von Gier. Stimuliert vom Wein. Getötet durch den Bolzen." Bei den letzten Worten verging dem dümmlich aussehenden Mann das Lachen, er zog einen scharfen Dolch während er sprach „Wollt Ihr mir drohen? Ich habe Geschichten von Euch gehört. Prophet nennt man Euch. Wollen wir mal sehen, was schärfer ist - Euer Wort oder meine Klinge! Wir sind bewaffnet ihr nicht. Wir sind fünf ihr seid…"

„Tot!", unterbrach ihn der Prophet. Bei diesem Wort bohrte sich ein Bolzen durch den Hinterkopf des großen Mannes. Seine Augen weiteten sich, als er Blut spuckte und auf die Knie fiel. Sein Mund formte stumm das Wort „Prophet", kurz bevor er leblos zur Seite kippte. Bei diesem Anblick ergriffen die anderen Männer panisch die Flucht.

„Er ist ein Zauberer!", rief ein glatzköpfiger Mann, der voller Panik sein Pferd bestieg. „Die Geschichten stimmen!", rief ein anderer, welcher erst gar nicht versuchte sein Pferd zu besteigen, aus Angst, ihn könnte der nächste Bolzen aus dem Nichts treffen. Die Männer verschwanden so plötzlich wie sie gekommen waren, samt der panischen Pferde. Pau kam mit gerunzelter Stirn und missmutigem Blick zurück zu den anderen, wobei er seine Armbrust geschultert hatte.

„Das war jetzt die dritte Gruppe von Banditen in den letzten vierzehn Nächten", sagte er zornig. „Es werden immer mehr."

„Ich glaube, ich werde mich in Sturzwasser niederlassen", sagte Baldin nachdenklich und strich sich das Haar aus dem Gesicht. „Hinter den Mauern ist es wenigstens sicher, oder?", sagt er mehr zu sich selbst als zu den anderen beiden.

„Es ist nirgends mehr sicher", antwortete der Prophet finster. Nach Baldins Worten dachte er selber darüber nach, welchen Schritt er als nächstes gehen sollte. Er wollte ursprünglich nach Nam um König Rodrik von seiner Prophezeiung, nein, seiner Vision zu erzählen. Das Land musste gewarnt werden, sonst wären die Banditen bald das geringste Problem. Gedankenverloren strich er sich über den Mund und wurde erst durch Pau zurück ins Diesseits gerufen: „Prophet? Prophet? - Prophet?!". Erst beim dritten Rufen blinzelte er, als wäre er aus einem Traum gerissen worden. „Lasst uns weiterziehen. Ich will nicht mit einem Dolch in der Brust aufwachen", meinte der Krieger mürrisch. „Oder noch schlimmer, Euch ohne Kopf sehen", fügte er, an den Propheten gerichtet, hinzu.

„Ich weiß deine Fürsorge zu schätzen", antwortete der Prophet und das meinte er auch so. „Doch werden wir nicht die ganze Nacht durchlaufen müssen, um in die nächste Stadt zu kommen?", fragte er und blickte in den Nachthimmel. Immerhin würden sie nicht mehr nass werden. „Ja, das müssten wir wohl", grummelte Pau. „Jedoch würden wir dann im Morgengrauen in Sturzwasser ankommen", fügte er an Baldin gewandt hinzu, welcher bei der Aussicht, die ganze Nacht hindurch laufen zu müssen, nicht sonderlich glücklich aussah.

„Dann lasst und keine Zeit verschwenden!", sagte der Prophet, indem er seine Tasche schulterte und Pau das Feuer löschte.

Und so traten sie den langen Fußmarsch an, während der Wind unheilverkündend durch die Blätter wehte. Der Prophet war sehr froh darüber, Pau bei sich zu haben, er war nämlich nicht nur ein ausgezeichneter Kämpfer, sondern kannte sich auch wie kein zweiter in den Wäldern der östlichen Region Anastas aus. Nachts sah alles gleich aus und war doch so verschieden, dachte er, während er in Gedanken vertieft seine Pfeife aus der Tasche zog und sie mit seinem Lieblingstabak stopfte. Schweigend liefen die drei Männer weiter, bis sie endlich den Rand des Waldes erreichten.

Ein atemberaubender Anblick bot sich ihnen. Zu ihrer Linken sahen sie die gewaltige Bergkette mit den drei Türmen der Gefängnisfestung darauf, welche dunkel und kalt in den Himmel ragten, obwohl gerade die ersten Sonnenstrahlen den Berg berührten. Zu ihrer Rechten ragte majestätisch der zweitgrößte Berg Anastas in den klaren Himmel auf. Kronenberg nannten die Menschen ihn, aufgrund seiner vielen spitzen Bergkuppen.

Und da lag, vor ihnen im Tal, der verschlafene Ort Sturzwasser. Mit seinen zwei Feldern vor dem Palisadenzaun des Dorfes und dem hohen Kirchturm, welcher die Häuser und den Zaun überragte.

„Ah", seufzte Baldin zufrieden und atmete ein paarmal tief ein „Man kann sagen, was man will", fuhr er fort, „aber Sturzwasser ist der schönste Ort ganz Anastas!"

„Die einen sagen so, die anderen so", entgegnete Pau altklug und leicht belustigt. Doch auch er schien sich wohlzufühlen in dieser Umgebung. Fröhlich summend ging Baldin voraus, die letzten paar tausend Schritte schienen nun viel einfacher und leichter zu sein als die Vorherigen, jetzt, wo sie ihr Ziel vor Augen hatten. Auch der Prophet war froh, endlich Sturzwasser erreicht zu haben. An kaum einem Ort in Anasta fühlte er sich so heimisch wie hier. Oft hatte er auf seinen Reisen einen Zwischenhalt hier eingelegt, um etwas zur Ruhe zu kommen.

Später als Pau vorhergesagt hatte, erreichten sie Sturzwasser. Die Sonne ließ das Ostportal der Dorfkirche in warmem Glanz erstrahlen, und die ersten Karren mit den verschiedensten Gütern wurden bereits über die schlammige Hauptstraße gezogen. Doch anders als in den anderen Dörfern oder Städten, die der Prophet gesehen hatte, sahen die Menschen hier immer zufrieden, ja sogar glücklich bei der Arbeit aus. Freudig winkten sie einander zu und riefen Sätze wie „Guten Morgen!", oder „Ein jeder Morgen ist ein guter, solange die Sonne noch nicht erloschen ist." Manch einer klagte über seinen schmerzenden Rücken erwähnte jedoch im selben Atemzug, wie glücklich er über seine gesunden Beine sei. Doch berühmt war Sturzwasser im östlichen Teil Anastas aufgrund seiner schier endlosen Gastfreundlichkeit. Diese wurde auch den drei Männern zuteil, welche die Nacht nicht geschlafen hatten.

„Ihr seht ja furchtbar aus!", sagte ein großer Mann wie aus heiterem Himmel, und nahm seine Pfeife aus dem Mund. Verdutzt drehten die drei Männer sich um, um zu sehen, wer gesprochen hatte. „Nein!", stieß Baldin freudig erregt aus. „Bruder Lot!", rief er und hüpfte dem großen, kahlköpfigen Mann in die Arme. „Bruder?", dachte der Prophet, denn das äußere Erscheinungsbild dieser beiden Männer hätte unterschiedlicher nicht sein können. Der Prophet kannte Lot, den Besitzer der hiesigen Taverne gut, da er immer ein freies Zimmer für ihn bereithielt. Pau sprach aus, was er dachte. Verdutzt fragte er: „Bruder?".

„Jaha!", entgegnete Lot mit einem Grinsen. „Gleiche Mutter, aber verschiedene Väter", fuhr er fort, als ob er unglaublich stolz darauf wäre. „Das erklärte die Sache", dachte der Prophet.

„Kommt rein! Kommt rein!", Lot schüttelte dem Propheten erfreut die Hand und schob die Gäste in sein kleines Wirtshaus, vor dem sie standen. Eine Mischung aus Tabakrauch und einem undefinierbaren Geruch, der wohl von dem Getränk ausging, welches die Gäste vor sich stehen hatten, stieg ihnen in die Nase.

„Habt ihr Hunger? Ihr seht ja völlig abgemagert aus. Na sicher habt ihr Hunger! Caro!", rief der kugelrunde Mann über die Schulter und eine kleine Frau mit roten Wangen kam herbeigeeilt.

„Schwägerin!", begrüßte Baldin sie mit einem Kuss auf die Wange. Sie umarmte ihn kräftig und es sah so aus, als würden die Rippen des dünnen Mannes gleich brechen. Sie ließ von ihm ab und fragte mit strahlendem Gesicht: „Ihr Lieben, wollt ihr etwas Möhreneintopf? Gerade frisch gemacht!"

„Und er ist köstlich", unterstütze Lot seine Frau.

Pau und Baldin tauschten Blicke, woraufhin sie wie aus einem Munde „Sehr gerne" sagten.

„Warum denn nicht", stimmte der Prophet freundlich nickend zu und so setzten die vier Männer sich an einen freien Tisch, während Caro das Essen holte. Eine gewaltige Last schien von ihnen abzufallen, sobald sie sich in der gemütlichen Gaststätte niedergelassen hatten.

„Baldin, du hast nie erzählt, dass Lot dein Bruder ist", eröffnete der Prophet das Gespräch.

„Wieso sollte ich auch?", erwiderte er verwirrt lächelnd. „Ich wusste ja nicht, dass Ihr Lot kennt."

„Ich bitte dich", fuhr der Prophet ihn scherzhaft an, „Lot ist eine Berühmtheit hier." Bei diesen Worten lachte Lot schallend und schlug dem Propheten auf den Rücken.

„Seit wann reist ihr drei den zusammen umher?", fragte Lot interessiert. „Es ist schon bestimmt einen Winter her, dass du hier warst, nicht wahr?", fügte er zum Propheten gewandt hinzu.

„Ich befürchte sogar, schon zwei Winter mittlerweile", gab der Prophet traurig nickend zurück, während Caro mit einem Tablett, auf welchem vier Schalen dampfenden Eintopfs standen, zurück zum Tisch kam.

„So, einen guten Hunger, Männer", sagte sie, während sie die Schalen nacheinander vor ihnen abstellte. Sie bedankten sich bei ihr und beugten sich hungrig über ihre Teller.

„Geht natürlich aufs Haus", ergänzte Lot freudestrahlend und pustete ungestüm den Eintopf von seinem Löffel herunter.

„Isst du nicht mit?", fragte Pau Caro, welche im Gehen begriffen war.

„Doch, doch, ich hol mir nur schnell auch eine Schale", flötete sie und verschwand wieder in der Küche.

„Zurück zu deiner Frage", wandte sich Pau, der sein Essen nicht anrührte, nun an Lot. „Wir reisen seit", er legte die Stirn in Falten und dachte angestrengt nach, „seit ungefähr vorletztem Sommer zusammen", endete er und blickte den Propheten fragend an. Dieser nickte, den Mund voll heißen Eintopfs. Er atmete heiße Luft aus und fühlte sich, als würde seine Kehle brennen.

„Ich war zu gierig", hustete der Prophet und lief leicht rot an. Erneut ließ Lot sein schallendes Lachen hören und schlug ihm einige Male kräftig auf den Rücken, was die Sache jedoch nicht besser machte.

„Aber du hast recht, Pau. Wir sind jetzt schon den zweiten Herbst unterwegs. Aber der nächste Winter lässt ja nicht mehr lange auf sich warten", fügte er, sich sein Gesicht reibend, hinzu.

„Und woher kennt ihr euch?", fragte Lot interessiert, dessen Suppenschale schon leer war. Ihm schien die Hitze wohl nichts auszumachen, dachte der Prophet, der sich ein Stück von einem Brot abbrach, um seiner Zunge etwas Ruhe zu geben.

„Kennen tun wir uns schon seit Kindertagen", erklärte Pau ihm. „Wir wurden in benachbarten Dörfern groß", ergänzte er und nun, da Caro auch mit einer Schale am Tisch saß, begann auch er zu essen.

„Wie, und dann habt ihr euch zufällig nach ein paar Wintern wiedergetroffen und reist jetzt zu dritt durchs Land, oder was?", fragte Lot verwirrt lachend.

„Ich traf Pau tatsächlich zufällig mit seiner schwerkranken Mutter nahe Westflut", begann der Prophet, doch eher er weiter- reden konnte, ergriff Pau das Wort.

„Hat sie geheilt", erklärte er den gespannt Zuhörenden. „Hat sie wieder vollständig gesund gemacht." Bei dieser Erinne- rung trat unwillkürlich ein Lächeln in Paus Gesicht und der Pro- phet nickte ihm, ebenfalls lächelnd, zu.

„Nee", stieß Lot ungläubig aus. „Also, die Leute hier sagen immer wieder, dass du solche Taten vollbringst, aber ich konnte das nie glauben", ergänzte er und wurde mit jedem Wort klein- lauter. „Wie hast du das gemacht?", fragte Lot den Propheten, woraufhin dieser leicht schmunzelte. Immer wieder fragten die Leute ihn dies und nie wusste er recht, wie er darauf antworten sollte.

„Nun ja, wir haben sie an einen ruhigen Ort mit frischer Luft gebracht, ihr etwas Quellwasser gegeben, ich habe mich neben sie gekniet, ihr meine Hand aufgelegt und zu den Göttern gebetet. Und die Götter haben meine Bitte erhört und sie geheilt", erklärte der Prophet verlegen. Er mochte es nicht, dass die Leute dachten, er würde diese Menschen heilen, es waren in seinen Augen immer die Götter, welche lediglich seine Bitten erhörten und diesen Taten folgen ließen.

„Das ist'n Ding!", sagte Lot beeindruckt, auch Caro nickte eifrig.

„Nun ja, und Baldin haben wir dann in Westflut getroffen", ergriff Pau wieder das Wort, um die peinlich aufkommende Stille zu durchbrechen. „Hatte sich ein bisschen Ärger eingehandelt", fuhr Pau glucksend fort.

„Wie?", fragte Lot verblüfft, „Mein Baldin? Der, der keiner Fliege was zu Leide tun könnte?"

„Genau der", sagte der Prophet, bei der Erinnerung lachend.

„Pau und ich saßen gerade in Tats Taverne, da sahen wir, wie ein junger Mann auf einem Tisch stand und ein Lied über die Schönheit einer Frau sang, die einen Tisch weiter saß", führte der Prophet aus und bemühte sich, sein Lachen zu unterdrücken.

„Ja und dann?", fragte Caro wissbegierig.

„Hat sich rausgestellt, dass diese Frau 'n Kerl war", prustete Pau.

„Das war nicht witzig", rief Baldin laut über das Gelächter der vier am Tisch hinweg, doch auch er konnte ein Grinsen nicht verbergen. Nachdem Pau sich eine Lachträne aus dem Auge gewischt hatte, erzählte er weiter.

„Nun ja, der Besungene fand das auch nicht so witzig. Wollte Baldin ordentlich verdreschen. Wir fanden das Ganze damals schon sehr lustig und konnten nicht zusehen, wie ein Barde für so einen Fehler seine Zähne verlieren sollte. Hab den Kerl dann umgehauen. Und ja, seitdem reisen wir zu dritt", endete der große, zottelhaarige Pau.

„Doch nun genug von uns", meinte der Prophet, welcher sich wieder an seine Suppe wagte.

„Wie läuft das Geschäft bei dir, Lot?", erkundigte er sich. Lot schnalzte mit der Zunge und rieb sich verlegen über seinen kahlen Schädel.

„Die Gegend wird unruhiger. Gerade in den Wäldern treiben sich allerlei Banditen rum", er schüttelte den Kopf. „Aber hier in Sturzwasser geht es uns trotzdem nicht schlecht. Die Räuber haben wohl noch den letzten Rest Anstand, die größeren Dörfer in Ruhe zu lassen. Doch die Soldaten aus der Festung Streitwall, nordöstlich von hier, sollten sich längst um das Problem gekümmert haben." Jetzt klang er ärgerlich, dachte der Prophet, welcher an ihre Begegnung mit den Wegelagerern am Abend zuvor erinnert wurde.

„Der alte Rat der Dörfer hat schon vor Nächten ein Schreiben aufgesetzt und um Unterstützung der Soldaten aus Streitwall gebeten." Seine Miene blieb unentwegt finster. „Die meinten, sie würden die Wälder durchkämmen, könnten sich jedoch nicht vorstellen, dass direkt vor ihrer Nase Räuber ihr Unwesen treiben."

Caro griff nach Lots Hand, um ihn zu besänftigen. „Schon gut, Lot", sagte sie und streichelte seinen Handrücken. Stille legte sich über sie, die keiner zerstören wollte, bis der Prophet letztendlich doch das Wort ergriff.

„Lot, wir sind die Nacht durchgelaufen. Sag, könnten wir ein Zimmer bekommen, um uns etwas auszuruhen?", fragte er und musste ein Gähnen unterdrücken.

„Ach, ja klar", donnerte Lot und sprang auf. „Oder erst noch ein Bierchen?", fragte er und breitete seine Arme in einer einladenden Geste aus. Lächelnd schüttelte der Prophet den Kopf.

„Für mich nicht, vielen Dank." Als er Paus fragendem Blick begegnete ergänzte er rasch: „Aber ihr könnt natürlich noch bleiben. Ich würde nur gerne noch einen Brief verfassen und mich dann für einen Moment schlafen legen."

„Ja gut, dann trinken wir noch einen, ehe wir uns auch ausruhen, oder?", fragte Pau in Baldins Richtung, der zustimmend nickte.

„Wunderbar", tönte Lots laute Stimme wieder durch seine Taverne.

Der kleine Geldbeute, den der Prophet nun aus der Tasche zog, wirkte sehr leicht.

„Wie viel bekommst du von uns, Lot?", fragte er.

„Ach hör auf!", rief Lot entrüstet, während er zu dem Tresen ging, um die Biere zu holen. „Ihr zahlt doch nichts", sagte er strahlend und prostete ihnen zu.

„Wir haben oben 'n paar Zimmer frei. Caro, wärst du so lieb?"

„Aber natürlich". Mit einem Nicken bedeutete Caro ihm, ihr zu folgen. Und so stiegen sie die hölzerne Treppe neben dem Tresen hinauf zu den Schlafzimmern. Sie gingen an zwei verschlossenen Türen vorbei bis zum Ende des Ganges, wo eine schwarze Tür nur angelehnt war. Caro stupste die Tür auf und es offenbarte sich ein kleines, aber dennoch gemütliches Zimmer, in welchem lediglich ein Bett, eine Truhe an dessen Fußende und ein kleiner Tisch mit einem Stuhl davorstanden, sowie ein Nachttopf unter dem Bett.

„So mein lieber", sagte Caro herzlich „hier kannst du dich ausruhen. Wenn du 'was brauchst, scheu dich nicht, zu fragen."

Aufgrund der Tatsache, dass diese kleine untersetzte Frau so herzlich zu ihm war lächelte er zurück und bedankte sich mit einer angedeuteten Verbeugung. Ehe sie die Tür hinter sich schloss, hörte er noch Lots lautes Lachen von unten. Erschöpft legte er seinen Umhang ab und fuhr sich durch sein kurzes blondes Haar. Augenblicklich waren seine Gedanken wieder bei seiner Reise und deren Ziel. Was wäre, wenn Rodrik ihn nicht anhören würde? Oder, noch schlimmer, ihn der Freiheit berauben und als Volksverhetzer darstellen würde? Er zog sich Hemd und Hose aus und legte sich in das weiche Bett. Den Brief, den er noch hatte schreiben wollen, hatte er schon vergessen. Es fühlte sich an, als liege er auf Wolken. Wie lange war es wohl her, dass er richtig hatte schlafen können? Sieben Nächte? Zehn Nächte? Er hatte aufgehört zu zählen. Ihm fielen die Augen zu als er von unten Lots mächtige Stimme wieder brüllend lachen hörte: „Und dann, als Baldin gerade zehn Winter alt war…". Doch was Baldin getan hatte, als er zehn Winter alt war, würde er nicht erfahren, denn in diesem Moment schlief er unruhig ein.

Er rannte! Er rannte durch schier endlose Gewölbegänge. Gänge ohne eine Lichtquelle und dennoch ging ein unheimlicher Schein von den Wänden aus. Und da, am Ende eines jeden Ganges blendend helles Licht, doch wenn er dies erreichte befand er sich in einem neuen noch dunkleren Gang. Er blickte hinter sich und sah Ratten, hunderte, tausende Ratten, die ihn unaufhörlich verfolgten, sie brachten den Tod. Den schwarzen, endgültigen Tod. Völlig außer Atem bog er zum ungezählten Mal nach rechts in einen neuen Gang und dann...

Er fiel, aber nicht in eine Grube, sondern auf die Spitze eines Berges. Das Herz sank ihm so tief und es fühlte sich an, als ob ihm der Magen hochkäme. Die kalte Luft, die umherpeitschte, trieb ihm die Tränen in die Augen, ließ seine Lippe aufplatzen und schnitt ihm die Haut auf. Die Landung würde sein Tod sein, so viel stand fest. Er kam der Bergspitze immer näher, noch dreißig Fuß, zwanzig Fuß und dann...

Der Aufprall! Doch wie eine Katze landete er auf seinen Füßen! Er war unversehrt, bis auf die Schnitte in seinem ansonsten makellosen Gesicht. Seine Beine waren nicht gebrochen, seine Rippen nicht zerborsten. Er blickte verstört umher, wie war dies möglich? Er stand offensichtlich auf der Spitze der Gefängnisfestung. Von diesem Punkt sah er Nam und Sturzwasser, wie sie friedlich da lagen.

Doch dann, wie aus dem Nichts, explodierten die Berge um die Städte herum, und es floss grüne, smaragdfarbene Lava über die Städte, die sie augenblicklich verschlang und er schrie. Er wollte so laut schreien wie er konnte. Doch es war ein stummer Schrei, kein Laut verließ seine aufgeplatzten Lippen. Er kniete sich zu Boden und vergrub sein Gesicht in den Händen, um dieses schreckliche Szenario nicht mit ansehen zu müssen. Tränen schossen ihm in die Augen. Er bekam keine Luft mehr! Er würde ersticken, er rang nach Luft, doch seine Atemwege füllten sich plötzlich in Sekundenschnelle mit Wasser. Er ruderte im schier endlosen, großen Meer der Götter wild mit den Armen, um an die Wasseroberfläche zu gelangen. Er würde es nicht schaffen. Seine Arme wurden mit jedem Schlag schwerer. Er verlor Stück für Stück das Bewusstsein. Gerade als er aufgeben wollte, wurde er an Land gezogen. Mit schwindender Kraft blickte er seinem Retter in die Augen. Und bei dessen Anblick wünschte er sich, er wäre lieber ertrunken. Ein Mann mit den weißen Augen eines Blinden lachte ihm zahnlos ins Gesicht und zog ein gefährlich scharf aussehendes Messer hervor, zweifellos würde er ihn umbringen oder ihn foltern. Doch der Mann, unentwegt wie wahnsinnig lachend, stach sich selbst mitten ins Herz. Schwarzes, warmes Blut schoss aus seinem Körper über den des Propheten. Auf dem Rücken liegend kroch er weg, einfach weg von diesem leblosen Körper. Er traute seinen Augen nicht, doch der Mann, der sich vor seinen Augen das Leben genommen hatte, stand auf und blickte ihm mit seinen leblosen Augen tief in sein eigenes rotes. Und sagte mit einer unheimlichen Stimme, die kein Mensch besitzen konnte: „Genießt das Tageslicht, bis die Nacht anbricht." Und alles um ihn herum verschwand. Der Mann, das Meer, die Berge aus flüssiger Lava.

Schweißgebadet, mit Schnittwunden im Gesicht und voller Tränen saß er da in seinem Bett in Sturzwasser, der Prophet.

Kapitel 2 – Das Gespräch

„Und so erschuf Ta alles, was die Sonne berührte und unter ihr lebte. Und Ag alles, was der Mond beschien und unter ihm war. Gemeinsam einigten sich die Götter, einen Sonnenumlauf und einen Mondumlauf Tag zu nennen. Um die Menschen unten auf der Welt ihre Schöpfer nicht vergessen zu lassen." Mit diesen Worten schloss Ewe das große, reich verzierte Buch und strich ihrem kleinen Sohn durch das ohnehin schon verstrubbelte kurze, schwarze Haar. Edward kicherte, während er sich in seinem Bett unter der Hand seiner Mutter wand. Sie wollte ihrem Sohn stets alles beibringen, auch wenn sie den Götterglauben als erwachsene Frau ablehnte. Doch sie wusste noch, dass ihr als Kind die Vorstellung eines übergeordneten Wesens Kraft gegeben hatte, als sie ohne ihre leiblichen Eltern aufwachsen musste. Dieses Gefühl von Hoffnung wollte sie ihrem Sohn nicht vorenthalten, gleichwohl sie in ihrem Leben schon so viel Leid gesehen hatte, dass dies kein Gott würde verantworten können.

„Ist Papa bei Ta, Mama?"

„Nein Ed, mein Schatz", sagte Ewe und lächelte ihren Sohn unverwandt an. „Er ist hier in Anasta." Sie wollte nicht, dass ihr Sohn seinen Vater kennen lernte. Sie wusste, was am besten für Ed war. Und wenn er alt genug war, würde er seinen Vater suchen können. Doch vorher, so hatten sie vereinbart, sollte er nicht in Edwards Leben auftreten.

„Ach Mama", sagte der sechs Winter alte Junge verständnisvoll. „Ich glaube, Papa hat uns noch lieb." Mit diesen Worten umschlang er mit seinen kleinen Armen liebevoll ihren Bauch.

„Dich auf jeden Fall", dachte Ewe, sprach es jedoch nicht aus und gab ihrem Sohn einen Kuss auf die Stirn.

„Schlaf jetzt, mein Krieger", sagte die große, schöne Frau und erhob sich von seinem Bett.

„Und was ist, wenn ich wieder von Ungeheuern träume, Mama? Bist du dann da?"

Ewe blieb im Türrahmen stehen und drehte sich mit einem aufmunternden Lächeln um.

„Dann nimmst du dein Schwert und schlägst sie in die Flucht, wie Ta damals das Zoark besiegt hat." Sie deutete auf ein Holzschwert, welches neben Edwards Kinderbett auf dem Nachttisch lag.

„Bist du da, wenn ich aufwache, Mama?", fragte Edward, der immer noch besorgt aussah, bei der Aussicht, von seiner Mutter allein gelassen zu werden.

„Versprochen! Speerträger-Ehrenwort!", sagte Ewe mit einem Augenzwinkern. Sie pustete ihrem Sohn einen Gute-Nacht-Kuss zu und verließ schweren Herzens das Zimmer ihres Sohnes. Sie hasste es, wenn sie die Nacht nicht bei ihm verbringen konnte. Aber es ging nicht anders, sie musste diese Nacht den Palast des Königs bewachen, eine Aufgabe, die sie sehr ernst nahm und welcher selbst die Anführerin der berühmten Speerkämpfer Nam's sich nicht entledigen konnte. Ewe schritt zur Kochstelle, an der eine Frau mit weißer Robe saß, die ein Buch in den Händen hielt.

„Ah, du lernst wieder, Carla?", fragte Ewe freudig überrascht.

„Ja, Herrin. Es fällt mir immer leichter, die Buchstaben zu verstehen. Nur ganze Sätze sind sehr schwer." Sie schaute betreten zu Boden.

„Carla", antwortete Ewe liebevoll, aber bestimmt. „Du musst mich nicht Herrin nennen, zum hundertsten Mal. Und außerdem solltest du stolz darauf sein, dass du überhaupt das Lesen lernst!" Carla errötete bei diesen Worten.

„Danke, Herrin Ewe", flüsterte sie leise in Richtung des Bodens.

„Ich habe noch eine Bitte, Carla", fuhr Ewe fort und tat so, als ob sie Carlas letzte Worte nicht gehört hätte. „Kannst du in der Nacht gelegentlich nach Ed schauen?", fragte sie besorgt „Er träumt so schlecht und kann dann nicht mehr einschlafen aus Angst..."

„Ja natürlich, Ewe." Es war zu erkennen, dass es ihr nicht leichtfiel, nicht „Herrin" zu sagen.

„Ich kann Edward leider noch nicht vorlesen, aber ich singe gerne für ihn", fügte Carla bescheiden lächelnd hinzu.

Mit einem Nicken zeigte Ewe ihre Dankbarkeit und verabschiedete sich von Carla.

„Ich hoffe, Ihr habt eine ruhige Nacht, Herrin Ewe", rief Carla ihr noch hinterher.

„Das hoffe ich auch, Carla. Das hoffe ich auch." Mit diesen Worten zog sie die Tür hinter sich zu und ging hinaus in die Nacht.

Die Straße zwischen dem Hafen und ihrem Haus war beinahe menschenleer. Zwei Männer, die offensichtlich zu viel Wein oder Bier getrunken hatten, torkelten in Richtung des Stadtinneren. Wahrscheinlich nach Hause zu ihren Frauen, welche sich wieder von ihnen würden schlagen lassen, dachte Ewe voller Abscheu, mit dem Gedanken spielend, diese beiden Männer aufzumischen. Doch es war schon spät, der Mond berührte beinahe die Spitzen der großen Häuser und sie musste sich sputen, um am

Palast anzukommen, bevor der Mond gänzlich über Nam stand. So lief sie schnellen Schrittes durch den Hafenbezirk, vorbei an Dol's Bootsladen und die großen Steinstufen hoch in den Lebensbezirk. Etliche Familien, etliche Seelen fanden hier ihr Zuhause. Riesige Häuser, fast zwanzig Mann hoch, türmten sich auf. In so einem Haus wollte sie nicht enden, Herz an Herz mit Fremden, vielleicht kriminellen, dachte Ewe als sie zwischen diesen Kolossen von Häusern hindurch spurtete. Sie überquerte den großen Marktplatz von Nam, an welchen die Basilika des Ta und des Ag mit ihrer gewaltigen Sonnenuhr angrenzte, die genau in diesem Moment zur Nacht schlug. Schweiß perlte ihr von der Schläfe, als sie die Brücke zum Palast des Königs erreichte und die Wachen sie mit einem Senken ihrer Häupter passieren ließen. Ihr war es höchst unangenehm, zu spät zum Wachdienst zu kommen, denn gleichwohl sie die Anführerin des Speertrupps war, wollte sie ihnen umso mehr ein gutes Vorbild geben. Denn schließlich erwartete sie auch stets Disziplin von ihren Männern und Frauen.

Im Palast angekommen eilte sie durch den letzten Gang des Westflügels, bis sie an der Eisentür, welche zum Ratsraum führte zum Stehen kam. In diesem Moment hörte Ewe Stimmen aus dem Raum, vor welchem sie stand. Es waren zwei Stimmen, männliche Stimmen, doch sie konnte nicht erkennen, wer da sprach. Zu dumpf klangen sie durch die schwere Tür, doch sie stritten, das war nicht zu überhören. Warum sollte zur Nacht hier jemand sein, fragte sich Ewe. Sie legte ihr Ohr an die Tür, um die Männer besser zu verstehen.

„Es ist an der Zeit!", sagte eine gedehnte Stimme energisch. „Du musst es doch selbst sehen!", fuhr der Sprecher fort.

„Wie lange soll das noch so weiterlaufen, frage ich dich!", fuhr der Mann die andere Person im Raum an. Worüber sprachen diese Männer nur? Ewe runzelte die Stirn und horchte angestrengt weiter. Jetzt sprach die andere Person, jedoch so leise, dass sie sie kaum verstehen konnte.

„Sei doch vernünftig. Du kannst nicht einfach...", einer der Männer schlug kräftig auf den Tisch, so dass der Rest des Satzes im Klirren von Geschirr unterging. „... seinen Gemächern, wie eine Ratte?", schloss dieselbe leise Stimme.

„Das sage ich doch gar nicht!", entgegnete die erste Stimme aufbrausend. „Doch du kannst nicht leugnen, dass er nicht mehr der Held ist, der er vorgibt zu sein. Er verliert die Kontrolle. Wir müssen jetzt handeln. Bevor es zu spät ist."

„Doch was ist mit Ewe?", fragte die leise Stimme kaum hörbar. Ihr Herz schlug schneller. Sie hielt tatsächlich die Luft an, aus Angst, ihr lauter Herzschlag könnte sie verraten.

„Sie bewacht ihn wie ihren Augapfel", stimmte der zornige Mann zu. „Aber um sie können wir uns später kümmern. Erst muss sein Leben beendet werden!", sagte der Mann, der zuerst gesprochen hatte, nun mit verschwörerisch gesenkter Stimme.

Stühle wurden geschoben und der Deckel einer Truhe fiel ins Schloss. Doch sie hatte genug gehört, sie war keine dumme Frau, diese beiden Männer wollten Rodriks Tod und dies musste sie verhindern! Sie zog ihren Speer vom Rücken und atmete tief ein und aus bevor sie die schwere Eisentür aufstieß, bereit, wen auch immer zu bekämpfen.

Doch zu ihrer größten Verwunderung war der Raum menschenleer. „Sie können nicht weit gekommen sein", dachte Ewe und durchquerte den Raum so schnell sie konnte, um zu der einzigen anderen Tür im Ratsraum zu gelangen, der zu dem großen Thronsaal des Palastes führte. Dort mussten sie sein, die Halle war zu groß, um sie in der geringen Zeit zu verlassen. Sie stürmte durch die Tür und sprang in die Halle, ihren Speer wie ein Schwert fest in der rechten Hand haltend. Doch auch hier war nicht die geringste Spur von zwei Männern zu sehen. Sie schritt durch die Halle, die vielen Türen prüfend, die jedoch alle verschlossen waren. Als sie gerade die große Eichenholztür, welche zum Innenhof führte, erreicht hatte, schwang sie auf. Ewe machte einen Sprung zurück und mit einem aggressiven Schrei schwang sie ihren Speer pfeilgenau an die Kehle des Mannes, der soeben die Halle betreten hatte.

„Bei Zoark, Herrin ich bin es!", stieß ein übermüdet aussehender Mann vor Schreck aus.

„Ranun?", fragte Ewe irritiert, aber dennoch nicht ihren Speer senkend.

„Wen hast du denn erwartet?", fragte Ranun, der nun seine Hände hoch neben seinen Kopf hielt, um zu zeigen, dass er unbewaffnet war. Er konnte es nicht gewesen sein, dachte Ewe, die Männer, die sie belauscht hatte, mussten durch den Thronsaal gerannt sein, so schnell wie sie entkommen waren, somit müssten sie schwitzen oder wenigstens außer Atem sein. Doch Ranun, einer ihrer Speerträger, sah so aus, als ob er gerade aus dem Bett gefallen wäre. Sie ließ den Speer sinken.

„Verzeih mir. Ich dachte nur...", sie zögerte. „Ich dachte nur, du wärst jemand anderes", endete sie nachdenklich.

„Und wer soll es gewesen sein, dass er es verdient, einen Speer durch die Kehle gerammt zu bekommen?", fragte der junge Mann angriffslustig.

„Zügle deine Zunge, Ranun!", gebot ihm Ewe, um ihn daran zu erinnern, wer die Anführerin dieses Trupps war.

Ranun war jedoch auch einer ihrer fähigsten, loyalsten Kämpfer und auch ein Freund für Ewe. So erzählte sie ihm alles, was sie gehört hatte.

„Du glaubst doch nicht etwa, dass jemand so töricht wäre, Rodrik stürzen so wollen?", fragte er mit weit aufgerissenen Augen, nachdem Ewe mit ihrer Geschichte geendet hatte.

„Ich weiß es nicht", antwortete sie wahrheitsgemäß „Doch was sie auch vorhaben, es ist ernst. Nicht vielen Männern ist der Zutritt zum Ratsraum erlaubt, und sie müssen ja auch unbemerkt an den königlichen Wachen vorbeigekommen sein", sagte Ewe nachdenklich mehr zu sich selbst.

„Oder es waren Soldaten", wandte Ranun stirnrunzelnd ein.

„Sei kein Narr!", mit einer abweisenden Handbewegung tat sie diesen Einwand ab. „Es wäre doch wohl aufgefallen, wenn einer der Wachen nicht an seinem Posten wäre."

„Und was ist, wenn diese Männer heute gar nicht Wache stehen mussten? Sondern sich einfach unter irgendeinem Vorwand in den Palast gestohlen haben?", fragte Ranun mit hochgezogenen Augenbrauen.

„Sie können die Kaserne nicht einfach so verlassen, und selbst wenn, wieso sollten sie sich dann an einen Ort wie diesen schleichen, nur, um etwas zu besprechen?"

„Vielleicht haben sie nicht nur etwas besprochen", überlegte Ranun. „Komm! Wir schauen uns den Ratsraum an." Geschwind lief er zum Thron, hinter welchem sein Speer sowie seine leichte Rüstung an einem der Rüstungsständer standen und legte sie an.

Die Tür zum Ratsraum stand noch offen, nachdem Ewe durch sie hindurchgerannt war.

Doch alles schien wie immer an seinem Platz zu stehen. Der große hufeisenförmige Tisch mit seinen sechs Stühlen, deren hohe Rückenlehnen reich verziert waren, stand in der Mitte des Raumes auf dem alten roten Teppich an seinem angestammten Ort. Ein Teller mit Äpfeln stand auf dem kleinen Schrank an der Wand, lediglich zwei Weingläser lagen umgekippt daneben, diese mussten so geklirrt haben, dachte Ewe. Dann fiel es ihr ein, sie hatte den Deckel einer Truhe fallen hören. Ihre Brust bebte vor Aufregung als sie die Truhe, die neben der Tür stand, öffnete.

Doch was sie sah, ernüchterte sie. Es lagen anscheinend dieselben Pergamentrollen wie immer in der kniehohen Eisentruhe.

„Was enthalten diese Rollen?", fragte Ranun neugierig.

„Pläne", antwortete sie kurz und missmutig. Ranun rollte mit den Augen.

„Und was für Pläne?", fragte er weiter.

„Pläne vom Palast. Pläne von ganz Nam", sagte sie und funkelte ihn mit ihren smaragdgrünen Augen an.

„Oh!", stieß Ranun voller Bedenken aus. Ewes Stirn war noch immer in Falten gelegt und sie rieb sich nachdenklich mit einer Hand über ihre Schläfe.

„Aber was können sie mit den Plänen vorhaben? Das ergibt alles keinen Sinn, Ranun", sagte Ewe und ließ sich auf einen der Stühle fallen.

„Vielleicht hast du auch einfach nur die Tür zum Thronsaal ins Schlossen fallen hören", überlegte Ranun laut und legte eine Hand auf Ewes Schulter. Seine Hand fühlte sich angenehm warm auf ihrer vom Stoff bedeckten Schulter an.

Doch sie hatte nicht die Tür gehört, dessen war sie sich sicher. Gedankenverloren blickte sie auf die wieder verschlossene Truhe, doch ohne sie wirklich zu sehen. Sie konnte in dieser

Sache nichts mehr tun. Sie konnte bloß noch wachsamer sein, nicht nur, weil wohl irgendwelche Männer nach Rodriks Leben trachteten, sondern auch nach ihrem eigenen. Auch wenn dies keine neue Erfahrung für sie war. Oft geschah es, wenn der König lange Reisen antrat, dass Attentäter Hinterhalte planten, doch offensichtlich war bisher keiner davon erfolgreich gewesen. Doch dieses Gespräch... Einen Tag nach dem Ausbruch. Als ob Ranun ihre Gedanken lesen konnte, sagte er einfühlsam: „Schlag es dir aus dem Kopf, Ewe." Sie nickte und stand auf.

„Komm, lass uns unsere Runde zum Aussichtspunkt gehen", sagte sie, jedoch immer noch in nachdenklichem Ton.

So ließen sie den Ratsraum und den Thronsaal hinter sich, liefen Seite an Seite durch den gepflegten Innenhof bis sie die alte Steintreppe erreicht hatten, welche hoch zu dem Wehrgang mit dem hölzernen Dach führte.

„Hast du schon eine Antwort deiner Familie aus der Wüste in den Nordlanden?", fragte Ewe ehrlich interessiert. Auf Ranuns Gesicht breitete sich ein Lächeln aus.

„Gerade heute kam der Bote mit einer Nachricht. Herrin, ich bin Onkel!", sagte er hellauf begeistert.

„Ranun!", auch Ewe strahlte „Das sind ja großartige Nachrichten! Ist es ein Junge oder ein Mädchen?", fragte sie ungewohnt enthusiastisch.

„Ein Mädchen, Herrin. Meine Schwester nannte sie Arana, nach unserer toten Großmutter."

„Einer schöner Name", erwiderte Ewe und ihr schönes Gesicht strahlte in ehrlicher Zuneigung. Doch das plötzlich aufflammende Gefühl von wahrer Freude schien schnell zu vergehen. Sie war dankbar für ihren Sohn Edward, dachte sie, doch ob sie jemals eine Tochter haben würde? Sie wünschte sich dies so sehr, doch wusste sie auch, dass sie keinem Mann mehr vertrauen wollte. Wieder stellte Ranun seine scheinbar magischen Fähigkeiten, Ewes Gedanken zu lesen, unter Beweis, denn er blickte sie nun nicht mehr lächelnd, sondern nachdenklich an.

„Hast du jemals noch etwas von Ed's Vater gehört?", fragte Ranun sie behutsam. Er und Rodrik waren die einzigen beiden Männer am königlichen Hofe, die überhaupt wussten, dass Ewe, diese junge, starke und eigenständige schöne Frau, welche scheinbar keine Schwächen hatte, oder sie zumindest nie zeigte, einen Sohn hatte. So sehr vertraute sie Ranun.

„Nein", entgegnete sie kurz angebunden. „Niemals", fügte sie nachdrücklich hinzu. „Ich weiß nicht einmal, ob er noch lebt, geschweige denn, was er treibt oder mit wem er es treibt." Ein kaltes Lächeln kräuselte ihre Lippen.

„Verzeih, Herrin", antwortete Ranun respektvoll, als sei ihm plötzlich bewusst geworden, dass die Frau, die vor ihm stand, seine Anführerin war.

„Nicht schlimm. Du brauchst dich nicht zu entschuldigen. Nicht du Ranun." Ihm stieg die Röte ins Gesicht und schweigend liefen sie den kalten Wehrgang weiter bis sie zum höchsten Punkt der Mauer gelangten, von welchem man den besten Blick über die Stadt und darüber hinaus hatte. Schweigend standen sie nebeneinander und blickten in die Ferne, beide mit den Gedanken in ihrer ganz eigenen Welt. Die Zeit verstrich, bis die Sonne ihre ersten Lichtstrahlen zwischen den Türmen der Gefängnisfestung auf den Fluss warf, der sich schier bis zum Horizont schlängelte, wo er im gewaltigen Meer das Anasta umgab, mündete, und diesen so magisch zum Schimmern brachte. Die riesigen goldenen Getreidefelder, die vor der Stadt lagen, wiegten sich leicht im Wind und das von dort oben winzig aussehende Rad der Mühle begann sich allmählich zu drehen. Still und unheimlich lag der dicht bewachsene Wald neben der Bergkette der Gefängnisfestung vor Nam. Die ersten Fischer waren schon auf dem Meer mit ihren Booten, getreu ihrem Leitspruch: „Fische früh, lebe lang". Die Stadt lag noch verschlafen und müde vor ihnen, doch in wenigen Augenblicken würden überall Türen aufschwingen, Menschen laufen und schwatzen, Barden singen und alle Bewohner Nams ihren Alltag beginnen. So blinzelte Ewe in Richtung Sonne.

Kapitel 3 – Aufbruch

Das Zwitschern der Vögel, die durch den prächtigen Garten flogen, ließ Rodrik in der Frühe erwachen. Er musste die ganze Nacht hier geschlafen haben, dachte er. Wann war ihm so etwas denn zuletzt passiert? Er streckte seine Glieder und erhob sich. Er liebte diesen Garten, den schon sein Großvater durchschritten hatte. Er hatte ihn leider nie kennenlernen dürfen, doch sein Vater sprach stets voller Hochachtung von diesem Mann, der schließlich als Erster ganz Anasta unter sich vereint hatte. Und darüber hinaus diesen wunderschönen Garten hatte bauen lassen, dachte Rodrik mit glücklicher Zufriedenheit. Und so schritt er durch die bunten Blumenbeete, welche herrlichen Lavendel zierten, bis zu der großen Trauerweide, in der die Namen der Könige und deren Gemahlinnen geritzt und versiegelt wurden, sodass die Rinde des Baumes sie nicht mehr überdecken konnte. Er strich den Blätterschleier beiseite und blickte auf die Namen seiner Vorväter. Da stand sein Vater Darran und seine Mutter Nanura, darunter Callum, sein Großvater, und daneben Lara, seine Großmutter. Diese Liste führte sich gut drei Fuß weiter bis zu dem Fuß des Baumes und dessen riesige Wurzeln.

Ganz unten stand sein Name und der seines Bruders, Rodrik und Lysander, doch neben seinem Namen war der Baum noch gänzlich unberührt...

Augenblicklich verging ihm sein Lächeln und er legte die Stirn in Falten. Seit er denken konnte, langweilte man ihn mit schier endlosen Predigten darüber, dass er doch unbedingt einen Sohn in die Welt setzen müsse, um die Herrschaft der Familie fortzusetzen. Nun, nach mehr als 50 Wintern - er hatte aufgehört, zu zählen, doch dies sagten die Bürger untereinander - wurde ihm bewusst, wie recht die Gelehrten seines Vaters doch hatten.

Schlaftrunken strich er sich über seine müden Augen und kehrte diesem uralten Baum den Rücken zu, wobei ihm der Geruch von Minze in die Nase stieg. Er hörte, wie der Lärm hinter den Mauern lauter wurde und so griff er sich noch eine Handvoll früher Himbeeren, welche direkt neben der hölzernen Tür wuchsen, die zum Ostflügel führte. Er ging durch den kalten Gang aus grauem Stein, vorbei an drei Zimmern, von denen er sich nicht einmal sicher war, was sich hinter diesen Türen verbarg. Rodrik schlenderte eine weitere Steintreppe hinauf zum Essensaal. Als er die Tür aufstieß wurde er, zu seiner größten Überraschung, bereits erwartet.

„Oh", stieß er leicht irritiert aus, als er Lord Blum an dem langen Tisch sitzen sah, an welchem er Tag für Tag allein aß. Er saß in voller Rüstung, seinen Langbogen neben sich an den Stuhl gelehnt, an einem der vier hohen Stühle nahe dem brennenden Kamin. Es war ein seltener Anblick, diesen Scharfschützen, der den Ruf des fähigsten Schützen des Landes bereits vor langer Zeit verloren hatte, in seiner glänzenden, goldenen Rüstung mit der roten Blume auf der Brust, zu sehen.

Seine Hände lagen flach auf dem Tisch und seine Miene war unergründlich, als er sprach: „Ihr seid wach mein König."

„Ihr habt mich erwartet, Lord Blum?", fragte Rodrik, der immer noch nicht wusste, warum einer seiner Lords ihn so früh sprechen wollte.

„Ihr wolltet mich sprechen, mein König", entgegnete er mit seiner ruhigen, tiefen Stimme, wobei er allerdings seine Stirn in Falten legte.

„Ich wollte ihn sprechen?" dachte Rodrik und hunderte Gedanken schossen ihm durch den Kopf. Was würde er von Lord Blum in seiner Rüstung denn wollen können? Nach einigen Momenten des Schweigens kam es Rodrik wieder in den Sinn, warum er ihn hatte sehen wollen.

„In der Tat", sagte er. „Ihr sollt mich begleiten", fuhr er fort, nachdem er seine Fassung wiedergefunden hatte.

„So sei es", antwortete der andere mit einem leichten Nicken seines Kopfes, ohne zu fragen, wohin er seinen König begleiten sollte. Rodrik beantwortete ihm diese unausgesprochene Frage jedoch, indem er ihm mit einer Handbewegung gebot, zu folgen und sprach: „Ich will die Zukunft sehen, Lord Blum."

„Ihr meint doch nicht...?", begann er, doch brachte den Satz nicht zu Ende, als ob er die Antwort schon kenne.

„Genau", bestätigte Rodrik seine unausgesprochene Vermutung.

„Ich will in die Sümpfe." Lord Blum sackte etwas in sich zusammen.

„Meint Ihr nicht, dass es solcher Tage unklug wäre, in die ohnehin gefährlichen Sümpfe zu reiten? Nur wegen eines Einsiedlers?" Lord Blum war ein geübter Redner, doch er konnte seine Abneigung dieser Idee gegenüber nicht verbergen, oder wollte dies nicht.

„Mir ist Euer Missfallen dem Geweih der Weisheit gegenüber wohl bekannt, Lord Blum", sagte der König, indem er zu dem großen Kamin schritt, neben welchem seine Rüstungen standen.

„Jedoch beriet er schon meinen Vater und dessen Vater. Und beide hatten Hindernisse zu bewältigen, wobei er maßgeblich geholfen hat", schloss Rodrik und schnürte seinen dicken roten Brustpanzer zu. Lord Blum griff einen der Helme des Königs, die alle auf dem Sims des Kamins lagen, und überreichte ihn Rodrik mit gesenktem Kopf, um seine Ehrerbietung zu zeigen.

„Hebt Euren Kopf", sagte Rodrik harsch. „Ihr wisst, Ihr müsst ihn mir gegenüber nicht senken", fügte er mit strengem Ton hinzu.

„Ich weiß, mein König, doch ich habe taktlos zu Euch gesprochen. Verzeiht!", bat Lord Blum.

„Natürlich, alter Freund, natürlich", entgegnete der lächelnd und griff Lord Blum an die Schulter.

Und so verließen Rodrik und Lord Blum den Thronsaal in den frühen Morgenstunden. Als sie über das von Raureif bedeckte Gras zu den Stallungen liefen, knackte es leise unter ihren Füßen. Ein Junge, der das Mannesalter nicht ganz erreicht hatte, hielt den beiden sagenumwobenen Männern die Tür auf, welche zu den Pferden führte, sodass sie hindurchschreiten konnten.

„Vielen Dank", begann Rodrik, dann stockte er, da ihm der Name des Jungen nicht einfallen wollte. Er stieß ein Geräusch des Nachdenkens aus, legte seine Stirn in Falten und blieb abrupt stehen, sodass Lord Blum beinahe mit ihm zusammenstieß.

„Tom", half ihm der Junge auf die Sprünge.

„Genau, Tom. Vielen Dank, Tom!", sagte Rodrik mit einer Selbstverständlichkeit, als ob nichts vorgefallen wäre. Mit einem leicht irritierten Blick ging Lord Blum zu seinem braunen Pferd, während Rodrik zu seinem herrlichen Schimmel trat.

Langsam führten sie ihre Pferde durch den grünen Innenhof, hin zum äußeren Tor und der Brücke, die das Schloss mit der Stadt verband.

„Meint Ihr nicht, wir sollten nicht allein reiten?", fragte Lord Blum. Rodrik wollte eigentlich keine allzu große

Aufmerksamkeit darauf lenken, dass er die Stadt verließ. Was allerdings unvermeidlich wäre, wenn er mit mehreren Soldaten an seiner Seite durch die gesamte Stadt ritt. Jedoch wollte er Lord Blum nicht kränken, und wenn sie ein paar Soldaten begleiten würden, wäre es in der Tat sicherer. Außerdem würden sie ja nicht lange fortbleiben.

„Eine hervorragende Idee", antwortete er bereitwillig. „Wir wollen uns jedoch nicht von zu vielen Soldaten begleiten lassen." Lord Blum nickte, als genau in diesem Moment Ewe vor ihnen zum Stehen kam.

„Mein König?", fragte sie leicht aufgebracht, „Was hat das zu bedeuten?"

„Ach, mach dir keine Sorgen, Ewe", antwortete er lächelnd; sie machte sich immer wegen allem solche Sorgen.

„Wir sind im Nu wieder zurück", fügte er hinzu und nahm die Zügel fester in die Hand, um ihr zu bedeuten, dass er weiterwollte.

„Doch erlaube mir die Frage, wohin ihr reitet?", Rodrik sah sie nachdenklich an. Was könnte es schaden, Ewe sollte besser immer unterrichtet werden. Und sein Entschluss stand ohnehin schon fest, daher bedeutete er ihr mit einer Handbewegung, näherzutreten.

„Lord Blum, sowie eine Handvoll Soldaten werden mich in die Sümpfe begleiten", erklärte er ihr mit gesenkter Stimme. Wie zu erwarten, sagte Ewes Blick mehr als tausend Worte.

„Wieso hast du mich nicht direkt davon unterrichtet?"

„Nun ja", begann Rodrik leicht belustigt.

„Nach meinen Informationen bin ich der König", fügte er schmunzelnd hinzu. Ewe senkte sofort ihren Kopf.

„Verzeih mir, das war respektlos. Nur, ich bin deine erste Beraterin, daher dachte ich, ich werde in jedes Unterfangen eingeweiht."

„Jedoch weiß ich, dass du mich davon abhalten wollen würdest", sagte er weise und bedeutete ihr, zur Seite zu treten, um ihn passieren zu lassen. Widerwillig tat Ewe, wie ihr geheißen. Rodrik lauschte kurz dem anmutigen Gesang einer Lerche, bevor er wieder zu sprechen begann.

„Wie immer, Ewe, solange ich nicht am Hofe bin, triffst du die militärischen Entscheidungen und berätst dich bitte mir Lord Karus und Lord Ace über die politischen Entscheidungen. Nicht, dass ich denke, dass es vonnöten wäre. Nur für den Fall der Fälle", fügte Rodrik hinzu, hob seine Faust zum Abschied und gab seinem Gaul die Sporen. Ewe nickte ernst und rief Rodrik ein „Kehr schnell wieder!" zu, als sie durch das große Tor verschwanden.

Die Reiter schlugen hinter der Brücke den Weg nach rechts in die Stadt ein, in Richtung der Kaserne, die fast unmittelbar neben der königlichen Brücke lag. Dort angekommen banden sie die Zügel der Pferde fest.

Ein Wächter, der dösend am Tor der Kaserne lehnte, zuckte dermaßen zusammen als er Rodrik sah, dass ihm beinahe der Schild aus der Hand gefallen wäre. Sofort nahm er eine aufrechte Haltung an und stammelte: „Mein König!" Sein Atem roch nach Schnaps.

„Während der Nachtwache, Michel?", fragte Rodrik enttäuscht.

„Die Nächte werden kälter, mein König. Es wird nicht mehr vorkommen", antwortete er, in den Himmel sprechend.

„Trink nur nicht so viel, dass du einschläfst", sagte Rodrik, wobei der Anflug eines Lächelns in seinem Gesicht zu erkennen war.

„Danke, mein König", antwortete der Soldat errötend.

„Wir müssen den Jungen wieder Manieren beibringen", sagte Lord Blum entschieden, während sie gemeinsam durch den kalten Gang der Kaserne hin zum Übungsplatz schritten.

„Ach Jost, waren wir nicht genauso?", fragte Rodrik, ohne eine Antwort zu erwarten. Gelächter wehte vom Übungsplatz zu ihnen hinüber. Als sie dort ankamen sahen sie drei Männer und eine Frau in leichten Hemden offensichtlich ein Scharfschützenduell austragen. Zwei der jungen Männer saßen leicht abseits auf einem Heuballen, lachend und langsam herunter zählend, während der dritte und die junge Frau in atemberaubender Geschwindigkeit Pfeile in ihren Bogen spannten und sie auf zwei unterschiedliche Soldatenattrappen abfeuerten. Die Figur, die gut 40 Fuß von der jungen Frau entfernt war, hatte so viele Pfeile im Kopf stecken, dass Rodrik nicht anders konnte als beeindruckt zu sein. Die Figur, welche dem Mann gegenüberstand, hatte den Großteil der Pfeile dort stecken, wo das Herz gewesen wäre. Die vier Soldaten hatten den König und seinen Begleiter noch nicht bemerkt. Gerade waren die beiden Unbeteiligten fertig mit Zählen, da gingen die Schützen zu ihren Attrappen.

„Kopftreffer zählen doch wohl mehr als Brusttreffer", sagte die Frau gespielt erzürnt.

„Brusttreffer?", fragte der junge Mann lachend.

„Vic, du meinst wohl Herztreffer", korrigierte er sie.

„Herztreffer", sagte Victoria spottend. „Triff du erst mal so oft den Kopf!", sagte sie lachend den Kopf schüttelnd, während sie die Pfeile aus dem Kopf der Attrappe zog.

„Soll das Publikum entscheiden", sagte sie und drehte sich zu den beiden Männern auf dem Heuballen um. Ihre Augen weiteten sich vor Schreck, als sie den lächelnden Rodrik und den ernst dreinblickenden Lord Blum sah. Erst jetzt bemerkten die anderen drei Männer ihren König. Die zwei vom Heuballen sprangen auf und stellten sich augenblicklich kerzengerade hin.

„Es ist in Ordnung", sagte Rodrik freundlich. „Eine beeindruckende Vorstellung", fügte er anerkennend hinzu.

„Danke", sagten die beiden Schützen wie aus einem Munde und blickten sich sofort schmunzelnd an.

„Er meinte eindeutig mich", hörte Rodrik den Mann flüstern.

„Ich meinte euch beide", wies ihn Rodrik drauf hin, sodass der junge Mann beschämt zu Boden blickte.

„Nennt mir eure Namen", forderte Rodrik die vier Soldaten auf.

„Ich bin Benjamin", sagte der Schütze, „das ist Victoria und das sind Max und Seny", er deutete auf die anderen Männer.

„Nun gut Benjamin, Victoria, Max und Seny. Ihr begleitet mich und Lord Blum noch heute in die Sümpfe", verkündete Rodrik ihnen. Freudig erregt strahlten sie einander an.

„Lasst uns gehen", fuhr Lord Blum die vier jungen Soldaten an.

Wie aus einem Schlaf erwacht, liefen sie geschwind zu den Rüstungsständern. Victoria und Benjamin schwangen sich eine leichte, grün-braune Rüstung über und schnürten sich ihren Köcher auf dem Rücken fest, sowie ein kleines Messer. Max und Seny hingegen legten eine schwere Rüstung an, ähnlich der Rodriks und halfen sich gegenseitig, sie festzuschnüren.

Anschließend steckten sie jeder ein langes Schwert in die Scheide und legten sich ihre großen runden Schilde auf den Rücken.

„Gut", sagte Rodrik, als alle aufbruchbereit waren. Gemeinsam verließen sie die Kaserne und schwangen sich auf ihre Pferde. Langsam ritten sie über die breite Hauptstraße der Stadt, welche sich allmählich mit Leben füllte. Hier und da riefen Bürger: „Rodrik, da ist König Rodrik!", einige klatschten und beugten ihr Haupt. Nickend hob er seine Hand zum Gruß und lächelte ihnen zu. Trotz der Liebe, die ihm sein Volk entgegenbrachte, war er froh, als sie endlich das Haupttor Nams erreicht hatten.

Rodrik und Lord Blum ritten Seite an Seite durch die mächtigen Tore der Stadt, gefolgt von den vier Soldaten. Er atmete frische Luft ein, Luft, die ihm nicht die Lungen. zuschnürte. Als sie durch den Kanal von Mauern hindurch geritten waren, offenbarte sich das goldene Getreidefeld zu ihrer Rechten, mit dem gewaltigen Meer dahinter, welches man nur erahnen und leise rauschen hören konnte. Und vor ihnen lag der immer schmaler werdende Weg, der von hohen Bäumen gesäumt war, die sich majestätisch im Wind wiegten und ihre dunklen roten, beinahe braunen Blätter abzuschütteln begannen, obgleich diese Bäume immer ein Blätterkleid trugen. Die ersten Sonnenstrahlen glitten soeben über die Spitze der Bergkette und wärmte den reitenden Männern und Victoria wohltuend das Gesicht, während zu ihrer linken der Fluss Va unüberwindbar reißend rauschte, sich als mächtiger Strom aus den Bergen ergoss. Jenseits des Fluss lag das Ziel ihrer Reise, die Sümpfe. Doch erst mussten sie eine halbe Tagesreise zurücklegen, bis sie die Brücke erreichen würden, die sie sicher über den Fluss bringen würde.

Als Kind hatte er sich immer gefragt, warum sie diese Brücke nicht näher am Schloss gebaut hatten, um den Weg in die

Sümpfe so zu vereinfachen. Doch als er älter und weiser wurde erkannte er, wie wichtig die Entscheidung seines Großvaters gewesen war, dieses Gebilde so weit entfernt wie nur möglich von Nam zu errichten. Die Sümpfe lagen da, kalt, stumm und unberechenbar.

In der späten Mittagszeit erreichten sie die riesige Brücke, die mit mächtigen Zugbrücken zu beiden Seiten gesäumt war. Zudem waren zwei Gebäude auf ihr errichtet worden, wodurch die Brücke mehr wie eine kleine Burg aussah. Die Zugbrücken waren am Tage stets herabgelassen, nur in der Nacht zog man sie hoch, sodass die Brücke Nehemi tatsächlich einer der sichersten Orte Anastas war. Das größere Gebäude auf der Brücke war aus rotem Backstein erbaut, der in der hell leuchtenden Sonne warm schimmerte.

Als sie die Zugbrücke im Trab passierten, blickte Rodrik hinab in den hellblauen, reißenden Fluss und ein flaues Gefühl machte sich in ihm breit. Schnell richtete er seinen Blick wieder nach vorne an die kleine Stelle, welche zu ihrer rechten lag. Elegant schwang sich Lord Blum von seinem Ross, ergriff die Zügel und führte sein Pferd über den steinernen Platz zu der Stelle, um es rasten zu lassen. Rodrik, sowie die vier Soldaten taten es ihm gleich, auch wenn der König eher schwerfällig den Rücken seines Pferdes verließ.

„Wir sollten den Rest des Tages hier verbringen, mein König. Andernfalls würden wir die Sümpfe bei Nacht erreichten", sagte Lord Blum stirnrunzelnd und prüfend umherblickend. Auch wenn Rodrik so schnell wie möglich die Sümpfe erreichen wollte, nickte er zustimmend. Es wäre töricht, bei Nacht in den Sümpfen umherzustreifen, dass wusste er.

„Gut", stimmte Rodrik zu und drehte seinen Kopf zu dem großen Gebäude, über welchem „Alte Liebe" in anarischen Buchstaben stand, an denen eine herrliche rotblättrige Weinrebe rankte. Er schmunzelte und ging unter dem Vorbau des Hauses hinein in die Wirtsstube. Die „Alte Liebe" war eine der beliebtesten Anlaufstellen für fahrende Händler, da man von hier aus problemlos viele kleine Dörfer, aber auch große Städte wie Nam erreichen konnte. So war die geräumige Stube voll von Händlern und wie man munkelte auch Hehlern, in verschiedensten Gewändern. Rodrik streifte sich die Kapuze seines Reiseumhangs über den Kopf und zog sie tief in sein Gesicht. Sein Vorhaben, dass seine Abwesenheit in der Hauptstadt nicht bemerkt werden sollte, wurde durch die Anwesenheit von so vielen Händlern sehr gefährdet, wo sie doch wie die Waschweiber jede noch so kleine Neuigkeit in sich aufsogen und weiter tratschten. Und die Nachricht, dass der König nicht in der Stadt weilte, war zweifelsohne eine gewaltige. So steuerte Rodrik auf einen leeren Tisch zu, welcher in einer kleinen Nische abseits der anderen neben einem der zwei Kamine stand. Rodrik setzte sich mit dem Blick zur Eingangstür allein an den Tisch. Nun betrat Lord Blum ebenfalls allein das Wirtshaus, blickte in der Stube umher bis er seinen König sah und schritt unauffällig mit gesenktem Kopf zu der kleinen Nische. Auch wenn keiner der Gäste von ihnen Notiz zu nehmen schien, war Rodrik Lord Blum dankbar, dass auch er Vorsicht walten ließ. Und dann kamen die vier Soldaten herein, und es war, als ob Wind durch die Stube wehte, sodass sich beinahe jeder Kopf zu der offenstehenden Tür drehte. Victoria nahm ihren Helm ab und schüttelte ihr langes, lockiges, blondes Haar aus ihrem Gesicht. Auch die Männer nahmen den Helm ab. Sie standen einen Moment in der Tür und blickten ernst in die hunderte

Gesichter der Männer und Frauen. Ihre Blicke huschten auch kurz über die Nische, in welcher ihr König saß, doch ein angedeutetes Kopfschütteln Lord Blums bedeutete ihnen, sich nicht direkt zu ihnen zu setzen. So gingen die vier, Victoria voran, festen Schrittes an den Tresen und die Gespräche wurden allmählich wieder lauter, wenn auch ein unterschwelliges Wispern zu vernehmen war.

„Früher bekamen die Soldaten hier zur freundlichen Begrüßung noch ein Bier", sagte Lord Blum bitter. „Und heute? Nur skeptische Blicke. Wie einfach die Leute vergessen, wer diese Brücke vor hundert Wintern mit errichtet hat. Und wie viele Leben dabei gelassen wurden." Lord Blum klang entrüstet und enttäuscht. Rodrik lächelte müde.

„Ich denke, ihr täuscht euch, Jost. Die unglücklichen Menschen waren immer schon unzufrieden mit denen die Arbeit leisten", sagte Rodrik leise, aber immer noch lächelnd. Er hatte sich damit abgefunden. Seit fast dreißig Wintern seiner Herrschaft meinten die Leute laufend, wichtige Entscheidungen besser treffen zu können, als er selbst, auch wenn es dem Volk unter seiner Führung so gut wie nie ging. „So sind die Menschen nun mal", hatte sein Vater einmal gesagt.

Mit sechs vollen Bechern Bier kamen die vier Soldaten an den Tisch. Mit verlegenem Blick und rot anlaufend schob Benjamin ein Bier zu Rodrik und eines zu Lord Blum.

„Mein König, mein Lord", fügte er leise hinzu. Ernst, aber keineswegs böse dankte Lord Blum ihm. Lächelnd hob Rodrik seinen Krug. Verunsichert blickten die vier Soldaten einander an, sie waren wohl zu jung, um die Bräuche zu kennen, dachte Rodrik, in sich hineinschmunzelnd. Schließlich hoben auch sie ihre Krüge, sowie Lord Blum.

„Es ist mir eine Ehre, dass ihr uns begleitet", begann Rodrik, wobei die Brust eines jeden Soldaten anzuschwellen schien.

„Auf eine sichere Reise, dass wir alle behütet wieder heimkehren."

„Auf König Rodrik", erwiderten die Soldaten und ihre Becher berührten sich leicht in der Mitte des Tisches. Ein jeder nahm einen großen, erfrischenden Schluck seines Bieres. Sie waren wohl doch mit dem Brauch vertraut, nur wahrscheinlich zu verschüchtert, dachte Rodrik bei sich.

„Victoria, erzähle mir von dir", forderte Rodrik sie freundlich auf. Als sie ihren Namen hörte aus dem Munde ihres Königs, verschluckte sie sich leicht und musste husten, sodass es diesmal ihr Gesicht war, das rot anzulaufen begann.

„Natürlich, mein König, was verlangt ihr zu wissen?", fragte sie und fand augenblicklich ihre lockere, fast schelmische Miene wieder.

„Wer sind deine Eltern? Ich kenne beinahe jeden meiner Soldaten und dessen Eltern, nur ihr drei seid mir gänzlich unbekannt", er deutete auf Victoria, Max und Seny.

„Allein Benjamin, Sohn des Josu und der Maat, ist mir bekannt. Dein Vater war ein hervorragender Schütze an der Armbrust und wie ich heute sehen durfte, hat er seine Zielgenauigkeit an dich weitergegeben", sagte er anerkennend an Benjamin gewandt.

„Vielen Dank, mein König. Vielen Dank.", stammelte der und warf Victoria einen vielsagenden Blick zu.

Erwartungsvoll blickte Rodrik nun Victoria an.

„Meine Eltern starben, als ich noch keine acht Winter alt war. Mein Onkel Ricci zog mich groß, so gut er konnte."

„Wann sind sie verstorben?", fragte Lord Blum, klang jedoch nicht aufdringlich, sondern einfühlsam und verstehend.

„Bei dem Unglück des Sägewerks…", antwortete sie, wobei sie ihr Gesicht verzog.

„Zu viele ließen ihr Leben bei diesem schrecklichen Brand", sagte Rodrik kopfschüttelnd und erinnerte sich daran, wie grausam dieser Vorfall vor sechzehn Wintern gewesen war. Das Sägewerk, sowie unzählige verarbeitete, aber auch noch lebende Bäume fingen wie aus dem Nichts Feuer und sie wussten bis heute nicht, wie dies entstanden sein konnte. Der gesamte Stab, der dort täglich gearbeitet hatte, musste unter unvorstellbaren Qualen verbrannt sein. Mittlerweile hatten sie bereits ein neues Sägewerk dort errichten lassen, da der Ort einfach zu perfekt war, um ihn nicht dafür zu nutzen. Und da, so glaubte Rodrik bis zu diesem Moment, jeder der Fient Familie gestorben war, hatte er es in die Hand der Roslander gegeben, welche es seit diesem Zeitpunkt anständig verwalteten.

„Victoria aus dem Hause Fient bist du!", sagte Rodrik in einem Ton, als ob er einen guten Freund seit langem wiedersehen würde.

„Also, ja, so ist es, mein König", antwortete sie mit fragendem Ton.

„Und ich dachte, deine gesamte Blutlinie wäre beendet worden vor sechzehn Wintern!", rief Rodrik, wie vom Donner getroffen.

„Nein mein König, aber das wollten mein Onkel Ricci und ich alle glauben machen. Deswegen nannte ich mich seit dem Tag Victoria aus dem Hause Marvoll, wie mein Onkel", beendete sie ihren Satz und blickt sinnend in ihren Krug, als wäre sie in Gedanken bei ihrem Onkel oder ihren Eltern.

„Doch wieso bist du nicht zu mir gekommen, als erwachsene Frau? Oder dein Onkel, um euer Land zurückzuerbitten?", fragte der König, der es immer noch nicht fassen konnte, dass diese Frau fast ihr ganzes Leben im Unrecht gelebt hatte.

„Das Haus Rosland wollte immer schon das Sägewerk meines Vaters. Seitdem ich des Denkens mächtig bin, hegten sie einen Groll gegen meine Eltern. Sie würden eher sterben, als den Besitz an mein Haus, das ohnehin nur noch aus mir besteht, abzutreten", antwortete sie bitter „Außerdem bin ich nur eine einfache Soldatin, welche weder das Gold, noch das Wissen besitzt, um das Land meiner Eltern zu bewirtschaften", ergänzte sie und blickte Rodrik nun direkt ins Gesicht, wobei sie unverkennbar und aus tiefstem Herzen traurig aussah. Rodriks Gedanken eilten weiter. Wenn er von diesem Vorfall seit sechzehn Wintern nichts wusste, von wie vielen weiteren solcher Schicksale wusste er dann ebenfalls nicht? Wie viele, vielleicht hunderte, vielleicht tausende Seelen lebten im Unrecht wegen seiner Unwissenheit oder Untätigkeit. Er musste wieder näher an sein Volk herantreten. Wenn er von dieser Reise zurück in die Hauptstadt kam, würde er wieder auf die Marktplätze und in die Straßen gehen und sein Ohr den Bürgern schenken, dies stand fest.

So saßen sie noch eine Zeitlang am Tisch, redeten und tranken noch einige weitere Krüge Bier, welche die Soldaten immer von der hübschen Wirtin holten. Bis sich Lord Blum schließlich erhob, der sich mit nur einem Bier zufriedengegeben hatte.

„Es ist spät, ihr geht jetzt besser alle schlafen. Victoria und Seny, ich erwarte euch nach einem kurzen", er legt eine besondere Betonung in dieses Wort „Erfrischungsschlaf vor dem Zimmer Rodriks, um von mir die Wache zu übernehmen. Benjamin und Max, ihr löst die beiden bei Anbruch des Tages ab. Ich kümmere mich um die Zimmer", schloss er und ging schnellen Schrittes, sich geschickt durch die Tische hindurch lavierend, zum Tresen.

Die anderen nickten, erhoben sich ebenfalls und gingen geschlossen in Richtung der Treppe, die nach unten in die Schlafräume führte. Am Fuße der Treppe angekommen standen sie in einem langen Gang, von dem mehr als ein Dutzend Türen nach links und rechts abgingen. Lord Blum holte sie wenige Herzschläge später mit drei silbernen Schlüsseln in der Hand ein.

„Mein König, Ihr schlaft im Zimmer am Ende des Ganges links. Mein Zimmer ist gegenüber von Eurem. Ihr Vier schlaft in einem Zimmer neben dem Rodriks." Er überreichte Rodrik und Victoria die Schlüssel.

„Wie gesagt, versucht alle, zu schlafen. Ich werde die erste Wacht übernehmen", sagte er erhobenen Hauptes, ohne eine Spur von Müdigkeit zu zeigen. Um seine ehrliche Dankbarkeit auszudrückten, neigte Rodrik den Kopf, was Lord Blum erwiderte.

Als Rodrik sein Zimmer betrat, schienen ihm die letzten Strahlen der Sonne, reflektiert vom Fluss Va, herrlich in sein Gesicht. Er schloss für einen Moment die Augen und genoss das tief orangene Licht, bevor er die Tür hinter sich schloss. Erschöpft von dem langen Tag legte er nun endlich die schweren Stiefel, die Beinschienen sowie seinen Harnisch beiseite. Neben dem fein hergerichteten Bett stand auf dem Nachttisch eine graue Schale mit klarem Wasser, in welches er sein Gesicht tauchte. Das kalte Wasser fühlte sich wohltuend auf seiner müden Haut an. Einige Male rieb er sich über das Gesicht und durch den Bart. Schließlich strich er seine nun nassen Haare zurück und legte sich entkleidet ins Bett. Es war in Richtung des Fensters ausgerichtet und so konnte Rodrik wunderbar die letzten Strahlen der Sonne in seinem Gesicht auskosten. Er hatte seine Augen fest geschlossen,

allmählich wurden auch die Stimmen aus der Stube über ihm leiser, bis sie gänzlich verstummten und er nur noch das Rauschen
des gefährlichen Flusses direkt vor seinem geöffneten Fenster
hörte, bis er in die Welt der Träume hinabtauchte.

Kapitel 4 – Fest der Unabhängigkeit

Mit tiefen Schnitten im Gesicht, Schweiß und Tränenüberströmt wachte der Prophet in seinem federweichen Bett in Sturzwasser auf. Er atmete ein paarmal tief in seinen Brustkorb ein und wieder aus, bevor er die Decke beiseite strich und sich aufsetzte. Ihm schmerzte der Kopf wieder, dies war keine Seltenheit nachdem er geschlafen hatte. Er blickte aus dem Fenster und sah, wie die Sonne langsam hinter der Gefängnisfestung verschwand. Er erhob sich von seinem Bett und zog seinen großen Beutel, welchen er auf jede seiner Reisen mitnahm, zu sich. Er öffnete ihn und zog ein kleines Fläschchen mit schwarzer Tinte heraus, sowie seine Feder und eine leere Rolle Pergament. Dann schritt er zur Tür und entzündete die Kerze, welche in einem schlichten Zinnständer steckte. Anschließend setzte er sich auf den Stuhl an dem kleinen Tisch und begann zu schreiben.

„Lieber Bruder, ich hoffe inständig, dass es dir besser geht und du den Weg in die Normalität wiedergefunden hast! Mich schmerzt es, dass wir uns nun mehr als fünf Winter nicht sehen konnten. Auch interessiert mich, wie es Myrala und eurem Jungen geht, der mittlerweile ja schon sein erstes Schwert in Händen halten wird. Ich erinnere mich noch genau, wie kugelrund Myrala gewesen war." Der Prophet schmunzelte bei dieser Erinnerung, *tunkte die Feder ein weiteres Mal in das kleine Fass und schrieb weiter.*

„Doch nun komme ich zu dem eigentlichen Grund, warum ich mich nach einer so langen Zeit wieder an dich wende. Meine Visionen, wie damals, werden wieder häufiger und noch

grausamer, als du sie dir vorstellen kannst. Ich traue mich nicht einmal, sie hier niederzuschreiben, so furchteinflößend sind sie. Ich habe mich dazu entschlossen, nach Nam zu reisen mit meinen Freunden, um König Rodrik", in seiner engen gedrungenen Handschrift quetschte er die Worte *„Ich weiß, du würdest ihn nicht König nennen, doch ich tue es"*, seitlich an den Rand des Pergaments und fuhr in einer neuen Zeile fort: *„aufzusuchen und ihm meine Prophezeiung darzulegen. Mein Herz ist schwer, Bruder! Der Tod hängt wie Gift an mir und ich kann ihn nicht abschütteln. Ich weiß, keiner kann mich verstehen außer dir. Du lehrtest mich, dass Panik eine primitive, gar scheußliche Empfindung sei, doch sie blubbert in mir wie frische Hefe. Es ist der Tod, der mich jagt, Bruder, der Tod, der nach mir greift. In der Nacht ist er mir am nächsten, er atmet mir in den Nacken und berührt mich. Es gibt keinen Aufbau ohne Zerstörung, doch bin ich es, welcher jetzt zerstört wird? Ich höre die Engel nicht mehr singen, die Natur nicht mehr atmen, ich muss nur noch diese Prophezeiung erfüllen. Dann will ich wieder heimkehren, Bruder. Ich werde heimkehren. Meine Liebe zu dir überschreitet jeden Berg! Ich hoffe, dass du, sowie deine Familie, wohlauf bist. Dein liebender Bruder N'Ahnarasha"*

Diese letzten, immer blasser werdenden Worte schrieb er auf das Pergament und beendete so seinen Brief.

Sorgfältig las er alles Geschriebene noch einmal und vergewisserte sich, dass alles seine Richtigkeit hatte.

Vor dem Fenster seines Zimmers erhob sich ein immer lauter werdender Lärm. Es war ungewöhnlich für so ein kleines Dorf, dass bei Anbruch der Nacht noch so eine Geschäftigkeit auf den Wegen herrschte, dachte er. Doch es waren keine aufgeregten oder ängstlichen Schreie. Viel mehr freudige Rufe und ausgelassenes Lachen. Stirnrunzelnd zog der Prophet sich an, schwang seinen Mantel über die Schultern und steckte vorsichtshalber seinen kleinen, wertvollen Dolch hinten in den Hosenbund. Er ging zur Tür hinaus in den Flur und hörte nun Lots polternde Stimme unten in der Stube.

„Beeil dich! Beeil dich, beeil dich!" fuhr er jemanden an. Einen Schritt schneller gehend eilte der Prophet zum Ende des Ganges und immer zwei Stufen auf einmal nehmend sprang er die Treppe hinunter. Die Stube war komplett leer, bis auf Lot.

„Oh, gut dass du wach bist", rief Lot durch den Raum, während er sich Schweißperlen von seiner Stirn strich. Er stand vor einem riesigen Fass. Es war größer als er und um ein Vielfaches dicker. Neben ihm standen noch zwei weitere mannsgroße Fässer. Verwirrt und mit leicht offenstehendem Mund fragte der Prophet: „Bei Ta, was hast du denn damit vor Lot? Willst du ganz Nam mit Bier versorgen?" Sichtlich erschöpft, aber offenbar geschmeichelt antwortete Lot mit einem Lachen.

„Weißt du nicht davon? Heute ist der Tag, an dem unsere Vorväter Sturzwasser als unabhängiges Dorf gründeten!", wobei ihm seine Brust vor Stolz anschwoll.

„Vor jedem Winter bin ich es, der das Bier für das ganze Dorf stellt!", er senkte seine Stimme als er fortfuhr, wenngleich seine Tonlage noch weit davon entfernt war, leise zu klingen. „Du glaubst gar nicht, wie viel ich verdiene an diesem einen, einzigen Abend", verschmitzt grinsend rieb er sich den Schweiß von seinem haarlosen Kopf.

„Kannst du mir hierbei vielleicht mal bei Helfen, ich frag mich wo Tristan schon wieder hin ist." Schnell eilte der Prophet ihm zur Hand. Gemeinsam drückten und schoben sie die schweren Fässer zur Tür hinaus, wo bereits zwei Männer auf einem Karren mit zwei Pferden davor auf sie warteten.

Mit vereinten Kärften wuchteten die Männer die riesigen Fässer nacheinander hinauf.

„Wo findet das Fest statt?", fragte der Prophet, immer noch leicht keuchend.

„Na, vor dem Zaun vom Dorf", antwortete Lot wie selbstverständlich, während sie neben den Pferden durch die engen Straßen des Dorfes gingen.

„Sag mal, wieso nennen die Leute dich eigentlich den Propheten?", diese Frage brannte Lot offensichtlich schon lange Zeit auf den Lippen, da er sie in besonders beiläufigem Ton stellen wollte, doch seine Neugier nicht sonderlicher gut verbergen konnte.

„Und nicht den Heiler, oder so?", fügte Lot hinzu.

Der Prophet lächelte und schwieg einen Moment, bevor er antwortete. Lot mochte zwar ein einfacher Mann sein, aber seine Fragen waren doch treffend.

„Weil dies mein Name ist."

Er sah an Lots Gesichtsausdruck, dass ihn diese Antwort nicht befriedigte.

„Ja, wie?", begann er fragend „Hat dir deine Mutter diesen Namen gegeben, oder was?", fragte er, wobei das Echo seines dröhnenden Lachens in den leeren Straßen widerhallte. Der Prophet lächelte unentwegt weiter als er sagte: „Nein. Ag gab mir diesen Namen des Menschenretters: N'Ahnarasha." Offensichtlich erstaunt beließ Lot es bei dieser Antwort.

„Hör mal, ich sag dir, du wirst das Fest lieben!", sagte Lot voller Vorfreude und wohl darauf erpicht, das Thema des Gespräches schnell in eine andere Richtung zu lenken.

„In meinem Leben gab es noch nicht wirklich viele Feste",
antwortete der Prophet und wollte so zum Ausdruck bringen, dass
seine Ansprüche somit nicht sonderlich hoch waren. Ein Moment
des Schweigens verging, in welchem Lot sich verlegen über den
kahlen Kopf rieb, bevor er wieder anfing zu sprechen.

„Du kommst vom Himmelstor, nicht wahr?", fragte Lot,
dessen Neugier wohl doch noch nicht gestillt war.

„So ist es." Doch bevor er weitersprechen konnte, fing Lot
schon wieder an zu erzählen.

„Ja ich bin in Sturzwasser geboren und groß geworden. Hab
nie was anderes von Anasta gesehen, doch weißt du was?" Ohne
die Antwort abzuwarten fuhr er fort: „Ich will auch gar nicht hier
weg. Hier habe ich meinen Laden, meine Caro, die wunderschöne
Natur…"

„Und Bier", unterbrach der Prophet ihn.

„Genau! Und Bier!", wiederholte Lot mit seinem brüllen-
den Lachen.

„Du kannst wohl auch Gedanken lesen", fügte Lot immer
noch prustend vor Lachen hinzu. Mit einem Lächeln tat der Prophet diese Bemerkung ab.

Sie erreichten das Tor, das aus dem Dorf hinausführte und
allem Anschein nach hatten sich ausnahmslos alle Bewohner
Sturzwassers vor dem hölzernen Zaun, welcher das Dorf umgab,
eingefunden. Und nicht nur das, es mussten auch Einwohner der
kleinen anliegenden Dörfer vor Ort sein, denn so viele Menschen,
wie hier aßen und tranken, lachten und plauderten, konnten nicht
alle Sturzwasser ihr Zuhause nennen.

Unzählige Bänke und Tische waren vor dem Dorf aufgestellt worden, jedoch nur die wenigsten glichen sich. Der Prophet
erkannte die Tische und Bänke aus Lots' Taverne, doch die

anderen mussten wohl unterschiedlichsten Bewohnern gehören. Manche waren grob gearbeitet und sahen äußerst ungemütlich aus. Andere jedoch waren reich verziert und mussten ein kleines Vermögen gekostet haben. Wieder andere waren mit Stoff überzogen. Die Tische aus Lots Taverne, die fast alle direkt aneinandergestellt worden waren, sodass sie einen langen Tisch ergaben, welcher mit Sicherheit zwanzig Fuß lang war, bogen sich förmlich unter Tabletts, Tellern und Schüsseln voller Essen. Viele Laibe Brot, mehrere knusprige Spanferkel und Schalen voller reifer Äpfel erstreckten sich über die Tische.

„Schön, nicht wahr?", meinte Lot, der ihm ins Gesicht schaute und das freudige Funkeln in seinen Augen gesehen haben musste.

„Es ist wirklich beeindruckend. Aber Lot, sag, wie schafft ihr es, ein so riesiges Fest in solch kurzer Zeit vorzubereiten?"

„Ja, also der Rat vom Dorf, wo ich auch drin bin", bei diesen Worten schwoll seine Brust vor Stolz wieder an „setzt sich zusammen und schätzt, wie viele Leute wohl kommen werden." Er brachte die beiden Pferde neben den Tischen mit dem Essen zum Stehen.

„Dann überlegen wir, wie viel Bier und Wein wir brauchen um alle versorgt zu bekommen." Er kratzte sich an der Nase und senkte seine Stimme ein wenig.

„Du verstehst, je mehr Menschen, desto mehr Bier, desto mehr Gold für mich. Helft ihr mal kurz?", fragte er zwei näherkommende junge Männer und gemeinsam versuchten sie, die großen Fässer vom Wagen zu hieven.

„Naja, dann schreiben wir Benachrichtigungen an die Familien, wo wir wissen, dass die lesen können und wo wir wissen, dass die eigentlich immer ihre Tische leihen. Dann lassen wir vom Bäcker Thomas", er deutete auf einen kleinen, dicken Mann mit einer ungewöhnlich großen Nase und gleich zwei Frauen im Arm, welche deutlich jünger waren als er selbst, „das Brot vorbereiten. Guck ihn dir an!", fügte Lot unentwegt lachend hinzu. Sein Blick wanderte weiter über die Masse an Menschen.

„Tristan, du bleibst hier, ja?", wies Lot den jungen Mann an, der geholfen hatte, die Fässer zu transportieren. Mit einem Nicken seines Kopfes wies er den Propheten an, ihm zu folgen. Es war wahrlich ein eindrucksvoller Anblick, dachte der Prophet. Es herrschte eine ausgelassene Stimmung, welche ihn ansteckte und ihn unwillkürlich lächeln ließ. Sturzwasser war wahrlich ein bezaubernder Ort, dachte er glücklich. Spielende Kinder kamen ihnen lachend entgegengerannt.

Der Prophet folgte Lot durch die Reihen von Tischen und Bänken, wobei sie an kaum einem Tisch vorbeigehen konnten, ohne dass Lot hier und da Hände schütteln musste. Er war wohl wirklich eine kleine Berühmtheit in der Region. Sie erreichten das Ende der unzähligen Sitzreihen, wo sie auf ein großes Podest zuliefen. Dem Propheten fiel auf, dass der sonst so redselige Lot den ganzen Weg zum Podest geschwiegen hatte und sich ständig seine wohl feuchten Hände an seiner Hose trockenrieb.

„Jetzt kommt der schwierige Teil", sagte Lot und atmete ein paarmal tief ein.

„Wünsch mir Glück." Mit diesen Worten ließ er den Propheten vor dem Podest stehen und ging hinauf. Augenblicklich wurden die vielen unterschiedlichen Gespräche eingestellt und die mehreren hundert Menschen wandten ihre Köpfe dem Podest und Lot zu. Er breitete seine Arme aus, sein Bauch blähte sich und auf seinem Gesicht breitete sich ein Lächeln aus.

„Meine Freunde! Meine Freunde!", rief er mit seiner Bass-stimme.

„Wie jedes Jahr ist es wieder soweit, vielleicht nicht das größte Fest in Anasta, aber mit Sicherheit das lustigste!" Bei diesen Worten stampfte und klatsche die Menge. Dies genoss Lot offensichtlich, denn er wartete einen ausgiebigen Moment, bis er seine Hände hob, um der Menge Ruhe zu gebieten.

„Und wie jedes Jahr will ich mich bei den Leuten bedanken, die das hier möglich machen. Dankeschön für jeden Tisch und jeden Stuhl und dass so viele von euch bis zu uns ins kleine Sturz-wasser gereist sind, um mit uns zu trinken!" Wieder brandete tosender Applaus von einigen der Tische auf.

„Ein besondere Dank geht an Bäcker Thomas. Komm, zeig dich, mein Bester!" Anerkennende Pfiffe und ausgiebiges Klat-schen ertönten, jedoch auffälligerweise von mehr Frauen als Männern, dachte der Prophet. Über den Applaus hinweg brüllte Lot weiter:

„Und einen riesigen Dank an meine bezaubernde Frau Caro, die mich immer unterstützt!" Er sah, dass sie in einer der vordersten Reihen tief dunkelrot anlief und verlegen lächelte.

„Genug, genug." Der Lärm flachte ab.

„Ich denke, ich spreche für uns alle, wenn ich sage, es geht uns besser denn je! Unsere Bäuche sind wohl genährt und die Brüste unsere Frauen drall!" Tosendes Lachen entstand in der Menge und vereinzelte Frauen blickten ihre Männer vorwurfsvoll an, wie der Prophet erkennen konnte.

„Aber jeder, der mich kennt, weiß: Ich bin kein Mann der großen Worte, vielmehr der kleinen. Und in diesem Sinne, meine Freunde, trinkt, so viel ihr könnt, esst bis eure Mägen platzen, aber viel wichtiger: Lacht, tanzt und habt Spaß!" Hier und da fingen die Menschen an zu klatschen, doch Lot wollte offensichtlich noch ein paar Worte hinzufügen da er seine Hände hob, um Ruhe zu verlangen.

„Meine Freunde, es ist genug Bier für alle da, drängelt bitte nicht. Tristan schlägt die Fässer gleich an." Er deutete nach ganz hinten, wo die riesigen Fässer standen und der junge, gutaussehende Mann winkte.

„Also Freunde, lasst unsere Bogenschützen ihrer Aufgabe nachkommen und dann habt Spaß! Dankeschön!" Damit endete Lot und verließ unter ohrenbetäubendem Lärm das Podest. Erst jetzt fiel dem Propheten auf, dass überall um die Menge herum an den Bäumen von Seilen gehaltene große Netze hingen, welche wohl als gigantische Fackeln dienen sollten. Ungefähr zwanzig Bogenschützen, soweit er dies erkennen konnte, tauchten ihre Pfeile in die ringsum stehenden Feuerschalen. Der offensichtliche Anführer dieser Gruppe rief: „Spannt die Bögen!", und die Sehnen wurden gezogen.

„Feuer!" Alle Schützen ließen gleichzeitig los und die Pfeile trafen in die Netze, sodass sie Feuer fingen und brannten. Hier und da waren „Ohs"' und „Ahs"' zu hören und wieder brandete ein Applaus aus Klatschen und Stampfen auf.

Nun brach große Unruhe aus, denn alle standen auf und stürmten zu den Fässern, die mit dem Bier gefüllt waren.

Rasch machte sich der Geruch von Alkohol breit und allgemeines Schmatzen, Lachen und Reden war von einem jeden Tisch zu hören. Der Prophet, welcher an einem langen, fein gearbeiteten Tisch aus Lärchenholz, zusammen mit Lot, Caro, Pau, Baldin und sechs weiteren Männern saß, trank sein Bier und hörte aufmerksam den Gesprächen zu.

„Männer, da wollte ich gestern mit'm Esel raus auf'n Acker", sagte ein großer Mann, der zu Lots Rechten saß.

„Kein' Fuß wollte der sich bewegen. Da sag ich dann, komm jetzt du dummes Vieh, beweg dich endlich, sag ich. Und dann, ihr glaubt es nicht", mit seinem Handrücken entfernte er den Schaum von seinem Mund, „ruft doch ehrlich meine Frau: Chris, ich komm ja gleich!" Gellendes Gelächter brach am Tisch aus, die Männer lachten, alle in derselben Lautstärke wie Lot. Caro rollte mit den Augen, schmunzelte jedoch widerwillig.

Er bemerkte, wie manche der Männer ihm verstohlene Blicke zuwarfen. Er war dies gewöhnt. Es passierte ihm fast überall, wo er hinkam, denn überall war er fremd und Fremde, so wusste er, wurden fast nirgends gern gesehen, außer vielleicht in Sturzwasser. Seine Gedanken schweiften ab und als er sie wieder zurück zum Tisch brachte, sprach der Mann, der ihm gegenübersaß.

„Ist ruhiger geworden in Nam, nicht wahr?"

„Woher willst'n das Wissen?", entgegnete Chris schmatzend.

„Ja, die Händler, die hier durchkommen, erzählen immer weniger, nicht wahr?" Zustimmend nickten die Männer und tranken aus ihren Bechern.

„Naja, also ich glaub schon, dass König Rodrik alle Hände voll zu tun hat, also wegen des Ausbruchs." Die Männer wirbelten herum.

„Verdammt, bist du wahnsinnig!", zischte Lot ihn an. Völlig verwundert über diesen aggressiven Ton in Lots Stimme fragte der Prophet: „Es gab einen Ausbruch?"

„Senk deine Stimme", fuhr Lot dazwischen, nun aber mit gemäßigter Stimme.

„Wir wollen nicht, dass Panik entsteht", sagte der Mann, der ihm gegenübersaß, nach vorne gebeugt.

„Lot, was für ein Ausbruch?", fragte der Prophet erneut und er merkte, wie ungewollte Panik in seiner Stimme lag. Er hatte so etwas schon geahnt, in einem seiner Träume sah er, wie die Ketten brachen. Lot rieb sich mit offensichtlichem Unbehagen über den Mund.

„Caro, wärst du so lieb, uns neues Bier zu holen?", fragte Lot seine Frau, die tat, wie ihr aufgetragen und sich vom Tisch erhob. Die Männer schwiegen nun.

„Lot? Rede!", verlangte der Prophet, er konnte die Panik nicht aus seiner Stimme verbannen.

Die Männer blickten sich gegenseitig an. Sein Herz hämmerte immer schneller gegen seinen Brustkorb, als endlich Chris anfing zu reden: „Also", fing er langsam an und rieb sich sein Ohrläppchen, „es ist so..."

Gebannt blickte der Prophet ihn an.

„Eigentlich sollten wir das gar nicht erfahren."

„Chris, welche Männer sind aus der Gefängnisfestung geflohen?" Er fürchtete, bereits zu wissen, wer geflohen war. Sein wissbegieriger Blick durchbohrte Chris, so dass die anderen Männer ihre Blicke sinken ließen, und erleichtert zu sein schienen, dass sie diese unangenehme Nachricht nicht preisgeben mussten.

„Es war erst vor zwei Nächten, nach meinem Wissen", fing er an, und jede Spur von Vergnügen oder Leichtigkeit war von dem Tisch vertrieben.

„David, der Führer der Festung, ist hier in Sturzwasser geboren und war der Mann meiner Schwester bevor sie starb...", er stockte und zwei Tränen rannen seine Wange hinunter, bevor er sie hastig trocknete.

„Naja und wir stehen noch in Briefkontakt und gerade heute in der Früh kam die Taube mit dem kleinen Pergament und es war datiert auf den neunundzwanzigsten Winter und den achten Vollmond nach Rodriks Herrschaft."

„Das war vor zwei Tagen", fügte Lot hinzu.

Unwillkürlich umschloss seine rechte Hand den Griff seines Dolches, den er versteckt am Rücken trug.

„Corvo, Beatrus, Kojar und ein unbekannter namens *Malar*", Chris sprach diese Namen deutlich aus, doch vernahm der Prophet sie dumpf und als ob sie aus einer beträchtlichen Entfernung kamen. Vor seinem inneren Auge flogen Bilder hin und her, Corvo, Beatrus, Kojar. Er hatte es gewusst, diese Männer, diese Zerstörer! Doch er kannte nur drei dieser Namen, wer war *Malar*? In seinen Träumen waren es immer drei Männer und eine Maskengestalt. War dies *Malar*? Doch war *Malar* alt anarisch und hieß *Verstoßener*.

„Aber die Menschen müssen gewarnt werden!", sagte er endlich, nachdem er seine Stimme wiedergefunden hatte.

„Guck mal", begann Lot und spielte nervös mit seinen Fingern. „Die Festung ist keine drei Tagesmärsche von Sturzwasser weg. Und vor zwei Nächten war der Ausbruch. Die Menschen würden in Angst leben und ihrer Arbeit nicht mehr richtig nachkommen. Und das Einzige, was wir hier gut können, ist arbeiten. Das ist unser Leben und es ist gut so, wie es ist. Das können wir ihnen nicht wegnehmen, schon gar nicht heute."

Ohne eine Regung im Gesicht blickte der Prophet unentwegt Lot und die anderen Männer an. Sie konnten die Wahrheit doch nicht verheimlichen! In diesem Dorf und in den anliegenden wohnten so viele gute Menschen, sie mussten doch gewarnt werden.

„Weißt du, was für Männer das sind?", fragte der Prophet leise.

„Also ja, aber…"

„Weißt du, zu was ein jeder Einzelne von ihnen im Stande ist?" Verlegen schob Lot seinen Humpen Bier hin und her.

„Ich kann es mir denken", murmelte er verlegen in seinen Becher hinein.

„Ich glaube, dass du das nicht kannst. Sie sind der Tod. Wie Ungeziefer befallen sie ein jedes Dorf, vergewaltigen eure Frauen und Kinder während ihr dabei zuschaut. Sie lassen euch euer eigenes Grab ausheben, bevor ihr euch hineinlegen müsst und die Erde eure letzten Atemzüge erstickt! Ihr könnt euch nicht vorstellen, zu was diese Männer im Stande sind!" Pure Bitterkeit lag in seiner Stimme. Betreten blickten die Männer zu Boden, bis ein Mann mit hoher Stimme zu reden anfing.

„Du magst absolut Recht haben. Nur, die Männer in der Gefängnisfestung bekommen kaum etwas zu essen. Ein Ausbruch würde sie eines riesigen Teils ihrer Kräfte berauben und ich weiß von meinen Spähern, dass sie sich in die Höhlen in der Bergkette zurückgezogen haben." Alle Männer blickten verblüfft auf.

„Wie war euer Name?", fragte der Prophet verunsichert und mit verengten Augen.

„Ach, ich bin nur der Hüter der wenigen Bücher, die wir hier haben. Dips nennen mich alle."

„Darauf müssen wir trinken!", brüllte Lot und hob sein Bier, um diese gute Nachricht, ohne sie zu hinterfragen, zu feiern. Offensichtlich wollten die Männer keine Gelegenheit auslassen zu trinken. So hoben sie alle ihre Bierkrüge, donnerten sie aneinander und leerten sie in großen Zügen.

„Wieso sagst'n uns das erst jetzt?", fragte Chris, wobei er einen Rülpser unterdrückte. Auch der Prophet hatte sich das gefragt.

„Ich habe die Nachricht erst kurz vor dem Fest bekommen und hatte es dann in der ganzen Aufregung vergessen", sagte Dips entschuldigend.

„Freunde, Freunde, Freunde! Das sind doch einfach nur wunderbare Nachrichten!", das Grinsen in Lots' Gesicht wurde immer breiter. Chris blickte irritiert in die Runde.

„Aber Lot, das heißt ja nur, dass sie vielleicht dann ein paar Tage später das Dorf überfallen", gab er zu bedenken.

„Falsch!", sagte Lot und musste unwillkürlich vor Glück lachen.

„Auf der Nordseite des Berges gibt es keine Höhlen! Das heißt, sie müssen nach Süden geflohen sein in Richtung Nam! Was genau auf der anderen Seite des Berges liegt, von uns aus. Und da wimmelt es sicher schon vor Wachen!"

Die Männer fingen alle haltlos an zu lachen und sich in die Arme zu nehmen. Hier und da blickten andere Besucher des Festes lachend zu ihnen. Einer aus der Menge rief: „Küsst euch!", gerade als Chris Lot im Arm hielt und diesem kurzerhand einen dicken Kuss auf die glänzende Glatze gab.

Der Prophet verfiel als einziger an dem Tisch nicht in haltloses Lachen. Stirnrunzelnd blickte er auf zu der gewaltigen Bergkette, welche mysteriös und dunkel in der Nacht da lag. Er schätzte die Bedrohung doch größer ein, als es die Männer am Tisch taten.

„Na komm." Erschrocken zuckte er zusammen, als Lot ihn rief, der wieder einen vollen Becher Bier in Händen hielt.

„Heute Nacht können wir in dieser Angelegenheit doch sowieso nichts mehr unternehmen, darum lasst uns singen, tanzen und trinken!" Freudestrahlend räumten einige Besucher des Festes die Tische und Bänke zur Seite, sodass inmitten der restlichen Tische eine runde Fläche entstand. Lot hatte Recht, sie waren ohnehin machtlos.

Der Geruch von verschiedensten Tabaksorten legte sich über den Festplatz und so zog auch der Prophet seine eigene Pfeife aus der Innentasche seines rubinroten Hemds, stopfte und entzündete sie. Erst jetzt bemerkte er die Musiker, die auf dem Podest standen und gerade anfingen, ein schnelles Lied zu spielen und zu singen.

Augenblicklich strömten viele Menschen auf die Tanzfläche und begannen zu tanzen. Sie hatten ihre Hände erhoben, ein jeder seine Hand in der des Nebenmannes, so bildeten sie mehrere Kreise in den unterschiedlichsten Größen und begannen, sich im Kreis zu drehen und dabei ihre Beine nach vorne, nach hinten, nach oben und nach unten zu schwingen.

Der Prophet nahm einige tiefe Züge der Pfeife und merkte, wie sich seine Sinne immer mehr benebelten.

Drei laute Trommelschläge ertönten und die Tanzenden klatschten in die Hände, drehten sich in die andere Richtung und hier und da wechselten einige in einen benachbarten Tanzkreis. Dies war schon ein lustiges Völkchen, dachte der Prophet, während er versuchte, seine Gedanken weg zu lenken, weg von dem Ausbruch. Weg zu lenken von den Problemen, die er mit sich brachte.

Ob diese tanzenden, lachenden Menschen wirkliche Probleme hatten, dachte er bitter. Zweifellos würden sie ihre Schwierigkeiten im Leben als äußerst bedrohliche oder sehr ernste

Probleme erachten. Doch wussten sie ja gar nicht, welche Bürde er tragen musste. Oder war er es, der seine Probleme, ja sogar sein Leben über das der anderen stellte. Gedankenverloren pustete er den Rauch in Ringform aus. Wieder ertönten drei Trommelschläge, die Männer und Frauen, die tanzten, sprangen in die Höhe, klatschen und tanzten weiter.

Ein vom Alter gebeugt Mann kam langsam mit einem aufwändig gearbeiteten Gehstock auf den Tisch zu, an welchem der Prophet allein, das Gesicht zu den Tanzenden gerichtet, saß. Es war kaum zu erkennen, wo sein langes weiß-graues Haar endete und sein mächtiger Bart anfing. Mit einem leisen Stöhnen ließ sich der gebrechlich aussehende fremde Mann neben dem Propheten auf der Bank nieder.

„N'Ahnarasha, dass ich dich hier antreffe, hätte ich ja nie vermutet."

Kapitel 5 – Die Akademie

Die Wellen schlugen wild und aufschäumend gut siebzig Fuß unter ihnen an den kalten Stein, welcher die Rückseite des Schlosses formte und Ewe wie Ranun hörten die ersten Möwen schreien.

„Glaubst du an das Schicksal, Ranun?", fragte Ewe, nachdem sie für eine lange Zeit geschwiegen hatten.

„Ich glaube an Zoark", antwortete er direkt.

Zoark war laut der Legende der ausgestoßene und vertriebene Bruder von Ag und Ta, der nach der Erschaffung der Welten in die Wüste Anastas' verbannt worden war. Daher war der Zoark-Glaube dort weit verbreitet, so war es Ewe zu mindestens gelehrt worden.

Nachdenklich blickten beide auf das endlose Meer vor ihnen.

„Menschen und ihre Götter", meinte Ewe schließlich kopfschüttelnd und nahm ihren Speer in die Hand, welchen sie zuvor auf die Mauer vor sich gelegt hatte.

„Ich werde schon gehen, Ranun, ja?", sagte sie und streckte sich.

„Die nächste Wache übernehmen die Königlichen, keiner von uns, doch ich muss los zur Akademie. Ich will die Frauen nicht warten lassen", schloss sie und zog ihren langen Speer am Rücken fest.

„Ja aber selbstverständlich", antwortete Ranun lächelnd, ging auf sie zu und schloss sie fest in die Arme.

Überrascht, aber doch erfreut erwiderte sie seine Umarmung. Leise hauchte Ranun ihr ein „Pass auf dich auf", ins Ohr und ließ sie los. Mit hochgezogenen Brauen aber dennoch lächelnd nickte sie und ging den einsamen Wehrgang entlang, bis sie die steinerne Treppe erreichte, welche in den Bereich vor dem Schloss führte, als sie Pferde klappernd näherkommen hörte.

„Mein König?", fragte sie leicht aufgebracht, „Was hat das zu bedeuten?". Rodrik saß in voller Rüstung auf seinem Pferd mit Lord Blum an seiner Seite.

„Ach mach dir keine Sorgen Ewe", antwortete er lächelnd.

„Wir sind im Nu wieder zurück", fügte er hinzu und machte Anstalten, sein Pferd anzutreiben.

„Doch erlaube mir die Frage: Wohin reitet ihr?", Rodrik sah sie nachdenklich an, bedeutete ihr dann mit einer Kopfbewegung, näher zu treten.

„Lord Blum, sowie eine Handvoll Soldaten werden mich in die Sümpfe begleiten", erklärte er ihr mit gesenkter Stimme. Ewe blickte ihn vorwurfsvoll an.

„Wieso hast du mich nicht direkt davon unterrichtet?"

„Nun ja", begann Rodrik leicht belustigt. „Nach meinen Informationen bin ich der König", fügte er schmunzelnd hinzu. Beschämt senkte sie den Kopf.

„Verzeih mir, das war respektlos. Nur, ich bin deine erste Beraterin, daher dachte ich, ich werde in jedes Unterfangen eingeweiht."

„Jedoch weiß ich, dass du mich davon würdest abhalten wollen", entgegnete er weise und bedeutete ihr, zur Seite zu treten, um ihn passieren zu lassen. Widerwillig tat Ewe wie ihr geheißen. Rodriks Blick schweifte geistesabwesend in die Ferne was sie nur noch mehr verunsicherte.

„Wie immer Ewe, solange ich nicht am Hofe bin, triffst du die militärischen Entscheidungen und berätst dich bitte mit Lord Karus über die politischen. Nicht, dass ich denke, dass es vonnöten wäre, nur für den Fall der Fälle", fügte Rodrik hinzu, hob seine Faust zum Abschied und gab seinem Gaul die Sporen. Ewe nickte ernst und rief Rodrik ein „Kehr schnell wieder" hinterher, als sie durch das große Tor verschwanden.

Was Rodrik sich von diesem Schwätzer in den Sümpfen erhoffte, würde sie nie verstehen, dachte Ewe, während sie ihnen durch das große Tor in das Stadtinnere folgte.

Sie schlug den Weg nach links ein, in das Viertel der Bergarbeiter, in welchem ihr unterschwellig der Geruch von Erbrochenem und Ausscheidungen in die Nase stieg. Vereinzelte Türen schwangen hier und da auf und Männer traten heraus, die sich wahrscheinlich nun auf den Weg zu den Höhlen und den Stollen machten, um Erze zu schürfen und Schätze zu bergen.

Erst vor kurzen hatte Adamus, der Leiter der Ressourcen Sichtung in Höhlen, einen unglaublichen Fund gemacht. Er hatte bei einem Skelett ein Schild mit dem gesichtslosen, axtschwingenden Scharfrichter darauf entdeckt, der das Symbol der sogenannten „Einigkeits" - Revolution war, welche Rodriks Vater Darran jedoch zerschlagen konnte. Darran ließ beinahe alle Zeichen, Schriften und Symbole verbrennen oder einschmelzen, doch nach weiteren Forschungen des Adamus entdeckten sie unter der Erde mehr und mehr Behausungen und weitere Waffen, sowie Schriften der Aufständischen und tagtäglich wurden es mehr.

Während Ewe über diese seltsamen und beunruhigenden Funde nachdachte, erreichte sie ihr Ziel, einen der zwei kleinen Marktplätzen Nams, der das Bergbauviertel, das Armenviertel und die breite Geschäftsstraße miteinander verband. Sie steuerte, wie sie es beinahe jeden Tag tat, auf das große Gebäude zu, welches mit seinen Mauern gleichzeitig einen Teil der Stadtmauer formte.

Sie ging die sechs Treppenstufen hinauf zu der eichenen Doppeltür, neben welcher zwei Schilder prangten. Auf dem einen hieß es in alter Sprache: „Frauen-Akademie Nam" und auf dem anderen in anarischen Buchstaben: „Frauen Anastas - Erhebt euch!" Sie drückte die Tür auf und trat ein. In der geräumigen Eingangshalle wurde sie bereits von zwei speertragenden weiblichen Wachen empfangen, die wie aus einem Munde „Guten Morgen, Herrin" sagten. Ewe erwiderte den Gruß, indem sie ihre rechte Faust zur Brust führte. Die Wachen waren leider bitter nötig, denn trotz des mittlerweile über zehn Winter langen Bestehens dieser Akademie meinten immer noch manche Männer es für nötig zu halten, ihre oder auch irgendeine fremde Frau gewaltsam mitnehmen zu wollen. Oft, so wusste Ewe, waren sie vom Alkohol getrieben. Erbost bei diesem Gedanken lief sie die breite Treppe hinauf und bog in den linken der zwei Gänge ein, welcher von den Treppen abging. Sie lief durch den mit kunstvollen Gemälden bestückten Gang, bis sie an dessen Ende an einer Büste der Lara, der Frau Callums, ein weiteres Mal links abbog und nochmal ein dutzend Treppenstufen hochlief, bis sie endlich die schlichte Holztür zu ihrem Studierzimmer aufschloss.

Sie trat in den sonnendurchfluteten Raum und ihr Blick fiel sofort auf einen Brief, der auf ihrem fein gearbeiteten Eichenholztisch lag. Ohne Umschweife ging sie darauf zu, er war mit einem ihr unbekannten Ziegel geprägt, doch es war eine Axt darauf zu sehen. Stutzig entrollte sie die Pergamentrolle.

An die Königshure!

Da dir wohl nicht bekannt ist, dass an fremden Türen zu lauschen keine Tugend ist, müssen wir schwer daran zweifeln, ob das Großziehen eines kleinen Jungen eine angemessene Aufgabe für dich darstellt. Andernfalls müssten wir wohl etwas dagegen unternehmen, um dir diese Bürde abzunehmen.

Unterschätze nicht die Kraft vergangener Völker, sie werden sich erheben, die vorherrschenden Strukturen aufreißen und die Lücke mit den Leichnamen derer füllen, die sie ewig unterdrückt haben. Der König wird fallen, Nam wird brennen. Triff eine Entscheidung, Königshure.

Von Erde genommen, zu Erde gegeben.

Der gesichtslose Scharfrichter

Ewe las den Brief zweimal, dreimal und ließ sich völlig entgeistert auf ihren thronähnlichen Stuhl fallen.

Wie um alles in der Welt war das möglich? Das konnten nur leere Drohungen sein. Es war wohl nicht zu verhindern gewesen, dass das gesamte Volk Nams von dem brisanten Fund erfuhr und sich daher noch vereinzelte Fanatiker dazu berufen fühlten, dies als eine Art göttliches Zeichen zu sehen. Doch wie war es möglich, dass sie niemanden letzte Nacht gesehen hatte, weder im Ratsraum noch in der Thronhalle, doch sie offensichtlich gesehen worden war? Und konnten sie wirklich von Ed wissen? Sie legte die Stirn in Falten. Hunderte Gedanken schossen Ewe nun durch den Kopf. In diesem Moment schwang die Tür auf. Katzengleich sprang Ewe hoch, zog ihren Speer und hielt ihn angriffsbereit neben ihrem Kopf.

„Bei Ta, ich bin es Herrin, ich bin es!", schrie die Frau und stürzte zu Ewes Füßen zu Boden.

„Anna, hast du mir einen Schrecken eingejagt", stöhnte Ewe erleichtert. „Komm, erheb dich", fügte sie hinzu und streckte ihr ihre Speerfreie Hand helfend entgegen.

„Und du mir erst, Herrin", antwortete Anna immer noch völlig entgeistert.

„Anna, du musst mir einen Gefallen tun. Lauf sofort nach unten zu den Speerträgern. Schick fünf von ihnen zu meinem Sohn und lass ihn herbringen!" Sie sprach schnell und doch versuchte sie, ihre Stimme ruhig zu halten.

„Herrin Ewe?", fragte Anna völlig irritiert.

„Anna!", fuhr Ewe sie harsch an, „Tu es bitte schnell!" Anna nickte eifrig und verließ schnellen Schrittes das Arbeitszimmer. Ewe zog ihren Speer wieder fest an ihren Rücken und fuhr sich durch ihr müdes Gesicht. Ed war alles was sie hatte, ihm durfte einfach nichts zustoßen. Und wenn es jemand versuchen würde, würde er mit dem Leben bezahlen müssen.

Ewe setzte sich erneut auf ihren edlen Stuhl und begann wieder, zu grübeln. Was hatte es mit diesem Brief auf sich? Es konnte schon mal niemand von der Straße diesen Brief verfasst haben, denn von ihnen war keiner des Schreibens mächtig. Generell konnte es keiner von den einfachen Männern gewesen sein. Frauen konnte sie auch ausschließen, den niemand in ganz Anasta, soweit sie wusste, setze sich so sehr für das weibliche Geschlecht ein wie sie, also hätten sie ja gar keinen Grund, einen Groll gegen sie zu hegen. Es sei denn, irgendwelche Männer hätten die Frauen dahingehend beeinflusst, dass sie ihren Willen ablegten, für das Gedankengut der Männer. Sie konnte also doch kaum jemanden ausschließen. Eigentlich konnten nur vier Menschen neben ihr unbemerkt in den Ratsraum dringen. Das waren König Rodrik, den sie ausschließen konnte, Lord Blum, welchen sie eigentlich sehr schätzte, und dann war da Lord Ace. Er war ein facettenreicher Mann, er beriet Rodrik schon seit vielen Wintern, doch einem Mann, dessen Aufgabe es war, alles über jede Person im ganzen Land zu wissen, war alles zuzutrauen. Auch hatte er Rodrik dazu geraten, ja dazu gedrängt, das Dreiländerabkommen zu unterzeichnen, wodurch Rodrik die Hälfte ganz Anastas an zwei andere Könige abgetreten hatte. So herrschte Rodrik seit diesem Zeitpunkt nur über den Osten Anastas, der falsche König Auril über den Westen und der Wüstenkönig Paraneon über die Wüste im Norden des Landes. Obgleich dieses Abkommen vor mehr als zwanzig Wintern getroffen worden und sie damals noch ein Kind war, erachtete sie es immer noch als groben Fehler der Krone. Bis heute glaubte sie, dass Lord Ace einen geheimen Pakt mit einem der Funktionäre getroffen hatte, wodurch er sich Land erschleichen konnte. Auch, dass niemand wusste, wo überall er Informanten hatte und wer diese Männer waren, machte ihn in ihren Augen nicht vertrauenerweckender. Und dann war da noch Karus. Lord Karus, wie er sich dank Rodrik nennen durfte. Ein Mann, der sein halbes Leben im Gefängnis gesessen hatte, weil er ein Feuer gelegt hatte, bei dem Rodriks geliebter älterer Bruder Lysander starb, als er gerade einmal acht Winter alt war. Er war ein verrückter Mann, doch Rodrik sah dies unverständlicherweise anders. In ihrer Kindheit waren Karus und Rodrik Spielgefährten, bis Karus den Brand legte und König Darran, Rodriks Vater, ihn wegsperrte. Als Darran starb, holte Rodrik seinen Freund aus dem Gefängnis und ernannte ihn zu seinem direkten Berater. Rodriks größte Schwäche war es immer, das Gute sehen zu wollen, obgleich in dieser Person kein Funke Anstand steckte.

Doch dann waren da noch die gesichtslosen Scharfrichter. Konnten sie es wirklich sein? Sie würde wohl oder übel Adamus aufsuchen müssen, um ihn zu fragen, wie er es einschätzte, ob noch jemand in diesen Höhlenbehausungen leben konnte. Oder ob es neue Funde gab, die darauf schließen ließen, dass es dort sehr wohl noch Leben gab.

Aber selbst, wenn dies der Fall wäre, König Darran hatte die Scharfrichter bereits deutlich vor ihrer Geburt vernichtend geschlagen.

Vor mittlerweile über fünfzig Wintern mussten die gesichtslosen Scharfrichter bereits beseitigt worden sein. So lange konnte sich niemand in einem Loch verstecken, sie müssten also unter ihnen leben, seit über fünfzig Wintern. Unbemerkt. Unerkannt. Diese Vorstellung ließ Ewe schaudern. Doch was viel schlimmer war, sie mussten einen Sitz am königlichen Hofe haben. Denn wie sonst sollten sie in das Ratszimmer gelangt sein? Fragen, die nach Antworten schrien, türmten sich in ihrem Kopf. Erschöpft fuhr sie sich über ihr Gesicht und zog sich die Haare zu einem strengen Zopf zusammen. Es half nichts, hier untätig herumzusitzen und sich den Kopf zu zerbrechen, dachte Ewe. So erhob sie sich und ging zu dem Bücherregal, das sich vom Boden bis zur Decke erstreckte und voll war mit seltenen Werken, Tagebüchern, Fundberichten, geschichtlichen Erzählungen, Sammelwerken mit Liedern der Barden und Büchern in fremden Sprachen, welche Ewe nicht verstand. Jedes Mal, wenn sie vor diesem mächtigen Bücherregal stand, war sie davon beeindruckt, wie viele Werke Callum, Rodriks Großvater zu seinen Lebzeiten hatte ansammeln können. Ewe stand einen Augenblick vor dem Regal, bis sie fand, was sie suchte. Aus der obersten Ecke des Regals zog sie ein Buch, auf welchem es in alter Schrift hieß: „Bewahrung der Sicherheit des Volkes" Es war von Rodriks Vater Darran selbst geschrieben, so wusste sie, oder zumindest erzählte Rodrik dies immer, dachte sie schmunzelnd bei dem Gedanken, wie er ihr damals immer von den Geschichten seines Vaters im königlichen Garten erzählt hatte, als sie noch ein Kind gewesen war. Ewe klemmte sich das große Buch mit dem braunen Ledereinband unter den Arm und nahm sich sowohl eine Feder als auch eine Rolle Pergament, sowie ein Tintenfläschchen von ihrem Tisch und ging wieder zur Tür hinaus. Auf dem durch einige Kronleuchter erhellten Gang lief ihr eine kleine, rundliche Frau mit einer weißen Haube auf dem Kopf, über den Weg.

„Magda, hast du Meister Solas gesehen?", fragte sie die kleine Frau bemüht freundlich, auch wenn ihre Gedanken wieder bei ihrem Sohn waren.

„Ja, also ich meine, er ist in den Kellern, also", sagte die Frau heiser und schwer atmend.

„Die Lunge wieder?", fragte Ewe mitleidig.

„Also ja, Herrin, wenn es kälter wird, ist es immer schlimmer, also", sagte sie betrübt.

„Geh doch in den Essenssaal und bitte Lea um einen heißen Eukalyptustee mit Ingwer für dich. Der hilft, glaub mir", sagte Ewe und versuchte, aufmunternd zu lächeln, wohl wissend, dass Magdas Krankheit immer schlimmer wurde und sie wohl nicht mehr viele Winter zu leben hatte.

„Also danke, Herrin", antwortete sie lächelnd nickend und machte auf der Stelle kehrt.

Ewe ging weiter in die Eingangshalle, öffnete die große Tür zur Stadt hin und spähte die Straße hinunter, um nach den Speerträgern und Ed Ausschau zu halten. Und tatsächlich, am Ende der Straße sah sie fünf ihrer Speerträger mit gezogener Waffe durch die Straße marschieren, mit ihrem Sohn und Carla, ihrem Hausmädchen in ihrer Mitte. Sie ließ alles fallen, was sie in der Hand hatte und stürmte durch die sonst leere Straße ihrem Sohn entgegen.

„Ed!", stieß sie erleichtert aus und gab ihrem Sohn einen Kuss auf die Wange.

„Was ist denn los, Mama?", fragte der kleine Junge verwirrt und ließ Carlas Hand los.

„Komm schnell, wir gehen hinein", sagte sie, hob ihren Sohn auf den Arm und gemeinsam ging sie mit ihren Soldaten und Carla in die Akademie.

„Herrin, ist etwas passiert? Sind wir in Gefahr?", fragte Carla ängstlich.

„Nein es ist alles gut. Ich will nur sicher sein, dass euch nichts passiert", sagte sie und strich ihrem Sohn über den Kopf, nachdem sie den Jungen wieder abgesetzt hatte.

„Bleiben wir hier, Mama?", fragte er seine große, gutaussehende Mutter, die sich vor ihn hockte.

„Wenn Carla so lieb wäre und hierbleiben würde, dann ja", sagte sie und blickte zu Carla hoch.

„Aber natürlich, Herrin Ewe", antwortete diese und nickte eifrig.

„Darf ich im Hof mit den Speerträgern kämpfen?", fragte Ed und hüpfte vor Aufregung hin und her. Ewe blickte ihrem Sohn lange in die Augen, bevor sie antwortete.

„Du kannst mit ihnen üben, aber verletze sie bitte nicht zu sehr", sagte sie mit einem gespielt ernsten Gesichtsausdruck, worauf Edward lachen musste und seiner Mutter in die Arme sprang.

„Komm, Carla", rief der kleine Junge, nachdem er seiner Mutter einen Kuss gegeben hatte und rannte los. Carla blickte Ewe noch einmal kurz fragend an, doch Ewe nickte ihr zu und so lief Carla Ed hinterher.

Erleichtert atmete Ewe aus, hier war ihr Sohn sicher, es gab keinen sichereren Ort als diesen hier, bei ihren Elitesoldaten. Sie sammelte ein, was sie zuvor hatte fallen lassen und ging von dort aus weiter in den Keller. Von den kärglich beleuchteten Mauern schien hier unten immer ein bläulicher Schein auszugehen. Und es roch nach Tod, wenn nicht gerade der penetrante Geruch von Zwiebeln durchschlug, welche hier in geflochtenen Strängen von der Decke hingen. Auch der rote, fein gearbeitete Teppich, der den Großteil des Bodens bedeckte, verlieh dem Keller doch nicht den gewünschten Charme.

Sie lugte in die einzelnen ehemaligen Zellen, die jedoch seit der Gründung der Akademie entweder als Lagerräume, zum Umziehen für die Frauen oder als kleine, ungestörte Studierzimmer genutzt wurden, um zu sehen, ob sich Solas in einer dieser befand. In einem der hinteren Räume spürte sie ihn schließlich auf. Wie immer saß der alte, glatzköpfige Mann eingedeckt und versteckt zwischen Bergen von Büchern.

„Verzeih Solas, hast du einen Augenblick?", fragte sie höflich, wenn auch bestimmt, sodass ihm eigentlich keine Wahl gelassen wurde.

„Ja selbstverständlich, du bist schließlich die Herrin des Hauses", antwortete er mit einem zahnlosen Lächeln. Ewe tat diese Bemerkung mit einer Handbewegung ab.

„Was weißt du über die gesichtslosen Scharfrichter?", fragte sie geradeheraus und voll konzentrierter Spannung.

„Ah, du hast auch von den Funden gehört?", fragte er langsam.

„Natürlich habe ich das", begann sie ungeduldig. „Aber davon rede ich nicht. Kannst du mir sagen, warum sie die

Einigkeits-Revolution starteten? Was erhofften sie sich?", fragte Ewe nun fordernder.

„Nun ja", begann der alte Mann wieder langsam, „mein Vater erzählte mir in jungen Jahren davon, ich selbst hatte zu diesem Zeitpunkt achtzehn Winter gesehen. Es war 766 nach den Göttern", er genoss es offensichtlich, eine Zuhörerin zu haben.

„Alles begann mit der Unzufriedenheit einer kleinen Gruppe, die sich um Sartas scharte, tatsächlich dem Urgroßvater Corvos", bei diesem Namen warf er Ewe einen flüchtigen Blick zu, wobei er seine kaum vorhandenen Augenbrauen hochzog.

Ewe atmete einmal tief ein und wieder aus. David, der Leiter der Gefängnisfestung, hatte doch gesagt, dass ein Corvo geflohen sei.

„Dem Corvo", sagte sie zähneknirschend.

„Ich schätze, wir sprechen von ein und demselben Mann", bestätigte Solas. Es hätte komisch gewirkt, wenn die Situation nicht so bitter ernst gewesen wäre.

„Sartas war, wie du dir sicher schon denken kannst, der Scharfrichter Nams, zu einer Zeit, wo, ich erinnere mich noch sehr gut…", sagte er abschweifend und sein Blick verlor sich langsam an der kalten Wand. „Wie dem auch sei, zu dieser Zeit waren die Hinrichtungen noch ein reines Spektakel, ein riesiges Ereignis. Eine Schande, dass Rodrik dies nicht mehr zulässt, es würde Nam so viel helfen", schimpfte er.

„Solas!", fuhr Ewe ihn an. Wie konnte dieser alte Mann es wagen, ihren König anzugehen! „Du bist nicht in der Position, König Rodriks Entscheidungen zu kritisieren. Sag mir nur, was du über den Aufstand weißt."

„Jaja, schon gut, schon gut", entgegnete er, den Kopf einziehend. „Also, die Hinrichtungen - man musste einfach dabei sein, seiner Wut einfach freien Lauf lassen. Zu dieser Zeit waren die Scharfrichter so etwas wie kleine Berühmtheiten, jeder wusste genau, wer unter der Maske steckte. Und wenn man wusste, wer die Hinrichtung vollzog, konnte man sich schon freuen, denn beispielweise Sartas, so erzählte mir mein Herr Vater, war dafür bekannt, besonders brutal zu sein", mahnend hob er einen alten, gelblichen Finger.

„Wie kann man bei einer Hinrichtung besonders brutal sein?", fragte Ewe stirnrunzelnd und Solas schien förmlich auf diese Frage gewartet zu haben.

„Nun ja, wenn man beispielsweise mit dem ersten Schlag vielleicht nur die Hälfte des Halses abtrennt und daher beim zweiten Schlag die doppelte Menge an Blut aus dem Hals strömt", erklärte Solas, als ob er von etwas Schönem reden würde. Um von diesen Abscheulichkeiten abzulenken fragte Ewe: „Ich verstehe, also war Sartas bekannt, aber worüber war er so verbittert? So wie du erzählst, wurde er vom Volk doch anerkannt, und so wie ich das sehe, lebte er nicht in Armut?"

„Nein, keineswegs lebte er in Armut. Er zählte wohl mit zu den wohlhabendsten Männern, er hatte sogar regelmäßige private Unterredungen mit Callum dem Ewigen, Rodriks Großvater, und sogar einen Sitz im Königlichen Rat", antwortete er anerkennend nickend.

„Aber wie kam es dann zu dem Aufstand?", fragte Ewe ebenso neugierig wie ungeduldig. Ein kurzer Moment des Schweigens trat ein.

„Darüber sind wir im Unklaren", sagte Solas schließlich nachdenklich und für einen kurzen Augenblick zeichnete sich Fassungslosigkeit auf Ewes Gesicht ab.

„Wie bitte?", fragte sie aufgebracht. Wusste Solas mehr, als er ihr sagen wollte?

„Nun ja, junge Dame", begann Solas wieder und bei den letzten beiden Worten zog Ewe missbilligend ihre Augenbrauen hoch.

„Die Quellen sind sich uneinig darüber. Darran schrieb in dem Buch unter deinem Arm", er deutete mit seinem langen Fingernagel auf das Buch, welches Rodriks Vater verfasst hatte, „dass er weniger Hinrichtungen wollte und die Menschen stattdessen in die Mine zum Arbeiten abschieben wollte."

„Aber das ist doch eine ehrbare Idee", stieß Ewe irritiert aus.

„Ja, aus heutiger Sicht. Vor fünfzig Wintern dagegen konnten die Menschen dies nicht verstehen. Du musst dir vorstellen, beinahe alle Scharfrichter hätten somit auch in die Minen gemusst und hätten somit auf einen Schlag alles verloren. Anerkennung, Reichtum, kurz: Ihren Lebenssinn", schloss er weise.

„Daher behauptete Sartas, dass Darran verrückt geworden sei, wegen des unglücklichen Todes seines ersten Sohnes", fuhr er bitter fort.

„Dem Tod Lysanders?", fragte Ewe.

„Allerdings", bestätigte Solas langsam nickend.

„Nach dessen Tod, so ließ Sartas verbreiten, habe er die Enthauptung beinahe jeden Ratsmitgliedes angeordnet und wolle das Volk dezimieren", griff Solas den Faden wieder auf.

„Aber das sind doch Lügen!", rief Ewe entrüstet aus. „Wie konnten die Leute denn darauf hereinfallen?"

„Nun ja, Ewe, sind es Lügen?", fragte Solas sie bekümmert. „Keiner von uns ist dabei gewesen. Wir wissen nicht, welche der beiden Seiten uns nun zum Narren hält." Er faltete seine Hände über einem aufgeschlagenen Buch.

„Doch, Solas. Ich weiß es. König Darran war ein großartiger Mann, nie würde er so den Verstand verlieren!", fuhr sie den Gelehrten an.

„Ich vermag nicht, darüber zu Urteilen", entgegnete der gebrechliche Mann schlicht und zuckte langsam mit den Achseln.

„Um meine Geschichte zu beenden", fuhr er nun fort, „Sartas wiegelte die Menschen durch seine harten Anschuldigungen so weit auf, dass sich das Volk schließlich spaltete, in die, welche dem König immer noch die Treue schworen und diejenigen, welche die Königsfamilie tot sehen wollten. Ohne Unterstützung wäre Nam heute ein ganz anderer Ort, und du und ich würden hier mit Sicherheit nicht sitzen", erklärte der alte Mann ihr und kramte in einem Berg von Karten, der neben ihm auf dem Boden lagen, bis er schließlich eine der größten herauszog, die ganz Anasta zeigte.

„Hier", sagte er und deutet mit seinem alten runzligen Finger auf die verschiedenen Orte. „Aus den Rotwäldern, der Steinsteppe und besonders aus der Wüste bekam Darran Unterstützung. Ich bin mir nicht einmal sicher, ob diese Verbündeten überhaupt wussten, wie der Kampf entstanden war und warum sie kämpften. Doch Darran hatte überall in Anasta Gefolgsleute aufgrund der Loyalität zu seinem Vater Callum. Davon wussten die Scharfrichter jedoch nicht. Die Kämpfe hielten, den Aufzeichnungen zufolge, gerade einmal vier Vollmonde", schloss er schließlich.

„Und das Volk?", fragte Ewe stirnrunzelnd „Hat es eingesehen, dass Callum im Recht war? Es konnte ja nicht jeder Aufständische getötet werden. Sonst hätte Sartas am Ende ja doch recht behalten?", fragte Ewe und konnte sich beim besten Willen keine wirklich gute Lösung für dieses Problem vorstellen.

„Nun ja, Darran hielt nach der Niederschlagung immer häufiger Reden an das Volk und ließ sich vom Adel erneut die Treue schwören. Er sorgte wieder für Stabilität im Land, ausreichend Nahrung, sowie Lohn. Dies hat die Krone damals einen beträchtlichen Teil des Goldes gekostet. Doch es war vonnöten in den Augen des Königs Darran."

„Und die Exekutionen?", bohrte Ewe nach. „Meines Wissens erließ Rodrik das Gesetz, sie völlig abzuschaffen?", fragte sie mit prüfendem Blick.

„So ist es. Die Hinrichtungen wurden bereits unter der Regentschaft seines Vaters stark reduziert und vermehrt wurden Verbrecher in die Minen geschickt oder weggesperrt, weshalb auch die Gefängnisfestung, auf Darrans Befehl hin, errichtet wurde", ergänzte Solas weise nickend. Auch Ewe nickte verstehend.

„Ich danke dir, Solas. Das ist vorerst alles, was ich wissen wollte", sagte sie und nickte ihm ernst zu.

„Stets zu deinen Diensten", sagte Solas mit seinem unheimlichen zahnlosen Lächeln und wandte sich wieder seinem aufgeschlagenen Buch zu.

Mit neuem Wissen zum Grübeln verließ Ewe das Kellergewölbe und ging in Richtung des Kaminzimmers, um die Frauen zu unterrichten.

Sie war froh, endlich den stinkenden Keller verlassen zu können. Wie konnte Solas es den ganzen Tag dort unten aushalten, fragte sie sich, während sie die Tür zum Kaminzimmer aufstieß, in welchem bereits gut zwei Dutzend Frauen auf sie warteten, welche sich bei ihrem Anblick von ihren Stühlen erhoben.

Ewe schritt durch die Reihen, bis sie an dem schweren Tisch, der vor dem brennenden Kaminfeuer stand, haltmachte und sich zu ihnen drehte, woraufhin sich die Frauen setzen.

„Liegt euch etwas auf dem Herzen? Dann sprecht jetzt", eröffnete Ewe mütterlich das Gespräch. Eine Frau mit androgynen Zügen erhob sich rasch von ihrem Stuhl, bevor sie zu sprechen begann.

„Meine Kinder haben Hunger, Herrin. Ihr Vater hat uns im Stich gelassen und ich habe kein Gold", sagte sie mit brüchiger, flehender Stimme.

„Wie ist Euer Name? Ich sehe Euch zum ersten Mal heute."

„Tanja, Herrin. Ja ich besuche heute zum ersten Mal die Akademie, mein Mann verbot es mir und schlug mich immer, wenn ich es erwähnte." Ihre Stimme wurde bei diesen letzten Worten immer leiser. Abscheu kroch in Ewe hoch.

„Nun gut, Tanja. Keine Frau und keine Kinder, welche diese Akademie besuchen, müssen Hungern. Ihr könnt selbstverständlich jeden Tag und jede Nacht hierbleiben, sowie Eure Kinder. Es werden jeder Besucherin drei Mahlzeiten zur Verfügung gestellt. Außerdem haben wir im Schlafsaal auch genügend Platz für Euch und Eure Kinder", schloss Ewe ernst wenn auch fürsorglich.

„Aber", begann die große Frau stotternd, „Herrin, ich habe kein Gold.", widerholte sie und blickte Ewe nun erstmals in die Augen. Tränen rannen ihr über das schmutzige Gesicht.

„Tanja", begann Ewe warm lächelnd, „wir wollen Euer Gold nicht. Wir wollen gar kein Gold von Euch. Falls es Euch beliebt und ihr länger hier wohnen wollt, wäre es großzügig, wenn Ihr den Frauen beim Putzen, Kochen, Schreiben oder Schmieden zur Hand geht."

„Schmieden?", fragte Tanja ungläubig flüsternd.

„Ja selbstverständlich. Wo steht geschrieben, dass nur Männer den Hammer und die Zange bedienen dürfen?", fragte Ewe lächelnd, angesichts Tanjas strahlenden Augen.

„Ich danke Euch, Herrin. Ich danke Euch vielmals", stotterte sie, sich verbeugend und setzte sich wieder.

„Erste Schwester Anna, zeigt Ihr Tanja bitte später alles?", fragte sie die Frau in der ersten Reihe, welche sofort bereitwillig nickte.

„Gut", sagte Ewe, in die Runde blickend. „Gibt es sonst noch etwas?", sie ließ den Frauen einen kurzen Augenblick um zu Überlegen. „Keine weiteren Fragen? Probleme?", sie ließ ihren Blick noch ein weiteres Mal über die Gesichter der erwartungsvoll blickenden Frauen schweifen.

„Hervorragend, wenn dem nicht so ist, lasst uns beginnen. Ich habe euch heute eine Erzählung aus der Geschichte Anastas mitgebracht", begann Ewe und schlug das Buch, welches sie aus ihrem Studierzimmer mitgenommen hatte, vor sich auf.

„Wir schreiben den Winter 764 nach den Göttern. Das Jahr, in welchem König Callum starb. Vom Alter dahingerafft, entschlief er in seinen Gemächern im stolzen Alter von 76 Wintern, als einer der ältesten Menschen seiner Zeit. Er hatte das Land ganze 54 Winter regiert, niemand davor herrschte so lange Zeit wie Callum der Ewige. Es stand außer Frage, dass sein Sohn Darran, der in den letzten Lebensjahren Callums ohnehin schon die meisten Aufgaben übernommen hatte, der König über ganz Anasta werden würde. Doch es steht geschrieben, dass das Ableben Callums eine Unruhe im Volk auslöste. Fast zwei Generationen an Häusern und Familien kannten nur den einen König Callum und nun sollte ein anderer das Land regieren? Für viele unvorstellbar und Stimmen wurden laut in der Bevölkerung, dass..."

So erzählte Ewe den gespannt zuhörenden Frauen über die Ereignisse, wie Darran einst seine Macht im ganzen Land gefestigt hatte.

Kapitel 6 – Das Geweih der Weisheit

Schweiß perlte Rodrik über sein Gesicht, als er den, wie er meinte, hundertsten gewaltigen, schweren Stein vom Karren durch den unfertigen Türeingang eine gewundene Treppe hochschleppte, bis er ihn endlich unter Stöhnen auf den Stein legte, den er kurz zuvor dort platziert hatte. Er griff sich eine der runden Flaschen, entkorkte sie und nahm einige gierige Züge. Die Sonne strahlte stärker denn je, an diesem Sommertag, der ein schöner hätte werden können, wenn er nicht hier draußen das Werk hätte verrichten müssen.

„Kommst du bitte kurz zu den Pferden?", fragte ihn der große Mann, der trotz seines mittleren Alters schon aschgraues Haar hatte.

„Ja Vater, sofort", antwortete er. Rodrik ließ seinen Blick durch den unfertigen Raum schweifen, es würde zweifellos ein eines Königs würdiger Sitz werden. Erschöpft von der verrichteten Arbeit ging Rodrik die Treppe hinunter und zu dem Kreis von Männern, welcher sich um seinen Vater Darran gebildet hatte. Sein Vater lächelte die umstehenden Männer stolz an.

„Ihr habt heute alle hervorragende Arbeit geleistet", sagte Darran mit besonderer Betonung auf dem Wort „alle".

„Ich bin sehr zuversichtlich, dass wir das Gebäude noch diesen Sommer fertigstellen werden. Und es wird ein mächtiges Bauwerk sein, das noch euren Kindeskindern den Atem rauben wird, und von dem ihr mit Stolz sagen könnt: Das habe ich mit meinen eigenen Händen errichtet!" Die Männer klatschten und

Rodrik erkannte, wie sich bei den meisten Männern ein zufriedener, ja sogar stolzer Gesichtsausdruck breitmachte.

„Euer Gold könnt ihr euch wie immer bei Samara abholen und ihr seid auch herzlich eingeladen, euch zu mir an die Tafel zu setzen, Bier zu trinken und Brot zu speisen." Mit einer ausladenden Handbewegung deutete er auf zwei lange Tische, die auf einem Wiesenfleck vor der Baustelle standen. Auf ihnen standen mehrere Krüge mit Bier, eine reichlich gefüllte Fleischplatte und einige Teller mit Brot. Vier Bänke waren unter dem freiem Himmel davor aufgestellt. Die Männer nickten und gingen langsam in Richtung des Tisches, an dem Samara saß, kleine Beutel mit Gold vor sich. Hinter ihr standen zwei große, ganz in schwarze Rüstung gehüllte Wachen, die unfassbar schwitzen mussten, dachte Rodrik. Schnell bildete sich eine Schlange. Der Mann, der vor dem Tisch stand, nannte seinen Namen und seit wann er zum Arbeiten gekommen war, Samara machte einige Striche auf einer Tafel und überreichte dem Mann einen Beutel.

Rodrik, der sich natürlich keinen Beutel mit Geld abholte, ging direkt zu dem Tisch, an welchem sein Vater bereits saß. Unter Stöhnen ließ er sich neben ihm nieder. Lachend klopfte sein Vater ihm auf die Schulter.

„Du stöhnst aber ganz schön, mein Sohn."

„Die armen Männer, die dies tagein tagaus ihr Leben lang tun müssen", meinte Rodrik und zog Brot und Bier zu sich.

„Mein Rücken schmerzt, ich spüre meine Beine kaum, von meinen Füßen gar nicht zu sprechen." Hungrig kaute er ein Stück Brot.

„Hervorragend", gab sein Vater lachend zurück.

„Genau deswegen helfen wir den Männern. Um ihre gewaltige Leistung wertschätzen zu lernen", erklärte sein Vater ihm.

„Was soll ich denn als nächstes tun? Die Böden putzen? Das Feld pflügen?", fragte er belustigt und sah erfreut, dass sein Vater lachte.

„Nein, mein Sohn", begann er, „auch wenn es dir vielleicht guttun würde!", er zwinkerte ihm ebenfalls lachend zu.

Nach und nach setzten sich immer mehr Männer an die lange Tafel, nahmen sich ein Stück Brot, gossen sich Bier ein, hoben ihren Krug und riefen: „Auf König Darran!" Einem jeden nickte sein Vater dann zu, um ihnen zu bedeuten, dass es ihnen erlaubt war, mit dem Mahl zu beginnen.

Das Zwitschern einer Lerche und der Schrei eines Falken ließen Rodrik im frühen Morgengrauen erwachen. Er blinzelte in die verräterisch scheinende Sonne und schwang seine Beine aus dem unbequemen Bett. Er nahm seine Glaubenskette, ein Rundes Amulett, welches zur Hälfte eine Sonne und zur anderen ein Mond war, vom Tisch und setze sich auf den Stuhl, um seine schweren Stiefel sowie seine Beinplatten umzuschnallen. Anschließend legte er sich seinen Eisenharnisch um und schwang seinen Reiseumhang darüber. Im Hinausgehen griff er sich sein mächtiges Breitschwert. Vor der Tür erwartete ihn bereits der müde aussehende Benjamin.

„Hast du geschlafen?", fragte Rodrik ihn ernst.

„Ja, mein König. Bis zum Anbruch des Tages, dann habe ich Vic von der Wache abgelöst. Max und Seny haben vor Lord Blums Tür Wache gehalten", schloss er mit auf dem Rücken verschränkten Händen, welche, so wusste Rodrik, fest um die beiden versteckten Dolche an seinem Rücken geklammert waren.

„Nun gut", erwiderte Rodrik. „Wecke bitte die Schlafenden und kommt dann alle zu mir in den Schankraum. Ich will so schnell wie möglich aufbrechen."

So ging Rodrik, seine Kapuze wieder tief ins Gesicht gezogen, voraus in die noch beinahe leere Stube. Es saßen darin nur ein Mann, tief über seinen Krug gebeugt und anscheinend betrunken, eine Frau, in ein kunstvolles blaues Gewand gehüllt, die wohl auf ihre Morgenmahlzeit wartete und eine kleine Gruppe von tatsächlich auffällig kleinen Männern, die munter Pfeife rauchten und Brot aßen. Eine weitere Frau wischte die Tische ab. Rodrik setze sich in die gleiche Nische wie am Vorabend. Fast augenblicklich kam die hübsche junge Frau, die zuvor die Tische gesäubert hatte, mit einem Tablet in der Hand zu ihm.

„Guten Ta Morgen, mein Herr", trällerte sie fröhlich. „Darf ich euch was zu Essen oder Trinken anbieten?", fragte sie unentwegt lächelnd, scheinbar unbeeindruckt von der vermummten Gestalt.

„Sehr gerne", antwortete Rodrik und blickte auf. Als die junge Frau ihren König erkannte, lief sie dunkelrot an und ihre Augen weiteten sich.

Rodrik lächelte sie freundlich an und legte einen Finger auf dem Mund, um ihr zu bedeuten, dass sie es nicht herumerzählen sollte. Eilig nickte die junge Frau, stellte das Tablet auf dem Tisch vor Rodrik ab und trippelte davon, zum Tresen, wo sie hinter einer Tür verschwand.

Allmählich füllte sich die Stube und auch die vier müden Soldaten, sowie der scheinbar immer wache Lord Blum kamen an Rodriks Tisch. Sie nahmen sich alle ein Stück Brot, nachdem Rodrik mit einem Nicken des Kopfes es ihnen gewährt hatte, und gossen sich ein noch dampfendes Getränk in ihre Becher. Stumm aßen sie tief über ihre Teller gebeugt das Brot und leerten ihre Krüge.

Nachdem sie das Mahl beendet hatten, blickte Lord Blum Rodrik an.

„Wollen wir aufbrechen?", fragte er, während er schon im Aufstehen begriffen war. Schmunzelnd machte Rodrik ein zustimmende Geste und alle erhoben sich. Als sie gerade den Tisch verlassen wollten, schaute der König Benjamin, welcher dem Tisch noch am nächsten war, fragend an.

„Mein König?", fragt dieser stotternd.

„Willst du das Tablett nicht wieder der Dame an den Tresen stellen?", fragte er mit hochgezogenen Brauen. Peinlich berührt drehte Benjamin sich um, stellte alle Krüge und Teller auf das Tablet und brachte es mit gesenktem Blick der hübschen Dame nach vorne.

So traten sie in die noch vorherrschende Kälte und Rodrik blickte, tief einatmend, in den Himmel. Weiße Wolken zogen am sonst wunderbar blauen Himmel träge in Richtung der Gefängnisfestung, doch in der Ferne konnte man schon bedrohliche graue Wolken über den Sümpfen aufkommen sehen. Den anderen war dies ebenfalls nicht entgangen, und alle blickten sie nun Rodrik skeptisch an.

„Nun gut. Worauf warten wir?", fragte Rodrik und so gingen sie zu ihren Pferden. Lord Blum gab dem Stallburschen eine Münze als Lohn und sie schwangen sich auf ihre Pferde und verließen Nehemi. Sie wandten sich der offenen Steppe und dem anliegenden herrlichen Birkenwald zu. Als Junge war Rodrik gerne in dem Birkenwald umhergestreift. Allerdings hatte es damals neben Nehemi noch eine weitere, näher an der Stadt gelegene Brücke gegeben, welche sein Vater jedoch hatte abreißen lassen.

Sie brauchten nicht lange, um den lichten Wald zu erreichen, jedoch war es ihnen aufgrund der Bäume nun nicht mehr möglich, sich schnell fortzubewegen. Daher ritten sie nun im Trab in Zweierreihen hintereinander zwischen den Bäumen hindurch. Der sonst so helle Birkenwald wirkte immer und immer dunkler. Rodrik war sich nicht sicher, ob er sich dies nun einbildete, oder ob es mit dem aufziehenden Gewitter zusammenhing.

Doch auch in dem Wald verweilten sie nicht lange. Ohne Zwischenfälle kamen sie den Sümpfen immer näher. Die Luft wurde dicker und feuchter, Sumpfzypressen standen tief im Wasser und man vernahm kein Vogelgezwitscher, nicht einmal die Rufe der Krähen.

Immer wieder bäumten sich die Pferde auf, wieherten wild und wollten ihre Reiter abwerfen, so entschied Rodrik, dass es das Beste wäre, die Pferde am Zügeln zu nehmen und weiter zu laufen. Rodrik spürte das Unwohlsein seiner Begleiter hinter ihm. Der beinah einzige begehbare Pfad war nun so eng, dass es schon für einen Mann allein schwer war, nicht in den langsam vor sich hin blubbernden Sumpf zu treten, geschweige denn, mit einem Pferd. Er hörte die vier Wachen hinter sich flüstern, hielt es jedoch nicht für notwendig, ihr Gespräch aufzugreifen, denn soeben hatte er, zwar noch in weiter Ferne, die einsame Hütte entdeckt, welche das Ziel ihrer kleinen Reise war. Sie liefen noch weitere tausend Schritte, bis der Pfad sich endlich wieder öffnete und sie eine Lichtung erreichten, auf die schwach die Sonnenstrahlen fielen. Rodrik rieb sich mit seinem Handrücken den Schweiß von der Stirn, eher er sich umdrehte.

„Wir sind da", sagte er leise.

„Ihr vier bleibt besser draußen und passt auf, er mag es sowieso nicht, wenn so viele Leute in sein Reich eindringen", befahl er und reichte Max die Zügel seines Pferdes.

„Haltet eure Waffen bereit", gebot ihnen Lord Blum und überreichte Victoria die Zügel seines Rosses.

Die beiden Männer gingen unter dem Klappern ihrer feucht gewordenen Rüstung näher an die wackelige kleine, alte Hütte. Die Behausung war von einem kleinen Holzzaun umgeben. Zwei Ziegen fraßen das spärlich wachsende Gras vor der Hütte. Ein Windspiel aus Hühnerbeinknochen klang leise im Wind. Genau in dem Moment, als Rodrik das kleine Tor öffnen wollte, schwang die Tür auf. Doch niemand trat auf die Schwelle. „Ich bin es!", rief Rodrik beunruhigt in die Stille.

„Rodrik, Sohn des Darran und König Anastas. Ich erbitte Eure Hilfe, Geweih der Weisheit." Stille. Knarrend drückte Rodrik das Holztörchen ganz auf und wagte sich einen Schritt näher an die Hütte heran. Die Ziegen grasten unbeeindruckt neben einem Baumstamm mit einer Axt darin weiter und nahmen keinerlei Notiz von den beiden Männern. Lord Blum zog seinen Bogen und nahm langsam einen Pfeil aus seinem Köcher. Als Rodrik dies sah, blickte er ihn verständnislos an und gebot ihm stumm, seine Waffen wegzustecken. Sie waren nun nur noch zwei Fuß von der Tür entfernt, als eine alte zittrige Stimme, harsch ertönte: „Lasst sie vor der Tür!"

Kopfschüttelnd blickte Lord Blum Rodrik an. „Nein", flüsterte Lord Blum, „niemals."

„Jost!", fuhr Rodrik ihn, ebenfalls flüsternd an. „Sofort!" Höchst widerwillig legte Lord Blum seinen Bogen, seinen Köcher mit den Pfeilen sowie sein kurzes Krummschwert neben der Tür ab. Rodrik tat es ihm gleich und legte sein Breitschwert, sowie seinen runden Schild daneben.

„Tretet ein", ertönte wieder die Stimme aus dem Inneren des Hauses.

Sie taten, wie ihnen geheißen und betraten die kleine Hütte. Sie bestand aus nur einem Zimmer, das Küche, Ess- und Schlaf-raumzugleich war. Allerhand Dinge hingen hier an den Wänden oder vor den Fenstern, weshalb nur spärlich Licht in das Zimmer fiel. Tote Tierkadaver lagen auf dem noch blutigen Tisch neben einem kleinen, sehr spitzen Messer. Festgestampfte Erde lag auf dem sonst vom Ziegenmist bedeckten Boden. In der Feuerstelle brannte ein kleines Feuer und darüber hing ein kupferner Topf, in dem hoffentlich ein Eintopf blubberte, dachte Rodrik. Es waren so unfassbar viele Gerätschaften in diesem kleinen Raum, dass Rodrik gar nicht alles wahrnehmen konnte, denn nun bewegte sich etwas oder jemand langsam in der wohl dunkelsten Ecke der Hütte.

„Was ist euer Begehren?", fragte der alte Mann, der nun langsam in den Lichtschein des Feuers trat.

Er war vom Alter gebeugt, hatte einen seltsam nach innen gekrümmten Mund und lichtes weißes Haar. Doch das wohl Auf-fälligste an diesem Mann war, dass er das Geweih eines Hirsches an seinem Nacken festgebunden hatte, sodass es aussah, als wäre es sein Geweih, welches ihm aus dem Rücken entsprungen sei.

Keineswegs eingeschüchtert oder irritierte von dieser skur-rilen Erscheinung begann Rodrik, zu reden.

„Ich habt meinem Vater stets gute Dienste erwiesen und ihn immer, so gut ihr konntet, beraten. Nun komme ich, um Euch nach Antworten zu fragen. Der Ausbruch, ihr habt davon ge-hört?", fragte er.

„Selbstverständlich", erwiderte der alte Mann leicht erzürnt.

„Natürlich habt ihr davon gehört", sagte Rodrik schnell.

„Was soll ich tun, Weiser?", fragte Rodrik, schon fast flehend.

„Wie soll ich mein Volk schützen vor solchen Männern, solchen Fanatikern?", bei dem letzten Wort verzog das Geweih der Weisheit sein Gesicht.

„Gebraucht dieses Wort nicht", sagte er ärgerlich. „Doch ich werde die Natur befragen", sagte er ernst. Langsam schritt er zu dem Tisch, auf welchem das tote Tier neben verschiedenen Kräutern lag. Lord Blum atmete unüberhörbar hinter Rodrik, doch er würdigte ihn keines Blickes. Gebannt schaute er dem alten Mann dabei zu, wie er allerlei Zutaten in einen Mörser gab und zerrieb. Dann zog der Weise eine Pfeife aus der Tasche seines bis auf den Boden hängenden Mantels und stopfte sie mit dem gerade zubereiteten Gemisch. Ächzend ließ er sich in den alten, zerfledderten Stuhl bei der Feuerstelle fallen und entzündete die lange, gebogene Pfeife. Kurze Zeit war nur das Knistern der Glut zu vernehmen.

Endlich öffnete er seinen mit Rauch gefüllten Mund, ließ ihn langsam vor seinem Gesicht aufsteigen, lehnte sich zurück und blickte nachdenklich in die wirren Gestalten, die der Rauch formte.

Mit vom Rauch belegter Stimme stöhnte er mit einem erstickten Laut auf.

„Ein Sturm zieht auf, Rodrik", sagte der weise Mann mit heiserer Stimme. „Ein Sturm zieht auf!" Hinter Rodrik scharrte Lord Blum ungeduldig und unüberhörbar mit seinen Füßen, doch er schenkte ihm keine Beachtung.

„Erklärt euch!", forderte der König den in Rauch gehüllten Mann auf.

„Du hast gefragt. Ich habe geantwortet", entgegnete der Seher.

„Genug der Rätsel!", des Königs Stimme wurde zornig. Wieso wollte der Mann ihm nicht sagen, was er wusste? Er brauchte Gewissheit und nicht noch mehr Fragen, die wiederum der Antwort bedurften. Er trat einen Schritt näher an den alten, gebrechlichen Mann heran und obgleich auch Rodriks stärkste Tage bereits in der Vergangenheit lagen, so konnte sein äußeres Erscheinungsbild dennoch bedrohlich wirken.

„Ich kenne mein Ende, Sohn meines Königs", sagte der Seher unbeeindruckt. „So werde ich nicht enden. Der Sturm wird alles mitreißen. Alles", schloss der vom alter gekrümmte Mann.

„Mehr habe ich nicht zu sagen, mehr habe ich nicht gesehen", fügte er erschöpft hinzu.

„Verzeiht, Meister", erwiderte Rodrik und senkte seinen Blick beschämt auf den Ziegenmist zu seinen Füßen.

„Ich dachte nur", begann er, „ich hatte nur gehofft, Ihr könntet mir Antworten liefern", murmelte er enttäuscht.

„Aber das habe ich doch, Sohn meines Königs!", entgegnete der Greis, „Du musst sie nur richtig deuten, die Zeichen, Sohn des Darran!"

„Wieso helft Ihr mir denn nicht, wie Ihr meinem Vater halft?", fragte Rodrik und konnte die Verzweiflung nicht aus seiner Stimme verbannen.

„Mein König!", fuhr Lord Blum von hinten dazwischen, der zweifellos fand, dass dieses, ja, fast kindische Verhalten unter der Würde seines Königs war.

Doch Rodrik hob seine Hand, um ihm Schweigen zu gebieten und fuhr unbeirrt fort:

„Wieso begleitet Ihr uns nicht? In die Hauptstadt? Es würde Euch an nichts mangeln!"

„Das Alter hat mich gezeichnet, der Sumpf hält mich am Leben. Ich atme seine Luft und spüre sein Dasein. Ich werde mein Leben hier vollenden, Sohn meines Königs."

„Kann Euch nichts zum Gehen bewegen? Wir haben Bücher von uraltem Wissen in der königlichen Schatzkammer. Dieses Wissen, vereint mit eurer Gabe, könnte ein Leben in Harmonie und Einklang für die nächsten hundert Jahre erzeugen!" Begeistert von dieser Vorstellung leuchteten Rodriks Augen. Das war es, was er sein Leben lang gewollt hatte! Ein Land ohne Krieg, ohne Hungersnöte. Und dieser Mann musste ihm dazu verhelfen, das wäre sein Vermächtnis!

Müde blickte das Geweih der Weisheit Rodrik in die Augen, bis er schließlich sagte: „Ich werde darüber nachdenken, Sohn meines Königs. Das klingt in der Tat vernünftig. Doch ich muss erst die Götter des Todes und der Natur befragen."

„Ich werde dir, Sohn des Darran, meine Nachricht übermitteln lassen. Erwarte meine Taube".

„Doch nun muss ich schlafen, es hat mich erschöpft." Mit diesen Worten bedeutete er ihnen zu gehen. Er selbst hob, offensichtlich unter größten Anstrengungen, eine Klappe im Boden auf, ging langsam rückwärts eine steile Treppe hinunter und zog an einer rostigen Kette, sodass die Tür im Boden zuschnellte.

So standen Lord Blum und Rodrik nun allein in dem unordentlichen Raum, in welchem immer noch dicker Rauch in der Luft lag. Das Windspiel aus Hühnerknochen klapperte leise vor der geschlossenen Tür und ein Schwarm Krähen stob aufgebracht aus einer der Zypressen. Die Pferde wieherten wieder und Lord Blum und Rodrik drückten die geschlossene Hüttentür langsam auf.

Der Schreck fuhr Rodrik mit einem Schlag in die Glieder und seine Hand fuhr augenblicklich in Richtung seiner Scheide, die jedoch leer war. Sofort heftete er seinen Blick auf die Stelle neben der Tür, wo sein prächtiges Breitschwert, neben Lord Blums Bogen gelegen hatten. Doch die Waffen waren fort!

Seine vier Soldaten knieten, die Hände auf dem Rücken gefesselt, vor einer Gruppe von Männern, welche alle dieselben schwarzen Masken trugen und so jegliche Erkennung, unmöglich war.

„Es tut mir leid, mein Kö…", begann Victoria, bevor ein mächtiger Schlag sie derart heftig an der Schläfe traf, so dass sie augenblicklich zur Seite kippte.

Dort standen sie. Sieben Männer, alle gekleidet in grünschwarzer, leichter Rüstung und ein jeder trug eine Maske mit zwei Hörnern und einer gespaltenen Zunge, die sich aus dem geöffneten Maul einer Schlange hervorschlängelte.

„So, so, so", begann einer der Männer mit dumpfer Stimme und trat einen Schritt vor, sodass er nun neben der bewusstlosen Victoria und dem gefesselten Max stand.

„Schön, schön", fuhr er mit gedehnter Stimme fort.

Rodrik merkte, wie sich Lord Blum zu seiner vollen Größe aufrichtete und die Hände hinter dem Rücken langsam zusammenführte.

„Mein König", fuhr er theatralisch fort und vollführte eine lächerlich tiefe Verbeugung.

„War das gut so?", fragte er Max mit grausamen Spott.

„Zeig mir doch mal, wie man sich einem Herrscher unterwirft", blaffte er und trat Max in den Rücken, sodass er mit dem Gesicht voran im schlammigen Matsch landete. Die ringsumher stehenden Männer lachten leise. Einen Augenblick schaute der Tyrann, den Kopf schräg gelegt, auf den sich wieder aufrappelnden Max.

Rodrik ergriff schließlich das Wort: „Wer bist du und was willst du?", fuhr er ihn in gebieterischem Ton an.

„Aber, aber", spottete der maskierte Mann.

„Ich will nur reden, mein König", die letzten zwei Worte trieften vor Verachtung und Missbilligung.

„Ihr werdet alle sterben", fuhr Rodrik ihn an und machte einen Schritt auf den Mann zu.

Der Mann schnalzte mit der Zunge und machte eine abfällige Handbewegung, während er seinen Kopf schüttelte.

„Früher oder später müssen wir doch alle sterben, aber nicht heute", etwas Fröhliches lag in seiner Stimme.

„Außerdem", fuhr er nun beinahe lachend fort „wie wollt ihr zwei bei uns ohne die hier", er warf Rodriks Schwert und Lord Blums Bogen gut zwei Fuß vor sich in den Dreck, „überhaupt irgendeinen Schaden anrichten?!" Er drehte sich achselzuckend zu den anderen maskierten Männern um. Wieder lachten sie dumpf unter ihren schrecklichen Masken.

„Gut. Hätten wir das geklärt", sagte er nun geschäftsmäßig „Rodrik, du wirst heute nicht sterben, aber der alte Blum und die vier Maden hier schon."

In einer fließenden Handbewegung zog er zwei Schwerter aus den dazugehörigen Scheiden. Doch es waren keine normalen Schwerter. Sie hatten kurze, gebogene Klingen und der Griff der

Schwerter war beinahe so lang wie die Klinge selbst, die aus unzähligen kleinen, messerscharfen Zacken bestand.

„Die hübsche zuerst", befahl der Maskierte kalt über die Schulter und zwei Männer kamen, um Victoria aufzuheben. Ihr Kopf baumelte leblos vor ihrer Brust, als sich der Anführer direkt hinter sie stellte und mit seinen Klingen langsam kreuzförmig ausholte.

Ohne nachzudenken, ohne sich der möglichen Konsequenzen bewusst zu sein, handelte Rodrik. Seine Hand schnellte pfeilartig an seinen Rücken zu dem versteckten Dolch, welchen er, ohne mit der Wimper zu zucken, mit all seiner gewaltigen Kraft in Richtung des Mannes warf, der Victoria enthaupten wollte.

Doch als ob dieser es geahnt hätte, lehnte er sich im allerletzten Moment zur Seite. Der Dolch verfehlte sein Ziel und fuhr stattdessen genau in die Kehle des Mannes, welcher hinter dem Anführer dieser Truppe stand.

Ohne einen Ton von sich zu geben sah der Anführer, den Kopf wiederum zur Seite gelegt, dem Mann beim Sterben zu.

„Einsame Sache", murmelte der maskierte Mann nachdenklich, mehr zu sich selbst, als zu jemand bestimmtem.

Der Sterbende zappelte noch einen Moment auf dem Boden hin und her während er mit seinen Händen versuchte, den massiven Blutfluss zu stoppen, bis er endlich starb. Nachdem der Mann endgültig kein Leben mehr in sich hatte, wandte sich der Anführer der Gruppe von ihm ab und sprach erneut zu Rodrik.

„Kein schlechter Wurf für einen alten Mann." Diesmal ertönte kein Gelächter aus den Reihen der Maskierten. Sie mussten wohl tatsächlich nun erzürnt oder, so hoffte er, eingeschüchtert sein. Rodriks Herz schlug nun vom Adrenalin getrieben, so schnell, dass er seinen Oberkörper leicht hob und wieder senkte

„Einen fairen Kampf verlange ich!", rief er „Mehr nicht!", fügte er mit Zornesfalten auf der Stirn hinzu.

Nun lachte der maskierte Anführer doch wieder höhnisch.

„Das ist ein Scherz, oder? Das muss ein Scherz sein", sagte er und drehte sich wieder zu seinen Männern um. Er atmete schwer aus und steckte seine beiden Klingen zurück in die Scheiden.

„Nun gut. Bringt diese drei Versager hier weg", befahl er den Männern, welche zu zweit Max und Seny nahmen und ein Mann Victorias lebloses Körper nahm, wobei ihr Kopf bedrohlich hin und her wackelte. Ohne Rücksicht auf die Gefangenen schubsten und hoben sie die drei Gefährten in einen kleinen Käfig, welcher sicher nicht für drei ausgewachsene Menschen gebaut worden war und dessen Tür daher nur unter offensichtlichen Mühen zugedrückt werden konnte. Mit einer massiven Kette und einem Schloss wurde der Zugang verriegelt.

Der Anführer hockte sich nun neben Benjamin.

„Also mein Freund", begann er und legte seinen Arm brüderlich um Benjamins Schulter. „Es gibt nur ein kleines Problem", fuhr er fort und legte eine besondere Betonung auf die letzten vier Silben.

„Wir haben im Käfig eigentlich nur Platz für zwei." Er stockte kurz und tat so, als dächte er angestrengt nach. „Naja, vielleicht auch für drei. Aber vier Maden sind einfach zu viel, also was stellen wir mit dir an?", fragte er, seinen Arm immer noch um Benjamin geschlungen und ihn anblickend, wobei Benjamin seinem Blick beharrlich auswich.

„Lass ihn gehen!", fuhr Rodrik den Anführer an, welcher bloß den Kopf schüttelte und ihm mit der Hand Ruhe gebieten wollte.

„Was wagst du dich!", rief Lord Blum entrüstet, zückte seinen Dolch und stürmte wie ein Bulle auf den hockenden Mann zu. Doch die Distanz der beiden Männer war zu groß, der Maskierte schubste Benjamins Körper wie ein Sack Kartoffeln Lord Blum vor die Füße, der ins Straucheln geriet und durch einen Tritt des Mannes auf die Kniescheibe augenblicklich auf den Boden gezwungen wurde. Ärgerlich ließ der Anführer seine Halswirbel zweimal knacken bevor er wieder zu sprechen begann.

„Wars das jetzt? Ja? Schön." Sofort kamen zwei Männer mit einem Tau und fesselten Lord Blum unter größter Anstrengung, da dieser sich vehement wehrte. Wie ohnmächtig stand Rodrik da, hilflos, unfähig seinen Leuten zu helfen, er widerte sich selbst an. Benjamins flehender Blick traf ihn und so eilte er in der Unruhe, welche Lord Blum verursacht hatte, zu dem jungen Mann, um seine Fesseln zu lösen.

Hastig blickte Rodrik auf, denn der maskierte Anführer schrie plötzlich wütend.

„Jetzt reichts mir!"

Mit erhobenem Schwert stürmte er auf ihn zu. Mit aller Kraft streckte Rodrik sich nach dem Beil, das in dem Holzstumpf steckte, zog es heraus und konnte im allerletzten Moment den ersten Schlag des Mannes abwehren. Doch für den zweiten Schlag war er nicht schnell genug, so traf ihn die Klinge an den zwar gepanzerten Rippen, dennoch brüllte er vor Schmerz. Das letzte was Rodrik sah, war der Griff der Klinge in der Hand des Mannes, welche genau auf sein Gesicht herabraste. Und dann Finsternis…

Kapitel 7 – Eine Entscheidung

„N'Ahnarasha, dass ich dich hier antreffe hätte ich ja nie vermutet", sagte der alte Mann freundlich. Völlig überrumpelt von der Tatsache, dass dieser Mann ihn kannte und bei seinem richtigen Namen nannte, blieb er stumm und starrte den Fremden an.

„Man nennt mich Poneos", sagte der Mann heiter, angesichts des ratlosen Gesichtsausdrucks des Propheten. Langsam seine Fassung wiederfindend streckte der Prophet seine Hand zum Gruß aus. „Poneos, Poneos", wiederholte der Prophet nachdenklich. „Diesen Namen kenne ich. Doch nicht etwa der Gelehrte Poneos?", das Gesicht des Propheten hellte sich auf. Poneos war einer der ältesten des gesamten Landes, seine Weisheit war schier grenzenlos und der seiner, in jedem Maße ebenbürtig. Poneos blickte auf die ausgestreckte Hand es Propheten, ergriff sie jedoch nicht, sondern lehnte seinen Gehstock an die Bank und hob seine beiden Hände auf Höhe seines Gesichtes, sodass seine verschrumpelten, leicht zitternden Handinnenflächen dem Propheten sichtbar wurden. Augenblicklich ließ der Prophet seine Hand sinken und tat ihm gleich.

„Verzeiht", begann der Prophet, „mir war nicht bekannt, dass Ihr aus dem Mondtal seid." Er senkte seine Hände wieder.

„Nur den wenigstens ist dies bekannt. Ich erzähle es jedoch auch nicht an jedem fremden Ort herum. Was für eine Rolle würde es auch spielen?", fragte er, ohne den Propheten anzuschauen, stattdessen beobachtete er die Tanzenden.

„Oh es spielt eine große Rolle", erwiderte der Prophet, wobei er nach seinem Krug hinter sich griff.

„Beinahe alle großen Philosophen, Denker und Geschichtenerzähler, die das Land gesehen hat, kamen aus dem Mondtal"

„Macht mich das nun wichtiger als die Tanzenden?", fragte Poneos glucksend.

„Nun ja, zumindest sollte es unsere Aufgabe sein denen zu helfen, die sich selbst vielleicht nicht helfen können. Von daher würde ich nicht sagen, dass unser Leben von größerem Wert, sondern von anderem Wert ist", erwiderte der Prophet bestimmt und zog an seiner Pfeife.

„Doch sie werden die Bürde des Wissens nie kennen." Unverkennbar lag ein Anflug von Bitterkeit in der Stimme des Propheten.

„Du sprichst von Bürde?", fragte der alte Mann ernst. „Ich nenne es Privileg. Wer würde die Führer von heute und die Herrscher von morgen vor Gefahren und Fehlern, welche bereits in der Geschichte passiert sind, warnen, wenn nicht wir? Die Wissenden!" Durchdringend blickte er den Propheten an, der unbeeindruckt einen weiteren Zug aus seiner fein gearbeiteten Pfeife nahm, bevor er ihm antwortete.

„Ich bin viel gereist die letzten Mondzyklen, ja sogar die letzten Winter. Meine Heimat am Hölzchen Weg und meinen Geburtsort, das Himmelstor habe ich Ewigkeiten missen müssen. Doch überall, wo es mich hingetrieben hat, sah ich Leid und Unrecht und niemanden, der etwas dagegen unternommen hat, oder es hätte tun können. Es ist unsere Aufgabe, Anasta zu einem besseren Ort zu machen."

„Das Leben ist das, was wir selbst daraus schmieden. Wir sind der Schmied, nicht die Klinge, welche in die heiße Glut gehalten wird", entgegnete Poneos mit brüchiger Stimme. Die

Musik der Barden schien nun wie aus weiter Ferne zu kommen, während der Prophet über das gerade Gehörte nachdachte.

„*N'ahnet je vaho diemes jeenes.*", sagte er Prophet langsam.

„Genau, der Mensch ist seines Lebens Schmied", wiederholte der vom Alter gebeugte Mann.

„Aber Marom", begann der Prophet, „sag, was führt Euch hier nach Sturzwasser?" Scheinbar erfreut über den Themenwechsel blickte Poneos ihn lächelnd mit seinen müden hängenden Augen an.

„Ein gutes Fest würde ich nie verschmähen", sagte er weiterhin lächelnd. „Sturzwasser ist scheinbar der einzige Ort Anastas, welcher von der Außenwelt unberührt geblieben ist." Das Lächeln auf seinen Lippen schwand nun.

„Wie meint Ihr das, *Marom*?", hakte der Prophet nach.

„Merkt ihr es nicht selbst, *Rasha*? Die Zeichen? Das Land steht im Wandel. Die Straßen werden gefährlicher, ganze Dörfer werden angegriffen und geplündert. Die Unzufriedenheit der Menschen nimmt schier endlos zu, genau wie der Hass zwischen den Städten. Die Kluft zwischen Rodrik und dem falschen König Auril ist größer denn je. Ich sage dir, es wird Krieg ausbrechen. Und tausende Söhne und Töchter werden ihre Eltern zu Grabe tragen. Daher habe ich mich aus dem Mondtal in das unabhängige Sturzwasser zurückgezogen, um hier meinen Lebensabend in aller Ruhe verbringen zu können." Zwei lachende Frauen rannten, ihren Rock haltend, an ihnen vorbei, gefolgt von einem jungen gutaussehenden Mann, der seine Stiefel in den Händen hielt.

„Ich stimme euch zu, *Marom*", begann der Prophet nach einem kurzen Lachen angesichts der ehrlichen Freude der Menschen hier. „Aber genau deswegen erachte ich es als meine Pflicht, nach Nam zu König Rodrik zu reisen, um ihm beizustehen." Absichtlich erzählte er nichts von seiner Vision, um sie sich nicht ein weiteres Mal ins Gedächtnis rufen zu müssen und um Fragen, auf welche er keine Antworten wusste, zu umgehen.

Poneos nickte.

„Dies ist weise, *Rasha*. Ich hätte nur gedacht, dass du nach dem grausamen Vorfall am Hölzchen Weg schon viel eher die Reise nach Nam angetreten hättest! Was hat dich aufgehalten?", fragte der alte Mann stirnrunzelnd.

Auf einmal waren seine Sinne wieder messerscharf.

„Welcher Vorfall?", fragte er rasch und ließ beinahe seinen halbvollen Krug fallen.

„Du weißt es nicht!", erkannte der Gelehrten überrascht.

„Es tut mir leid, Junge!", sagte er leise und legte väterlich eine vom Alter gezeichnete Hand auf seine Schulter.

„Marom?", begann der Prophet mit zittriger Stimme.

„Wir wissen nicht wessen Männer es waren. Aber der Hölzchen Weg glich einem Scheiterhaufen." Tränen rannen dem Propheten über die geschundenen Wangen.

„Die Häuser brannten lichterloh, samt den Einwohnern darin. Unbekannte maskierte Männer schlachteten alle ab, die sie in die Finger bekamen." Poneos Stimme war leise und man spürte die Erschütterung in seiner Stimme.

„Wann geschah es?", fragte der Prophet kurz, da er mehr Worte nicht zustande brachte.

„Es geschah vor knapp zwei Vollmonden." Stöhnend sackte der Prophet in sich zusammen und vergrub sein Gesicht in den Händen.

„Und gab es…", er musste die Frage nicht zu Ende bringen.

„Ja mein Junge!", sagte Poneos mit einem besänftigenden lächeln. „Es gab Überlebende!"

Eine weitere Träne lief über das Gesicht des Propheten, doch nun war es eine Träne der Hoffnung. Sein Bruder und dessen Familie musste also nicht tot sein!

„Woher wisst ihr davon?", fragte er nun mit festerer Stimme.

„Einige Überlebende flohen in das Mondtal und berichteten uns davon." Auf den fragenden Blick des Propheten erwiderte er: „Doch der Bruder des Rasha war nicht unter ihnen. Nur wenige Männer waren unter ihnen, beinahe ausschließlich Frauen und Kinder, ich kenne die Namen derer jedoch nicht." Schloss er mit Sorgenfalten auf der Stirn. Dem Propheten war, als würde die Luft aus seinem Körper entweichen. Doch gab es also Überlebende, gab es also Hoffnung. Sein Bruder hatte bestimmt fliehen können! Er bereute es, solange nicht dort gewesen zu sein. Als die Sonne an diesem Tag noch nicht ganz vergangen war, hatte er einen Brief geschrieben für seinen Bruder, welchen dieser vielleicht nie würde lesen können. Gleich morgen wollte er in Richtung der zerstörten Heimat reisen! Sein Entschluss stand ihm wohl ins Gesicht geschrieben, denn Poneos fragte: „Ihr werdet nicht nach Nam reisen, nicht wahr?"

„In der Tat. Es ist immer dunkel vor einem Sonnenaufgang", entgegnete der Prophet mit einem grimmigen Lächeln auf den Lippen.

„Ich werde heimkehren!", flüsterte er Poneos zu.

„*N'ahnet je vaho diesmes jeenes*", antwortete der bärtige alte Mann leise und erhob sich, indem er sich auf seinen Gehstock stütze.

„Ich werde auch im Mondtal halt machen", sagte der Prophet, um ihm anzubieten, mit ihm zu reisen. Er wäre bestimmt ein guter Gesprächspartner für lange Reisen.

Der Marom drehte sich lächelnd zu ihm um und sagte: „Ich bin bereits Zuhause, *Rasha*. Ich bin am Ziel." Und so ließ er den Propheten wieder allein auf der Bank zurück.

Einige Gäste hatten das Fest bereits verlassen, um ihre Heimreise zu den benachbarten Dörfern anzutreten. Nur noch vereinzelte Paare tanzten, ein Großteil hatte Tische und Stühle zusammengerückt, sodass alle an einem langen und breiten Tisch Platz fanden.

Ein Mann pfiff und der Prophet nahm die Pfeife aus dem Mund und blickte auf. Es war Baldin, der gepfiffen hatte.

„Hey, komm rüber zu uns!", rief er freudestrahlend, mit roten Wangen und deutete auf einen freien Platz zwischen Pau und ihm. So erhob auch er sich, nahm den zu Boden gefallenen Krug auf und schritt zu der munteren Festgemeinde. In dem Moment, als er sich an den langen Tisch setzte, hoben zwei dickbäuchige Männer schwungvoll ihre extragroßen Krüge an die Lippen und versuchten, diese wohl schnellstmöglich zu leeren. Ihre Tischgenossen feuerten sie durch Klatschen, Trommeln und Jubeln an, bis einer der Männer, welchem der Schaum bereits über seinen langen, geflochtenen Bart lief, kraftvoll seinen Krug auf den Tisch hämmerte und einen ausgiebigen Rülpser von sich gab. Pau stand klatschend und lachend auf und reichte dem Gewinner über den Tisch hinweg seine mächtige Hand.

„Was anderes hätte ich von einem Henn aus der Steinsteppe auch nicht erwartet!", donnerte seine Stimme über den Festplatz.

„Ich gebe mich würdevoll geschlagen", sagte der Mann, der nun als zweiter den Krug auf den Tisch stellte und nickte dem Gewinner anerkennend zu.

Ohne dass jemand gefragt hatte, doch offensichtlich daran interessiert, sich mitzuteilen, sagte Pau laut in die Runde: „Mein Vater war ein Henn, bevor er meine Mutter heiratete, aus der Familie Balv!"

„Was treibt dich denn dann aus den Steinsteppen hierher, Pau? Etwa nur das Fest? Dafür wäre es aber eine lange Reise gewesen", fragte der Mann, welcher soeben das Wetttrinken verloren hatte.

„Für einen halben Henn ist keine Reise zu weit!", widersprach ihm der Mann mit dem geflochtenen Bart mit ernster, wenn auch leicht belustigter Miene und schlug ihm leicht vor die Brust.

„Ich schenkte mein Leben dem Propheten, dem Retter", sagte Pau stolz und prostete dem Propheten zu, der den Gruß erwiderte.

„Er hat mich sehen lassen, wie unsere Welt enden kann. Wie sie enden wird!", sagte er nachdrücklich, strich sich die braungelockten Haare aus der Stirn und nahm einen großen Schluck Met.

„Ja, und wie wird sie enden?", fragte der Henn plump. Von der Frage offensichtlich überrascht, zögerte Pau kurz und antwortete dann: „Die Menschheit wird sich selbst vernichten. Zu viele Kriege, zu viel Gier. Das wird uns alle umbringen.", sagte er um einen leichten Ton bemüht, wobei er sich verlegen an der Nase kratze.

„Also Pau", begann der Henn, „Ich will mich ja nicht mit dir streiten, aber für mich klingt das, ehrlich gesagt, nach einem

Ammenmärchen und nichts weiter." Er zuckte verlegen mit seinen breiten Schultern.

Der Prophet tat so, als sei er sehr an einem Gespräch auf der anderen Seite des Tisches interessiert, in dem es um die optimale Zubereitung von Pilzbrot ging. Er wollte nicht mit noch mehr negativen Gedanken behaftet werde und daher nicht in derart Gespräche verwickelt werden. Dennoch spitze er die Ohren, um dem Gespräch der Männer doch seine versteckte Aufmerksamkeit zu schenken.

„Naja, das ist in Ordnung für mich. Der Prophet hat einmal gesagt, dass die Menschen früher oder später erleuchtet werden, wir können uns dessen nicht wehren." Die Begeisterung für diese Verheißung klang unverkennbar in seiner Stimme. Ungewollt blickte der Prophet Pau verwundert ins Gesicht. Vor einer gefühlten Ewigkeit hatte er diese Worte zu einem Anhänger Ta's auf der Durchreise nahe den Rotwäldern gesagt. Dass Pau sich ausgerechnet daran erinnerte, berührte ihn.

„Also gehst du überall hin, wo er hingeht?", fragte der Henn mit gerunzelter Stirn.

„So ist es", gab Pau zurück. „Überall."

„Und was ist euer nächstes Ziel?", fragte Lot, der soeben hintern den Männern, welche Pau, Baldin und dem Propheten gegenübersaßen, erschien.

„Ach weißt du, die Berge, die See", brachte Pau mit Unschuldsmiene hervor.

Der Prophet schmunzelte in sich hinein. Diese Antwort gaben sie immer, wenn sie nach ihren zukünftigen Zielen gefragt wurden. Er war der Auffassung, man könne nie vorsichtig genug sein, denn man wusste nie, wer mit ihnen an derselben Tafel saß und nur vortäuschte, ein Freund zu sein. Die Zeit hatte ihn Vorsicht und Achtsamkeit gelehrt.

„Das wäre ja kein Leben für mich. So ohne Zuhause, ohne mein Bad am Abend oder meinen Pott in der Nacht." Hier und da lachten Männer und nickten zustimmend.

„Sesshaft werden und eine schöne Frau finden. Das wäre besser für euch", fügte er mit erhobenem Zeigefinger hinzu.

Sesshaft werden. Der Prophet hatte schon häufig darüber nachgedacht. Doch etwas in ihm gebot ihm, noch nicht stehen zu bleiben, sich noch nicht zur Ruhe zu setzen, was für seine zweiunddreißig Winter allerdings untypisch war. Es ging ihm auch nicht um das Gold, er hatte in der Handelsstadt Pasania genug davon hinterlegt. Doch noch fühlte er sich nicht erfüllt vom Leben. Es war, als ob etwas fehlte, eine Lücke in seinem Herzen, eine Lücke, die keine Frau füllen konnte. Eine Lücke, welche er selbst durch seine Taten und seine Werke würde schließen müssen.

Die noch vor dem vollständigen Aufgang des Mondes entzündeten Heuballen erloschen nach und nach und eine allgemeine Schläfrigkeit senkte sich über die verbliebenen hundert Feiernden.

„Nun gut", sagte Baldin und sprang auf, während die Krüge ein letztes Mal gefüllt und die letzten Pfeifen entzündet wurden, sodass sich eine erneute Welle verschiedenster Gerüche über den Platz legte.

„Lasst und das Fest gebührend beendet." Er stieg auf die Bank, damit die Barden ihn sehen konnten und streckte seinen Daumen hoch. Sie nickten und hörten auf zu spielen, sodass die Leute, welche weiter hinten saßen und Baldins Worte nicht gehört hatten nun verstanden was passierte.

Ein langer, tiefer Trommelschlag ertönte, gefolgt von zwei weiteren. Kein Mucks war zu hören. Dann durchdrang wieder ein Trommelschlag die heraufziehende Morgenröte, erneut gefolgt von zwei weiteren. Diesen langsamen Rhythmus behielt der Trommelnde bei, und die gesamte Festgemeinde begann zu summen und zu singen:

Lang bevor das Land ward zerrissen in vier
Lang bevor es streunte das gebissene Tier
Lang bevor die Städte wurden erbaut
Lang bevor die Menschheit des Glückes beraubt

Da lebten Propheten und Götter nebeneinander
Sie säten und strebten nach Erleuchtung auf ihrer Wander
Der Falkenköpfige Hirsch, Ta der Schöpfer
Formte die Landmassen als göttlicher Töpfer

Der Bär mit dem Wolfskopf, Ag
Besiedelte das Land mit Tieren bei Nacht und bei Tag
Die beiden Götter sie schufen alle Wunder
Sie legen uns täglich das Essen in die Münder

Geboren aus dem Schosse der Mutter
Ward Tara geboren mit einer Schönheit, die alles erschüttert.
Die Tochter Ags' und Mutter Erde
Hängt an den Himmel unsere Sterne

Doch der ungeahnte Bruder Zoark
Begann den zu diesem Tage ersten Mord

Er schlug die Gelehrten und sah seine Werke
Aus Angst und feig suchte er Verstecke

Der Zorn der Brüder war schrecklich
Bäume brachen, Berge fielen, Blitze zuckten mächtig
Sie suchten ihn in den Meeren, den Höhlen, den Bergen
Bis sie ihn in der Wüste schwach fanden und dort ließen
sterben

Doch der falsche Bruder konnte sie trügen
Wieder entkam er durch seine Lügen
Heimlich schuf er sich Soldaten
Missachtete seiner Brüder Wohltaten

Krieg brach aus, tausende ließen ihr Leben
Ta und Ag geschwächt, Zoark kurz vorm Triumphieren
Doch ein Mann stand auf
Ein Mann erhob sich

Götter können keine Götter beenden
Doch der Fleisch gewordene ließ sich nicht blenden
Seine Stimme mächtig wie sein Schwert
Entschlossen fasste er sich ein Herz

Im Rauch des Feuers sah Zoark ihn nicht kommen
Sein Leben vom Schwerte genommen
Die Götter sagten dieser muss König sein
Dieser soll unser Retter sein

Heute brauchen wir dich wieder N'Ahnarasha

Wiederhole die Saga
Rette unser Dasein
N'Ahnarasha rette unser Dasein
N'Ahnarasha rette unser Dasein

Kapitel 8 – Die Mine

Ewe beendete ihre Geschichte und klappte das alte Buch wieder zu.

„Wir sehen uns morgen leider nicht, liebe Schwestern. Da ich wegen Angelegenheiten des königlichen Rates nicht in der Stadt weilen werden." Sie nickte und so wussten die Frauen, dass die heutige Stunde beendet war. Nach und nach begannen wieder private Gespräche und die Frauen verließen den wohlgeheizten Raum.

„Erste Schwester Anna", rief Ewe einer gut gekleideten Frau zu.

„Ja Herrin?" Anna blieb auf dem Türabsatz stehen und dreht sich zu ihr um.

„Kannst du gleich nach Ed sehen? Er ist im Hof bei den Kämpfern. Carla wollte heute den Tag frei haben, und ich hatte vergessen, dass ich ausgerechnet heute noch die Stadt kurz verlassen muss", erklärte sie ihrer Freundin.

„Selbstverständlich, Ewe", sagte sie mit einem Lächeln.

„Ich danke dir." Dankbar schloss Ewe die blondhaarige Frau in ihre Arme.

„Pass bloß auf dich auf", hauchte Anna ihr ins Ohr, bevor auch sie das Kaminzimmer verließ. Ewe ließ das Buch auf dem Schreibpult liegen und schloss die Tür hinter sich.

Als sie die Akademie verließ, blinzelte sie in den Himmel, der sich immer weiter zuzog und wohl bald ein gewaltiges Unwetter hervorbringen würde. Sie lief durch die langsam vom Regen immer schlammiger werdenden Straßen in Richtung des Hafenbezirkes, in dem sie wohnte. Ein tiefes Donnergrollen ertönte, welches sie aus ihren Gedanken um ihrem Sohn riss. Sie merkte gar nicht, wo ihre Füße sie hintrugen, bis sie die Ställe neben dem mächtigen Stadttor erreichte.

„Herrin Baron, sie verlassen die Stadt auch?", fragte eine alte, zahnlose Frau, welche soeben den Pferden im Stall Heu in die Raufen gab.

„Auch?", fragte Ewe gespielt irritiert.

„Ja, ich sah den König heute, während der ersten Sonnenstrahlen mit fünf Begleitern, meine ich, aus der Stadt jagen", erwiderte sie eifrig nickend.

„Ihr kennt meinen Namen, aber ich den Euren nicht?", fragte Ewe sie freundlich.

„Natürlich kennt ihr meinen Namen nicht. Wer würde sich denn auch für mich interessieren?", fragte sie, klang dabei jedoch nicht bitter, oder traurig, sondern eher herausfordernd.

„Gute Frau, wie ist Euer Name?", fragte Ewe erneut, dieses Mal klang sie fordernd.

„Ich will keine Probleme", buckelte sie plötzlich, „nehmt einfach ein Pferd und geht fort. Ich habe den König vielleicht ja gar nicht gesehen", schloss sie und duckte sich vor Ewes bohrendem Blick.

„Ihr werdet keine Probleme bekommen, gute Frau." Ein Anflug von Ungeduld lag in Ewes Stimme.

„Androma, Herrin Baron, dies ist mein Name."

„Und Euer Familienname?", hakte Ewe stirnrunzelnd nach.

„Habe ich nicht", erwiderte die alte Frau schnippisch.

„Entschuldigung?", fragte Ewe wie aus dem Gleichgewicht gebracht.

„Ich habe mich bereits vor vielen, vielen Wintern von meiner Familie losgesagt. Und kein Mann will sich mit mir abgeben, daher habe ich keinen Familiennamen", erklärte sie wie auswendig gelernt und begann, den Mist auf dem Boden zusammenzufegen.

„Aber", begann Ewe fassungslos, „das ist nicht rechtens!" Sie hasste es, wenn sich nicht an Vorschriften und Regeln gehalten wurde.

„Androma, ich lade Euch ein, in die Akademie der Frauen zu kommen. Dort bekommt ihr einen Namen, Essen, Arbeit und ein Dach über dem Kopf", bot Ewe ihr feierlich an, und fand ihre Fassung wieder.

„Um bei all den anderen verlorenen und verstoßenen Weibern zu landen?", fragte die Frau sarkastisch. „Nein Danke, Herrin Baron, ich lehne ab. Vielleicht mag für Euch mein Leben wie Dreck wirken, aber ich bin zufrieden damit wie es ist." Sie hielt nun Ewes Blick stand, welcher die Worte fehlten. Wie konnte eine Frau sich mit so wenig zufriedengeben?

„Nun, welches Pferd?", fragte Androma harsch.

„Das schnellste", entgegnete Ewe nun kalt und abweisend.

„Dachte ich mir", murmelte die alte Frau kaum hörbar und schlurfte in eine der hinteren Boxen. Als sie wiederkam, zog sie ein wunderschönes Pferd mit braun-weißem Fell hinter sich her. Ewe ließ ein paar Münzen in die geöffnete Hand der Frau fallen, drehte sich auf der Stelle um und zog das Pferd an den Zügeln in Richtung des Ausgangs.

Elegant schwang sie sich auf den Rücken des Rennpferdes und ritt durch den kräftiger werdenden Regen dem Stadttor entgegen, hin zu den Minen, welche am Fuße der gewaltigen Bergkette lagen.

Sie war einige Zeit unterwegs und Regen zog so schnell weiter, wie er aufgekommen war. Sie ritt vorbei an den sich lang und breit erstreckenden goldenen Getreidefeldern, vorbei an Weiden mit träge grasenden Tieren, welche nur müde ihre Köpfe hoben, als Ewe an ihnen vorbeipreschte.

Als ihr Schenkel und Rücken von dem langen Ritt zu schmerzen begannen, erreichte sie ihr Ziel endlich. Die grauen Mauern der Mienenfestung Tarnam waren außergewöhnlich breit und hoch und waren an die Seite der gewaltigen Bergkette gebaut worden. Die Luft war stauberfüllt und erschwerte ihr das Atmen. Ungefähr ein Dutzend schwer gepanzerter Soldaten bewachte den Eingang des Forts Tarnams und einer davon trat einen Schritt aus der Menge hervor, bevor er zu sprechen begann.

„Herrin Baron, wie kann ich Euch Dienen?", fragte der breitschultrige Mann und nahm seinen Helm ab, wodurch sein rabenschwarzes Haar zum Vorschein kam.

„Lukasch, was machst du hier vor dem Tor?", fragte Ewe prüfend.

„Ich entledige mich selbst nicht der geringeren Aufgaben eines Soldaten. Drei, vier Mal in einem Mondzyklus leiste ich meinen Dienst als Soldat vor der Mauer", erklärte er ihr selbstsicher.

„Das ist weise Lukasch. Doch ich bin gekommen, um Adamus zu sprechen", sagte sie. Das Pferd an den Zügeln haltend ging sie zielstrebig an den Wachen vorbei in das Innere der Festung.

Die Minenfestung Tarnam war nicht mehr der Ort, der er vor vierzig Wintern gewesen war, wie Darran ihn ihr als kleines Mädchen noch beschrieben hatte. Das riesige Lagerhaus am Rande des Berges, in welchem die Rohstoffe gelagert wurden, die kalten Steinhäuser und ausgeblichenen Zelte mochten dieselben sein, aber die Mine war nicht mehr ein Ort der Abtrünnigen und des Abschaums der Gesellschaft, auch wenn dieser Gedanke noch in vielen Köpfen der Bevölkerung verankert war. Gleichwohl hier noch Verbrecher zum Arbeiten gezwungen wurden, konnten auch nicht kriminelle Bürger hier gutes Gold für harte Arbeit verdienen. Doch auch die Männer und Frauen, die sich eine Straftat zu Schulden kommen lassen hatten, waren keine Mörder oder Vergewaltiger, sondern kleinere Diebe oder Hehler. Daher diente das hohe Aufgebot an Soldaten, welches Ewe angeordnet hatte, mehr dazu, die Mine vor Angreifern zu schützen, als die Umwelt vor den kleinen Verbrechern zu schützen.

„Hier hinein", mit diesen Worten riss Lukasch Ewe aus ihren Gedanken und hielt ihr eine schwere hölzerne Tür auf, welche den Weg in den Stollen offenbarte. Lukasch band die Zügel des Pferdes an einen Pflock vor dem Eingang in den Stollen und Ewe stecke ihren Speer in eine dafür vorgesehene Lasche des Sattels. Sie gingen den schmalen, steilen Tunnel bergab, der gerade so breit war, dass sie aufrecht nebeneinander dort hinunterlaufen konnten.

„Er ist beinah Tag und Nacht hier unten", erzählte Lukasch ihr nachdenklich.

„Adamus kommt nur zum Schlafen heraus und ich habe das Gefühl, dass er weniger Schlaf als normale Menschen benötigt. Ich frage mich ob er überhaupt noch weiß, wie die Sonne aussieht", schloss er mit abfälligem Ton.

„Du machst dir über seinen Verstand sorgen?", fragte Ewe interessiert.

„Was heißt Sorgen?", begann der Mann, der Ewes Alter teilte. „Ich mache mir nur Gedanken darüber, ob er überhaupt noch weiß, was er tut. Er kommandiert jeden rum, wie es ihm beliebt. Seine sonst so großherzige Art ist wie verschwunden.

Zurückgelassen unter dem Haufen an Geröll, den er Tag für Tag aus den Gängen holen lässt", endete er resigniert, sich das schwarze, vom Schweiß getränkte Haar aus der Stirn streichend. Ewe runzelte die Brauen als sie zusprechen begann.

„Ich werde mit ihm darüber reden und ihn daran erinnern, dass du hier das Kommando hast. Gleichwohl er der Leiter der Ausgrabungen ist, liegen die Angelegenheiten der festung in der Hand der Soldaten."

„Ich befürchte, das ist zwecklos", erwiderte er müde. „Ich hab ihn natürlich auch schon zur Rede gestellt, aber er weiß genau, dass ihn niemand, nicht einmal König Rodrik, von diesem Posten abziehen würde, nicht jetzt. Zu weit ist er bereits gekommen. Er hat einen so gigantischen Wissensvorsprung, welchen eine neue Ausgrabungstruppe nur mit sehr viel Mühe und Zeit aufholen könnte", entgegnete er und duckte sich unter einer schwach leuchtenden Lampe hinweg.

„Und wenn es zehn Winter dauern würde, sich dieses Wissen anzueignen. Ich habe das Recht, über jeden Soldaten hier im Osten zu bestimmen. Das heißt, dass, wenn jemand, egal in welcher Position er sich befindet, meinen Männern und Frauen nicht Folge leistet, er die Konsequenzen zu tragen hat." Nach diesen Worten konnte Lukasch nicht anders, als zu lächeln.

„Ich danke euch, Herrin", sagte er aufrichtig dankbar nickend und stieß eine weitere Tür auf. Der Weg führte noch viele Fuß tiefer in den Stollen hinein, sie war jedoch froh, dass sie die Ebene der Ausgrabungen bereits erreicht hatten. Hinter der Tür konnte man ein gutes Dutzend Männer ausmachen, die mit Pickeln auf Stein und Geröll einschlugen, um die alten, verschütteten Gänge wieder freizulegen. Der Schweiß schien hier von den

Wänden zu tropfen, dachte Ewe und auch ihr wurde unwillkürlich warm.

„Gleich da vorne müsste Adamus sein", meinte Lukasch und deutete auf eine Ansammlung von Arbeitern, welche den Blick auf die Wand verdeckte.

„Ich danke dir Lukasch.", sagte Ewe und hieß ihn so, zu gehen, was er nach einem kurzen Senken des Kopfes auch tat. Ewe schritt zu der Gruppe von ausschließlich Männern und verschaffte sich Gehör, indem sie laut Adamus' Namen rief. Erst beim zweiten Rufen drehten sich die Männer um und offenbarten ihr den Blick auf die dicke Gestalt des Adamus, der die Wand abtastete.

„Wer stört?!", rief er mit seiner tiefen Stimme, ohne sich umzudrehen.

„Ich!", entgegne Ewe selbstsicher.

„Und wer soll „Ich" sein?", knurrte der dicke glatzköpfige Mann mürrisch und drehte sich nun schnaufend um.

„Oh!", stieß er erstaunt, aber höhnisch aus. „Hoher Besuch hier unten." Verwirrt blickten sich manche der Arbeiter an, wohl nicht wissend, wer Ewe war.

„Dies ist Frau Ewe Baron", erklärte er mit blasierter Mine den Umstehenden. „Anführerin...", mitten im Satz unterbrach Ewe ihn.

„Danke, aber ich könnte mich selbst vorstellen, wenn mir danach wäre.", Schockiert blickten sich die Männer mit weit aufgerissenen Augen an, da sie es gewagt hatte, Adamus zu unterbrechen.

„Ich muss mit Euch sprechen. Allein!", fügte Ewe an ihn gerichtet hinzu.

„Ja ja, geht Ihr nur schon vor in mein Arbeitszimmer, gleich dort hinten rechts", sagte er abweisend und deutete auf eine Tür nahe dem Eingang. „Ich erkläre nur kurz meinen Leuten, wie sie weiterzuarbeiten haben." Mit diesen Worten drehte er sich von Ewe weg und tastete weiter die Wand ab. Ewe schien es nun nicht der richtige Zeitpunkt zu sein, Adamus' Anweisungen Folge zu leisten.

„Ich denke, Ihr lasst mich besser nicht warten", fuhr sie ihn nachdrücklich an. Doch Adamus schien diese Aussage nicht zu interessieren. Stattdessen sprach er nun mit einem alten Mann in durchnässter Kleidung.

„Harry, arbeite du hier weiter und..." Erneut fiel Ewe ihm ins Wort: „Adamus, wenn Euch Eure Stellung als Ausgrabungsleiter lieb ist, kommt ihr besser auf der Stelle mit mir", heischte sie ihn an, wohl wissend, dass es tatsächlich sinnvoller gewesen wäre, den Arbeitern erst eine Aufgabe zu geben. Doch sie durfte nun keine Schwäche zeigen und musste darauf bestehen. Wie sähe es denn aus, wenn dieser dicke vor Schweiß triefende Mann ihr Befehle erteilen würde. Langsam drehte er sich zu Ewe um, welche sich zu ihrer vollen Größe aufgerichtet hatte.

„Nun gut", gab er nach. „Dann macht eine Pause, Männer, und bedankt euch bei Herrin Baron, dass ihr heute erst später zu euren Frauen und Kindern nach Hause könnt", ergänzte er achselzuckend und stapfte an ihr vorbei in sein Arbeitszimmer. Ein Stöhnen und Ächzen ging von den missmutigen Arbeitern aus, welche nun Ewe argwöhnisch beäugten.

Ewe ließ die Tür laut ins Schloss fallen, während Adamus bereits um den überladenen Tisch am Ende des Raumes ging. Er ließ sich auf den dahinterstehenden Stuhl fallen, der beunruhigend knackte.

„Nun, was verschafft mir die Ehre?", fragte er, sich einen Becher Wein einschenkend. Er bot Ewe weder ein Sitzplatz noch ein Getränk an.

„Ich bin wegen Eurer Funde hier", erklärte sie. Was für einen anderen Grund hätte sie denn sonst haben sollen, in dieses Loch zu kommen. Adamus schnalzte mit der Zunge und leckte sich den Wein von den Lippen.

„Hab ich also endlich die Aufmerksamkeit der Krone geweckt?", fragte er arrogant.

„Entsinnt Ihr Euch, dass wir es waren, die die Ausgrabung überhaupt erst veranlasst haben? Wir haben also die ganze Zeit ein Auge auf die Mine gerichtet", wies sie ihn mit vor der Brust verschränkten Armen zurecht.

„Wohl wahr, aber hielt es jemand von euch wichtigen Menschen auch nur einmal, ein verdammtes einziges Mal für notwendig, hierher zu kommen?", brauste er laut auf. Ewe hob die Brauen, bevor sie ihm antwortete: „Achtet auf Euren Ton, Adamus. Wir hatten wichtigere Sachen im Sinn, welche unsere Aufmerksamkeit benötigten, als Eure nicht ertragreichen Ausgrabungen", erklärte sie ihm von oben herab.

„Und außerdem schreibt Ihr ja nicht grundlos Euer Tagebuch, welches wir jeden Vollmond einsehen", ergänzte sie. Das runde Gesicht des Adamus lief nun rot an, ob vor Wut oder Scham konnte Ewe nicht einschätzen, aber sie nahm es mit einem versteckten Lächeln zur Kenntnis. Schwer schnaufend erhob er sich von seinem wackeligen Stuhl und lehnte sich über den, vor Artefakten überquellenden, Tisch und griff nach einem Schwertgriff, an welchem die Klinge abgebrochen war.

„Hier, seht her!", sagte er und hielt Ewe den Griff so über den Tisch, dass sie sich darüber beugen musste, um ihn zu greifen.

Aus den Augenwinkeln sah sie, dass Adamus' Blick von ihrem Gesicht glitt und für einen Augenblick auf ihren Brüsten verweilte, nahm dies aber wortlos hin.

„Ein Griff der gesichtslosen Scharfrichter?", fragte sie ihn, den Gegenstand in der Hand hin und her drehend.

„So ist es", sagte er, sich das Gesicht trockentupfend. „Dies war mein erster Fund, damit hat alles begonnen."

„Aber woher wusstet Ihr, dass es keine Fälschung ist?", fragte Ewe nachdenklich, während sie den Griff näher an ihr Gesicht führte.

„Wir haben ihn gewogen und geöffnet, er besteht fast ausschließlich aus Gold und wurde mit zwei Stangen geschmiedet, das dem Schwert, welches natürlich aus Eisen war, eine besondere Härte gibt. Für eine Fälschung wäre dies extrem kostspielig und fast nicht umsetzbar", erklärte Adamus, sich bereits ein zweites Glas Wein einschenkend.

„Extrem kostspielig, aber nicht unmöglich?", hakte Ewe weiter nach.

„Herrin Baron, was ist in unserer Welt denn schon unmöglich?", fragte er sie bedeutungsschwer.

„Deswegen frage ich. Die Menschheit hat eine gemeinsame Schwäche und diese ist das Gold. Daher frage ich mich, ob nicht ein Adliger, oder eine reiche Familie solche Fälschung schmieden lassen könnte." Sie blicke Adamus direkt an, um eine Reaktion in seinem Gesicht feststellen zu können.

„Ich denke, mit dem nötigen Gold ist alles möglich", antwortete er und Ewe zog ihre eigenen Schlüsse daraus.

„Nichtsdestotrotz, wäre es eine außerordentliche Fälschung. Seht ihr die vier kleinen filigranen Äxte da?", fragte Adamus sie, fast liebevoll auf den Knauf deutend. Ewe nickte und er fuhr er fort: „So eine Arbeit habe ich schon lange nicht mehr gesehen, und ohne Zweifel, so ein Meisterwerk kann kein Laie anfertigen." Er nahm ihr den Knauf wieder aus der Hand und legte ihn beinahe zärtlich zurück auf den Tisch, auf ein purpurnes Kissen.

„Die gesichtslosen Scharfrichter hatten dutzende Winter Zeit, ihre Klingen anzufertigen. So etwas", er deutete auf den Knauf, „entsteht nicht nebenbei.". Seinen dicken Bauch vor sich herschiebend ging er um den Tisch herum und ließ seinen Blick darüber schweifen, bis er wohl fand, was er suchte. Mit spitzen Fingern nahm er einen silbernen Siegelring vom Tisch, der grobe Kratzer an seiner Oberfläche aufwies und übergab ihn Ewe.

„Wir fanden diesen hier in etwas, was wohl mal eine Behausung der Scharfrichter hier war, nachdem sie die Mine übernommen hatten. Er war begraben unter mehreren Schichten von Gestein und zerborstenem Holz. Ich hatte wirklich unfassbares Glück, dass ich ihn noch fand. Er ist von unschätzbarem Wert", schloss er bedeutungsschwer.

„Nun gut es ist ein Siegelring der Scharfrichter, aber was macht ihn denn so wertvoll? Im Schloss haben wir ebenfalls einen von diesen", erklärte sie und beäugte denn in Mitleidenschaft gezogenen Ring.

„Diese Art habt Ihr mit Sicherheit nicht in Eurem schönen Schloss", entgegnete er gehässig. „Seht ihn Euch mal genau an und achtet auf die Feinheiten", sagte er beinahe flüsternd. Ewe nahm den Ring nun so nah vor ihr Auge, dass alles andere um sie verschwamm. Es war ein viereckiger Siegelring, auf welchem in der Mitte ein Richtblock zu sehen war, in dem eine Axt steckte. In der rechten oberen Ecke war in alter Schrift ein „K" eingearbeitet und darunter standen untereinander die Zahlen 8, 0, 5.

„8, 0, 5?", wiederholte Ewe nachdenklich und blickte von dem Ring auf. Zum ersten Mal an diesem Tag sah Adamus sie ehrlich lächelnd an.

„Genau", bestärkte er sie und Ewe versuchte sich nun verzweifelt daran zu erinnern, was auf eben dem Ring abgebildet war, welcher gut verschlossen im Schloss lag und diesem hier so ähnlich war.

„7, 4, 0!", stieß Ewe plötzlich freudig erregt aus und vergaß ob dieser Erkenntnis sogar ihre Abneigung gegenüber Adamus.

„So ist es Herrin Baron", erwiderte Adamus nickend. „Der Siegelring in der Hauptstadt ist der letzte offizielle Ring der Scharfrichter, das letzte erlassene Siegel. Aus dem siebenhunterts vierzigsten Winter nach den Göttern. Doch dieser Ring", er griff ihn sich aus Ewes offener Hand und ließ ihn in seiner Tasche verschwinden, „ist aus dem achthundertfünften Winter nach den Göttern. Das heißt, fast vierzig Winter nach der Revolution, nach der es eigentlich keine gesichtslosen Scharfrichter mehr geben sollte, oder wenigstens den letzten verbleibenden jegliche finanziellen Mittel genommen wurden. Und jetzt wird's spannend", sagte er beinahe flüsternd und leerte seinen Becher in nur einem großen Zug. „Wie finden wir heraus, ob", er hob einen seiner dicken Finger, „erstens, dieser Ring eine Fälschung ist", er hob einen zweiten Finger, „dieser Ring wirklich von den gesichtslosen Scharfrichtern ist", er hob einen dritten Finger, „und zu guter Letzt, ob dieser Ring wirklich in dem Winter, in welchem er vorgibt geschmiedet worden zu sein, auch hergestellt wurde." Er ließ seine Hand samt Becher wieder sinken. „Vor diesem Rätsel stehen wir, Herrin Baron", schloss er und ließ sich wieder auf den gebrechlichen Stuhl fallen.

„Ich hätte noch eine andere Frage", begann Ewe, woraufhin Adamus nickte. „Wofür steht das „K" in der Ecke des Ringes?", fragte Ewe erneut mit vor der Brust verschränkten Armen.

„Oh, das K steht für den obersten Befehlshaber der gesichtslosen Scharfrichter, den Mann, welcher nur Befehle von Sartas selbst entgegennehmen musste. Dieser war tatsächlicher der Vetter des Sartas.", erklärte er und spannte Ewe somit absichtlich auf die Folter.

„Und wie war sein Name?", hakte sie ungeduldig nach.

„Matro. Matro Karus. Vater des Musol Karus."

Kapitel 9 - Pasania

Die Singenden verstummten und die Sonne warf ihre ersten Lichtstrahlen über die gewaltige Bergkette, auf welcher die Gefängnisfestung thronte. Alle Besucher brachen nun auf, diejenigen welche mit dem Kopf auf dem Tisch eingeschlafen waren erwachten nach und nach, und auch sie erhoben sich und torkelten in Richtung des Tores in das Dorfinnere. Die noch oder wieder nüchternen trugen gemeinsam die Tische und Stühle zu den Karren, um sie wieder ihren rechtmäßigen Besitzern zu bringen und so wurde der Festplatz auf fast wundersame Weise genauso schnell geräumt, wie er errichtet worden war. Der Prophet wollte gerade mit Pau die Bank anheben, auf welcher sie gesessen hatten, als Lot auf sie zugeeilt kam.

„Nein lasst das sein! Ihr lieben Gäste müsst hier nicht aufräumen!", rief er freundlich, wenn auch bestimmt.

„Jetzt mach dich nicht lächerlich", erwiderte Pau, hob allein die Bank hoch und trug sie in Richtung Pferdekarren. Als Lot das sah, wollte er wohl doch nicht widersprechen zuckte mit den Achseln und murmelte irgendwas vor sich hin, was sich nach „Wo ist schon wieder dieser Nichtsnutz von Tristan", anhörte.

Der Prophet ging Pau nach und sah erfreut, dass Baldin sich ebenfalls bei dem Karren aufhielt.

„Pau, Baldin, seid ihr bereit, um unsere Reise fortzusetzen?", fragte er lachend.

Die beiden blickten sich für einen kurzen Moment an und ihnen stand ihre Müdigkeit förmlich ins Gesicht geschrieben. Doch aus Zuneigung zu ihm nickten beide und zwangen sich zu lächeln.

„Hervorragend", erwiderte der Prophet glücklich und hellwach „Dann lasst uns nur kurz zu Lots' Taverne zurückkehren, um unsere Habseligkeiten mitzunehmen und dann können wir aufbrechen. In Richtung Pasania", fügte er hinzu.

Bei diesen letzten Worten schauten die beiden ihn verdutzt an.

„Pasania? Also ich dachte, wir reisen nach Nam?", fragte Baldin mit unverkennbarer Enttäuschung in der Stimme.

„Du musst nicht mitreisen, wenn es dir nicht beliebt", antwortete der Prophet freundlich. „Doch mein Entschluss steht fest, ich werde es euch auf dem Weg erklären, sofern ihr mich begleitet."

„Ich folge dir, natürlich", sagte Pau sofort und nickte. Baldin fiel der Entschluss offensichtlich schwerer.

„Nun ja, Sturzwasser ist das, was einer Heimat für mich am nächsten kommt", begann Baldin.

„Wir werden wiederkehren", fiel der Prophet ihm ins Wort.

„Wir werden über Pasania, die Rotwälder und das Mondtal zum Hölzchen Weg reisen und anschließend zurück nach Nam. Nam wird immer das Ende und das große Ziel unsere Reisen sein", erklärte er den beiden.

„Nun gut", sagte Baldin nach einer kurzen Pause des Nachdenkens. „Ich begleite euch. Ich muss ja schließlich neue Lieder schreiben", fügte er, nun wieder gewohnt lachend, hinzu.

„Dann lasst uns keine Zeit verlieren!" So gingen sie Seite an Seite durch das kleine Dorf, in welchem nun beinahe ausnahmslos alle Fenster verriegelt waren, wohl weil die Bewohner Schlaf nachholen wollten. Vereinzelt saßen Männer schlafend vor den Türen, anscheinend zu sehr vom Alkohol berauscht, um die letzten Schritte in ihr Bett zu gehen. Aufgeschreckte Hühner liefen vor ihnen über die Straße, gefolgt von einem jungem Hund, der hinter ihnen her tollte.

Kurzerhand erreichten sie Lots' Taverne. Sie gingen durch die immer noch leere Stube, hoch in ihre drei Zimmer, um ihre Reisebeutel zu packen.

Als der Prophet den Brief auf seinem Tisch liegen sah, trieb es ihm beinahe wieder die Tränen in die Augen. Er nahm ihn in die Hand und drückte ihn sich an die Brust, bevor er ihn zusammenrollte und in sein Hemd zu seiner Pfeife steckte. Er steckte das Fläschchen mit der Tinte sowie seine Feder wieder in den Reisebeutel und blickte noch ein letztes Mal im Zimmer umher und aus dem Fenster, aus welchem man nun herrlich die aufgehende Sonne bestaunen konnte.

So schwang er sich seinen braunen Lederbeutel über die Schulter und schritt die Treppe in die Stube hinab, wo Caro schon auf sie wartete.

„Ich habe noch drei große Laibe Brot für euch. Und drei Karaffen unseres Biers von gestern", sagte sie strahlend und reicht ihm die in weiße Tücher eingewickelten Brote, sowie drei große zugekorkte Gefäße mit Bier.

„Oh meine liebe Caro", begann er „das ist wirklich großzügig von dir!", sagte er und das meinte er auch so.

„Versprecht nur, wenn ihr das nächste Mal in der Gegend seid, vorbei zu kommen und eure Geschichten zu erzählen", bat Caro und schloss den Propheten in ihre Arme.

„Das werde ich auf jeden Fall tun. Versprochen", erwiderte er und löste sich von ihr.

In dem Moment kamen Pau und Baldin die Treppe hinuntergelaufen. Auch sie wurden von Caro in die Arme geschlossen und Baldin gab ihr einen Kuss auf die Wange, bevor sie zur Tür hinausschritten.

„Und grüß meinen Bruder von mir und sag ihm, ich werde bald zurück sein", rief Baldin Caro zu, bevor er winkend die Tür hinter sich schloss.

So standen sie auf dem staubigen Weg, der sich durch das Dorf schlängelte.

„Nun gut. Auf geht's", sagte der Prophet frohen Mutes, schwang sich seine frisch gefüllte Tasche wieder über die Schulter und so gingen sie in Richtung des kleineren Dorftores, welches exakt dem geräumten Festplatz gegenüber lag.

Eine herrlich grün blühende Weide erstreckte sich vor ihnen, auf welcher sich das hoch gewachsene Grass leicht im Wind wiegte. Von hier aus konnten sie schon eines der größten Gebirge Anastas erblicken, den Kronenberg, der seinen Namen den vielen spitzen Bergen zu verdanken hatte, welche ihm aus der Ferne das Aussehen einer Krone verliehen. Und nahe an dessen Fuße lag die Stadt Pasania, welche sie jedoch nur in der Ferne erahnen konnten.

„Warum leihen wir uns eigentlich keine Pferde? Stallmeister Laboors hätte uns bestimmt drei verkauft", fragte Baldin.

„Nein", knurrte Pau sofort. „Keine Pferde!", fügte er bestimmt hinzu.

Der Prophet lachte und zuckte mit den Achseln.

„Da hast du's Baldin", sagte der Prophet durch Zähne, weil er die Pfeife im Mund hielt, während er in seinem Hemd nach dem Tabak suchte.

„Ich will nicht auf etwas sitzen was seinen eigenen Willen hat und mich nach Belieben vom Rücken werfen kann", grummelte Pau düster in Richtung Baldin.

„Ja, aber es wirft dich ja nicht nach Belieben ab. Nur wenn es Angst bekommt, oder etwas Unvorhergesehenes passiert", entgegnete Baldin.

Blitzschnell stellte Pau einen Fuß vor den Baldins und schubste ihn nach vorne, sodass er der Länge nach ins Gras fiel.

„Was sollte das?", fragte Baldin aufgebracht.

„Und? Hast du das kommen sehen?", fragte Pau lachend. Auch der Prophet musste lachen, es hatte schon komisch ausgesehen wie Baldin mit den Armen rudernd zu Boden ging. Nun stimmte auch Baldin ins Gelächter mit ein und streckte Pau einen Arm entgegen.

„Nun gut, wie du meinst. Keine Pferde." „Hilf mir auf", forderte er ihn vergnügt auf und Pau zog ihn mit nur einem Ruck auf die Füße.

„Keine Pferde", pflichtete Pau ihm bei.

So trotteten die drei Seite an Seite durch die grünen Felder.

„Warst du eigentlich jemals im Norden in der Wüste?", fragte Pau unvermittelt den Propheten, der gerade Rauch in Ringform ausblies.

„Wie kommst du darauf?", erwiderte der.

„Der Reichtum soll da ja keine Grenzen kennen, wie ich gehört hab", entgegnete er fragend und blickte den Propheten unverwandt an.

„Das stimmt nur zum Teil. Es stimmt, dass dort die reichsten Menschen Anastas wohnen, in Sura, der Wüstenhauptstadt, oder Ech. Aber in den kleineren Dörfern abseits der großen Städte herrscht Armut wie nirgends sonst in Anasta", erklärte er den beiden, die interessiert seinen Worten lauschten.

„Ach ja", seufzte Baldin, „ich hörte einst ein Lied über die Frauen aus Sura. Sie sollen von so atemberaubender Schönheit sein, dass sie jedem Mann südlich der Wüste den Kopf verdrehen", schwärmte er.

„Mir reichen zwei Brüste und'n Arsch", gab Pau plump zurück, was den Propheten zum Lachen brachte, sodass er sich am Rauch in seinem Mund verschluckte. Paus einfacher Humor war einer seiner hervorragenden Charakterzüge, dachte der Prophet immer noch prustend.

„Ach Pau, mein Bester", begann Baldin und legte seinen Arm um Paus Schulter. Das ergab einen komischen Anblick, da Pau gut zwei Köpfe größer war als Baldin. „Irgendwann suchen wir uns ein schönes Freudenhaus in Sura und dann reden wir nochmal über die Schönheit der Frauen in den Steinsteppen." Herausfordernd grinste er ihm ins Gesicht.

„Willst du nochmal im Gras landen?", fragte Pau ihn spielerisch drohend und lachend ließ Baldin von ihm ab.

„Aber ja Pau, ich war schon mal dort", setzte der Prophet nun ernst die Unterhaltung fort. „Und die Frauen dort sind wahrhaftig anders", fügte er an Baldin gerichtet hinzu, welcher grinsend nickte.

„Beschreib mir, die Stadt Sura", forderte ihn Pau auf, während er sich streckte.

„Sura ist die zweitgrößte Stadt Anastas, wo soll ich da anfangen?", überlegte der Prophet laut.

„Die Paläste dort sind unfassbar prunkvoll: Goldene Säulen, Lapislazuli an den Wände im Königssaal und der Thron Paraneons, der sich seitdem Drei Länder Abkommen König der Wüste nennt, ist von unschätzbarem Wert", erzählte er schwärmerisch.

„Willst du einen Thron?", fragte Pau ihn plötzlich.

„Ich?", fragte der Prophet völlig entgeistert. „Wieso sollte ich?", fragte er hastig, doch er merkte wie die Wärme in seinen Kopf stieg und ihn rot anlaufen ließ. Pau hatte einen Nerv getroffen.

„Ich weiß nicht, du wirst die Menschen retten. Und wenn wir schon drei Könige haben, wieso nicht einen vierten?", fragte er ernst. Dies war eine der großartigen Eigenschaften Paus', jede noch so absurde oder banale Idee nahm er ernst und machte keine herablassenden Scherze darüber. Zugegeben, er hatte schon ein paarmal darüber nachgedacht. Ihm war auch der Sitz als Lord am Himmelstor angeboten worden, welchen er abgelehnt hatte, denn er war ein Marom, ein Gelehrter. Er hatte sich dem Wissen verschrieben und nicht dem Herrschen und Regieren. Gleichwohl er sich gelegentlich dabei erwischte, dass er meinte, politische Entscheidungen treffen zu könnte, die allen Menschen im Lande helfen würden und nicht nur die Reichen noch reicher werden ließen, während das gemeine Volk auf den Straßen und vor den Mauern starb. Aber deswegen brauchte er nicht gleich König zu werden, sondern genau deswegen wollte er ja nach Nam reisen, um König Rodrik in beratender Funktion zu helfen.

„Ich glaube, du wärst ein bessere Herrscher als Auril, Rodrik oder Paraneon", pflichtete Baldin Pau bei.

„Hört auf", stieß der Prophet aus, wenn er auch geschmeichelt war. „Rodrik ist unser König. Nicht Auril und nicht Paraneon", sagte er ernst, „geschweige denn ich", fügte er hinzu, was die beiden verstummen ließ.

Hinter dem Nebelschleier vor ihnen konnten sie bereits die schneebedeckten Bergspitzen des Kronenberges erahnen, auf welchen sie zusteuerten. Ihr Weg war gesäumt von herrlich violett blühendem Lavendel und ein feiner Duft, welcher nicht von dem Tabak ausging, stieg ihnen in die Nase.

Als sie die kleine Brücke erreichten, welche sie über eine Abzweigung des Flusses Va führte, trafen sie auf eine Karawane. Gut zwei Dutzend fahrende Händler, Apotheker, sowie Ärzte kamen ihnen mit ihren Gütern und Karren langsam entgegen.

„Seid gegrüßt Freund", sprach der Prophet freundlich einen der Männer an.

„Seid auch Ihr gegrüßt. Möge die Sonne Euch wärmen und der Mond Euch den Weg weisen", antwortete der in rote Gewänder gekleidete Mann höflich. Sobald er zu sprechen begonnen hatte merkte der Prophet, dass irgendetwas mit diesem Mann nicht stimmte.

„Wieso spricht er das R so komisch aus?", fragte Pau flüsternd Baldin, doch wohl etwas zu laut, denn der Fremde wandte sich ihm zu, bevor er weitersprach.

„Meine Familie stammt nicht von hier", erklärte er ihm mit seiner tiefen schnurrenden Stimme, freundlich, wenn auch mit Ernsthaftigkeit.

„Also stammt ihr nicht aus Pasania?", fragte Pau langsam und in diesem Moment wurde dem Propheten mit Erstaunen bewusst, dass Pau wohl dachte, Anasta sei das einzige bewohnte Land auf der Welt. Auch der Fremde schien zu dieser Erkenntnis zu kommen, denn er blickte Pau nun schon fast mitleidig an.

„Guter Mann, ich stamm aus Lumbena", und auf Paus verständnislosen Gesichtsausdruck hin ergänzte er: „Dies liegt jenseits des Meeres im Norden." Paus blick suchte den, des Propheten.

„In Pasania angekommen zeige ich dir eine Karte", versprach er und gab ihm somit zu verstehen, dem Fremden keine weiteren Fragen zu stellen. Er wusste noch nicht, was an diesem Mann so merkwürdig war, doch er spürte eine Art negative Aura von ihm ausgehen, ein Gefühl, welches er schon einmal gefühlt hatte. Nur wo?

„Er ist ein wirklich exzellenter Krieger", Der Prophet deutete mit einem Nicken in Richtung Pau.

„Daran habe ich keinen Zweifel", antwortete der andere mit Blick auf Paus Hünenhafte Gestalt. Während er dies sagte hielt er seinen Karren an, ging um ihn herum und holte etwas aus einer Truhe hervor.

„Hier mein großer Freund", sagte er, zu Pau aufblickend und streckte ihm einen reich verzierten Langdolch hin. „Seht Euch diesen Dolch an. Er trägt das Zeichen meiner Familie. Einen Falken, der eine Pergamentrolle in seinen Klauen hält. Prägt es Euch ein", erklärte er den dreien. Pau spannte augenblicklich seinen gesamten Körper an.

„Wieso tut ihr das?", fragte er ernst und nun ging keinerlei Dümmlichkeit von diesem Berg von Mann aus. Das Gefühl erinnerte den Propheten an den Tod.

„Ich bin noch nicht lange in Anasta und kenne hier nur Händler und Betrüger. Und sowohl die Händler als auch die Betrüger sind nicht gerade der Umgang, mit welchem ich gerne verkehre. Und Ihr seht aus wie ein Mann, den ich lieber nicht als Feind, sondern als Freund weiß. Da ich vorhabe, dem Namen meiner Familie hier in Anasta Bekanntheit zu verleihen, seid Ihr die ersten die Ihn kennenlernen", sagte er freundlich und hielt ihm weiterhin den Dolch hin.

„Eine weise Entscheidung", begann Pau und ließ eine betonte Pause.

„Ikechu aus dem bescheidenen Hause Baloogun", ergänzte der Fremde mit einer kleinen Verbeugung und lächelte Pau mit seinen auffallend weißen Zähnen an, während er den Dolch in seinem Mantel verstaute.

„Wohin reist Ihr, Ikechu?", fragte der Propheten angespannt. Jetzt wusste er es wieder, woher er diese Aura, dieses Gefühl kannte. Es war der kurze, verzweifelte Moment des Ausgeliefertseins am Ende seiner apokalyptischen Träume.

„Wohin mich die Winde treiben, mein Freund. Vielleicht nach Gotteslob, oder vielleicht besuche ich die Dörfer vor Nam bis ich schließlich in die Stadt der Sonne reise", sagte er mit gespielter Unklarheit, wie der Prophet empfand.

„Ihr solltet nach Sturzwasser reisen. Fragt nach Lots' Taverne, diese gehört meinem Bruder, er schenkt dort das beste Bier aus", meldete sich Baldin zu Wort und den Propheten durchfuhr ein Schock, welchen er sich doch nicht anmerken ließ. Sie durften diesen Mann nicht zu ihren Freunden lenken.

„Dieses Bier darf ich mir nicht entgehen lassen", sagte Ikechu schelmisch.

„Aber Baldin. Du vergaßt, dass Lot doch zurzeit nicht in Sturzwasser weilt. Er ist ebenfalls auf der Reise, zu dem Kronenberg", log der Prophet hastig.

„Woher weißt du das?", fragte Baldin erschrocken, „das hat er mir gar nicht erzählt. Bist du dir sicher?", hakte Baldin nach.

„Ganz sicher. Er erzählte Pau und mir dies, als wir den Wagen beluden", antwortete er und warf Pau einen vielsagenden Blick zu, welcher selbstsicher nickte.

„Oh", gab Baldin besorgt von sich und blickte etwas nervös in seine Hände.

„Wie dem auch sei", sagte der Prophet aufgesetzt freundlich, „ich wünsche Euch eine sichere Reise, Ikechu aus dem Hause Baloogun. Auf dass wir uns in einigen Mondzyklen wiedersehen", schloss er langsam und bedächtig und irgendetwas in ihm sagte, dass sie sich wiedersehen würden, doch das dieser Tag kein glücklicher in seinem Leben sein würde.

„Doch ich kenne Euren Namen noch gar nicht, Freund?", fragte Ikechu den Propheten, welcher schon im Gehen begriffen war.

„Ich glaube doch. Ihr kennt ihn", antwortete der Prophet forsch und mit dem Gesicht nach vorne, weg von Ikechu gerichtet. Und mit diesen Worten ließen die drei den fahrenden Händler hinter sich stehen und zogen weiter. Nachdem sie einige Fuß zwischen die Karawane und sich selbst gebracht hatten, fragte Baldin den Propheten: „Hat mein Bruder dir gesagt was er am Kronenberg will?", er konnte die Sorge nicht aus seiner Stimme verbannen.

„Baldin, Lot weilt natürlich noch in Sturzwasser", gab er beinahe ärgerlich zurück, auch tat es ihm sofort leid, Baldin so angefahren zu haben, doch er fühlte immer noch Angst in sich.

„Diesen Mann verfolgt der Tod. Etwas ist an ihm", sagte er geheimnisvoll.

„Wir sollten ihm nichts über uns oder die Unseren preisgeben", ergänzte er stirnrunzelnd.

„Hattest du eine Vision?", fragte Pau zaghaft. Der Prophet runzelte die Stirn und rieb sich über den Mund.

„Ich weiß nicht was es war. Doch ich hatte etwas, wie ein Ziehen in meinem Herzen, als wolle mir mein Herz sagen, dass dieser Mann etwas im Schilde führt. Ich habe euch doch von meinen Träumen erzählt", sagte er und blickte sie an, worauf sie eifrig nickten.

„Meine Träume enden fast immer mit meinem Tod, oder mit dem Moment kurz vor meinem Tod. Die Träume fühlen sich alle so echt an, so als würde mir gerade wirkliches Leid zugefügt. Das Gefühl der Hoffnungslosigkeit durchströmt meinen Körper, verpestet meinen Geist. Genau dieses Gefühl strahlte dieser Mann aus", schloss er und zeigte in Richtung der kleiner werdenden Händlerkarawane.

„Ein Falke, der eine Pergamentrolle in seinen Klauen hält", wiederholte der Prophet die Worte Ikechus darüber, welches Wappen sein Haus hatte.

„Lasst uns das nicht in Vergessenheit geraten lassen", mahnte er seine Begleiter, welche düster dreinblickten und nickten. Solche Eingebungen oder Visionen, wie Pau sie nannte, hatte der Prophet höchst selten und selbst wenn so etwas passierte wusste er meist nicht, wie er diese zu deuten hatte. Waren dies Zeichen der Götter? Und wenn dem so war, wie hatte er sich dann zu verhalten? Wohl kaum einfach weiterlaufen wie er es bislang getan hatte. Die Frage nach den Göttern zermarterte ihm seinen Kopf schon seit etlichen Wintern. Was wollten die Götter von ihm? Was war seine Aufgabe auf dieser Welt? Das Leid einzelner Menschen heilen? Oder war er doch für größeres Bestimmt? Oder war dieser Gedanke seiner Arroganz geschuldet?

Nach diesem Zwischenfall waren sie nun nicht mehr weit von der Handelsstadt Pasania entfernt. Sie konnten bereits Möwen in der Ferne schreien und Menschen geschäftig Handel treiben hören. Sie hatten die überladene Handelsstadt Pasania fast erreicht. Je näher sie den Mauern der wohlhabenden Stadt kamen, desto mehr schmeckten sie die Salzluft auf ihren Lippen und sahen bereits einige hohe Masten der dort anliegenden Schiffe.

Sie erreichten die breite Straße, welche sie in das Stadtinnere führte am späten Nachmittag, als die Sonne am wolkenlosen Himmel ihren höchsten Punkt erreicht hatte. Die Straße war gesäumt von Soldaten in grün-brauner Rüstung, wie sie auch in Nam getragen wurde. Es mussten Wachen aus der Hauptstadt sein, dachte der Prophet, der versuchte, Blicke auf die behelmten Soldaten zu erhaschen. Sobald sie die Stadt betraten, wurden sie erschlagen von Gerüchen, Farben und dem Treiben der Menschen auf der Hauptstraße.

„Meine Fresse", knurrte Pau bei diesem Anblick leise.

„Willkommen in Pasania", sagte der Prophet schwer ausatmend und versuchte, sich mit den Ellenbogen eine Schneise durch die Menschenmenge zu schlagen.

„Wie passen so viele Menschen auf ein so kleines Stück Land?", hörte er Baldin hinter sich rufend fragen.

„Pasania hat tatsächlich die höchste Bevölkerungsdichte", rief er über die Schulter nach hinten.

„Um das zu wissen muss ich kein Gelehrter sein", bellte Pau zurück, an welchem sie sich gut orientieren konnten, da er gut einen Kopf größer war als jeder andere Mann in diesem Gewirr.

„Was wollen wir überhaupt hier?", fragte Pau offensichtlich sehr schlecht gelaunt.

„Ein Besuch bei einem Freund", entgegnete der Prophet kurz angebunden und klopfte Pau auf die linke Schulter, um ihm zu signalisieren, dass er in die Straße links vor ihnen einbiegen wollte. Diese Seitenstraße war nicht ganz so belebt wie die Hauptstraße, gleichwohl auch hier die Männer laut riefen um ihren Fisch, ihre Kleidung oder ihre kunstvollen Gefäße zu verkaufen.

„Wieso kauft hier überhaupt irgendjemand was?", fragte Pau streitsüchtig.

„Naja, die Waren hier sind tatsächlich in der Regel von guter Qualität und niedrigem Preis", entgegnete der Prophet belehrend.

„Ich hab unfassbaren Hunger", murrte Pau, was jedoch seinen Gemütszustand erklärt, dachte der Prophet im Stillen.

„Wir haben doch die Brote von Carla dabei", erinnerte der Prophet ihn und zog den Laib Brot aus seiner Tasche, brach ihn in drei ungleiche Stücke und gab Pau das größte, das kleinere gab er Baldin und das kleinste Stück aß er selbst.

„Ach ja, mit vollem Magen reist es sich angenehmer", flötete Baldin, während die drei sich nach dieser kurzen Pause wieder in Bewegung setzten. Nachdem sie noch durch einige weitere Straßen und belebte Gassen geirrt waren, erreichten sie endlich ihr Ziel.

„Hier ist es ja", sagte der Prophet plötzlich vor einem unscheinbaren Haus, an welchem der Efeu kunstvoll die Wand hochkletterte.

„Bevor wir hineingehen müsst ihr wissen, dass dort nur Natura sind", erklärte er ihnen, woraufhin Baldin bloß verwirrt dreinblickte.

„Es gibt zwei Religionen in Anasta, den Götterglauben des Ta und Ag, und den der Natura. Diese glauben daran, dass es ein übernatürliches Wesen gibt, das die Geschehen auf der Welt durch die Natur beeinflusst. Also das Blühen der Bäume, der Regen, die Sonne, dies alles wird von der Natura, der Gottheit, gelenkt und spricht so zu den Menschen." Baldin und Pau sahen nun nur noch verständnisloser drein.

„Fangt einfach kein Gespräch über den Glauben an, das endet hier nie gut", ergänzte er mit einer wegwerfenden Handbewegung.

Sachte drückte er die unverschlossene Tür auf und sie traten ein. Zwei in die Jahre gekommene Männer saßen einander gegenüber an einem kleinen Tisch und spielten Karten. Als die drei eintraten hob der eine seinen Blick, bevor er sprach.

„Wem folgt ihr?", fragte der alte Mann leise. Der Prophet merkte, wie Pau und Baldin sich irritierte Blicke zuwarfen, doch er schmunzelte nur.

„Der Natur, denn sie weiß, was gut ist", antwortete er mit fester Stimme.

Der alte Mann nickte verstehend und wandte sich wieder dem Kartenspiel zu.

„Was war das denn?", fragte Pau argwöhnisch.

„Sie wissen nun, dass wir zu ihnen gehören. Ansonsten wären wir jetzt wahrscheinlich tote Männer", erklärte der Prophet

„Diese Zwei hätte ich blind mit einem Arm erledigt", raunte Pau.

„Mach dich nicht lächerlich, das Haus wimmelt nur so von Naturan."

Sie stiegen eine lange Treppe hinab, bis sie endlich in einem großen Kellergewölbe ankamen, welches einer riesigen unterirdischen Taverne glich.

Hier unten hielten sich bestimmt vier Dutzend Männer auf, dachte der Prophet, als er prüfend umherblickte. Er ging zu einem hochgewachsenen jungem Mann, der hinter einem Pult stand und etwas in ein Buch schrieb.

„*Tarono be marom Mian e*", sprach der Prophet zu dem Schreiber, welcher seinen Blick nicht von wem Buch abwandte während er antwortete.

„Er befindet sich in seinem Labor, wollte jedoch nicht gestört werden", gab der dünne Mann naserümpfend auf die Frage, wo sich Mian befinde zurück.

„Ich denke, für mich hat er Zeit", entgegnete der Prophet mit aufgesetztem Grinsen und ließ den Mann mit offenem Mund hinter sich stehen. Gemeinsam durchschritten die drei Gefährten das Kellergewölbe bis zu einer verschlossenen Eisentür, welche der Prophet langsam öffnete.

„Ich wollte doch nicht gestört werden, Sandro", begann ein Mann ärgerlich, welcher mit dem Rücken zur Tür über einen brodelnden Kessel gebeugt stand.

„Ich dachte, wir sind eine Ausnahme!", entgegnete der Prophet freudig.

„*N'ahne!*", stieß Mian freudig aus und sein Gesicht erhellte sich.

„Mein alter Freund, komm her", sagte der Mann mittleren Alters, schloss den Propheten in seine Arme und klopfte ihm auf den Rücken.

„Pau und Baldin, nicht wahr?", fügte er ebenso freudig wie neugierig hinzu und schüttelte den beiden energisch die Hände, die unwillkürlich ebenfalls grinsen mussten.

„Was führt euch den hier in mein Labor?", fragte er freudestrahlend und stemmte seine Hände in die Hüfte.

„Naja die Stadt zumindest nicht", murmelte Pau leise und setzte sich auf einen kleinen, dreibeinigen Stuhl nahe einem großen Stehkolben, in welchem eine violette Flüssigkeit träge blubberte.

„Gebt ihr uns einen kurzen Augenblick?", fragte der Prophet Pau und Baldin über die Schulter.

Schnaufend stand Pau wieder auf und fragte an Baldin gewandt: „Dann trinken wir erst mal'n Bier würd ich sagen?", wobei er ihm auf die Schulter klopfte, was Baldin leicht in die Knie zwang.

„Da werden sie lange fragen müssen", raunte Mian dem Propheten zu und bot ihm einen Stuhl neben der offenen Feuerstelle an.

„Es gibt hier nämlich kein Bier", ergänzte er auf den fragenden Blick des Propheten hin. „Nur das Gesöff der Seeleute, Wein aus der Hauptstadt und den teuren Schnaps vom Kronenberg", erklärte er wissend.

„So, was gibt es denn?", fragte er dann und steckte hier und da Werkzeug in seine lederne Schürzte.

„Weißt du von dem Überfall am Hölzchen Weg?", fragte der Prophet geradeheraus.

„Was heißt, davon wissen? Ich habe davon gehört. Ein schrecklicher Vorfall", antwortete er, zu Boden blickend.

„Weißt du, wer dahintersteckt?", fragte der Prophet niedergeschlagen. Mian atmete ein paarmal tief durch, bevor er antwortete.

„Nun ja, ich habe Verschiedenes gehört. Manche behaupten, es waren maskierte Männer, mit Hörnern und einer gespaltenen Zunge, andere sagen, es war der Tod selbst. Wieder andere sagen, dass unter den Masken die Männer von König Auril selbst steckten." Mian zog einen Stuhl zu sich heran und setzte sich dem Propheten gegenüber.

„Doch nach meinen Informationen ist es nicht wahr, dass die Männer von König Auril dies zu verantworten haben", fuhr er bedeutungsschwer fort.

„Es waren die Männer eines anderen Königs", sagte er nebulös. Der Prophet zog eine Augenbraue fragend hoch.

„Es waren Männer, welche vom königlichen Hof Rodriks geschickt wurden", erklärte Mian sich. Das konnte nicht sein Ernst sein, dachte der Prophet und er merkte, wie ein Gefühl des Unwohlseins in ihm hochkroch. Dies konnte nicht der Wahrheit entsprechen!

„Was für einen Grund sollte König Rodrik haben, dies zu tun?", fragte er der den Alchemisten stirnrunzelnd, welcher sich nun über die Augen rieb. „Er ist ein guter, barmherziger König."

„Er ist nicht der, der er vorgibt zu sein, *N'Ahnet*. Vertrau deinem alten Freund." Nun klang er beinahe flehend. Der Gemütszustand Mians ändert sich rasch, dachte der Prophet flüchtig. Er kannte Mian schon beinah sein Leben lang und nie würde er ihn wissentlich anlügen. Doch vielleicht stimmten seine Informationen einfach nicht.

„Aber Mian, wie kommst du auf so etwas?" fragte der Prophet nach einigen Momenten der gänzlichen Stille.

„Anfangs gefiel mir der Gedanke selbst nicht, doch ich habe nun schon von einigen meiner Späher und Informanten gehört, dass die Zeichen alle auf Nam deuten. Und dort wäre nur ein Mann mächtig genug, ein ganzes Dorf binnen weniger Augenblicke auszulöschen", erklärte er resigniert, während er mit den Fingern schnipste.

„Meinst du nicht, dass dort auch andere Männer im königlichen Rat die Macht besäßen, ein kleines Dorf zu vernichten?", fragte er, ehrlich an der Antwort Mians interessiert. „Wie viele Männer haben das Dorf den überfallen?", fügte der Prophet hinzu.

„Nach meinem Wissen so um die zwei Dutzend, aber es können auch mehr oder weniger gewesen sein, denke ich. Die Leute litten Todesangst, sie werden wohl kaum die Männer gezählt haben", gab er zu bedenken.

„Also zwei Dutzend Männer könnte bestimmt auch ein anderer, ohne Rodriks Wissen, dort hinschicken, solange die Bezahlung stimmt", sagte er bitter, woraufhin Mian nickte.

„Du hast Recht", gab er zu. „Ich hörte nun schon von Einigen, dass Rodrik zu alt wird, er verliert die Kontrolle", erklärte Mian.

„Nun gut, aber macht das Alter einen nicht eher sanftmütig? Und nicht streitsüchtig?", gab der Prophet zu bedenken.

„Das mag bei normalen Menschen stimmten. Aber bei jemandem der sein Leben lang König war?"

„Vielleicht hast du Recht, doch das beruht jetzt auf deiner Vermutung. Aufgrund einer Vermutung voreilige Schlüsse zu ziehen, halte ich für unklug", äußerte der Prophet.

„Nichtsdestotrotz denke ich, dass es an der Zeit ist, dass der König abdankt", entgegnete Mian, erhob sich und schenkte sich einen Becher Wein ein.

„Möchtest du auch einen?", fragte er freundlich über die Schulter.

„Gerne", sagte der Prophet nickend. Mian schenkte einen zweiten Becher voll und reichte ihn dem Prophet.

„Feinster Rotwein aus der Hauptstadt Nam", erklärte er schwärmerisch. Der Prophet nippte an seinem Becher und der Wein schmeckte tatsächlich vorzüglich. Doch er wollte noch weiter über Mians letzte Äußerung sprechen.

„Aber wer sollte anstelle Rodriks den Thron besetzen? Ein anderer, oder meinst du, Auril solle über den Westen und den Osten herrschen?", fragte der Prophet ungewollt herausfordernd.

„Weißt du, was die Prophezeiung über dich sagt?", fragte Mian, stockte kurz: „Über uns aussagt", ergänzte er bedeutungsschwer.

Was sollte diese Frage den nun, dachte der Prophet verwirrt. Natürlich wusste er es. Sein Leben lang hatte er die Weissagung zu hören bekommen.

„Wie soll ich dein Schweigen deuten?", fragte Mian

„Natürlich kenne ich sie", entgegnete der Prophet, verwirrt lächelnd.

„Nenn sie mir!", forderte Mian.

„Du kennst sie doch auch", sagte der Prophet nun vorsichtig lachend.

„Nenn sie mir bitte", hakte Mian nach.

„Nun gut. Die Götter streiten und ein Prophet wird in diesem Zorn durch die Mutter geboren. Um ihre Söhne an ihren Zorn zu erinnern. Damit Ta und Ag sich nicht mehr vergessen, haben sie ihre Augen immer auf ihn gerichtet. Der *N'Ahnarasha* wird hervorkommen, wenn die Ketten brechen und die Könige fallen", schloss er seinen Singsang.

„Bitteschön", sagte Mian, als wäre nun das Gespräch beendet. „Da hast du es. Wenn die Ketten brechen und Könige fallen", wiederholte er nachdrücklich. „Welche Zeichen braucht es denn noch? Der Ausbruch aus der Festung, Rodrik verliert seinen Verstand, Auril wird immer Kriegssüchtiger, und was in der Wüste mit den Armen und Mittellosen passiert, nimmt beängstigende Ausmaße an. N'*Ahnet*, deine Zeit zum Handeln ist gekommen. Erzähl nicht immer nur, dass du der Menschenretter sein wirst.

Sei er auch!" Mian ballte seine Faust, doch seine Worte klangen nicht anklagend, sondern motivierend. Doch genau damit sprach Mian das größte Rätsel seines Lebens an.

„Und wie soll ich dieser sein?", fragte der Prophet beinah verzweifelt, „Wo mir mein Leben lang vor Augen geführt wird, dass ich die Last der Welt tragen muss, und doch die Hälfte genau dieser Welt der Prophezeiung keinen Glauben schenkt?" Es war, als würde die Luft aus ihm herausgelassen werden und er sackte auf seinem Stuhl in sich zusammen. Mian ging um den Tisch, zog seinen Stuhl neben den des darauf zusammen gesackten Propheten und blickte ihm direkt in die Augen.

„*N'Ahnet*, in deinen Augen leuchten Ta und Ag. Die Götter haben einen Plan für dich!" Brüderlich legte er seinen Arm um die Schulter des Freundes.

„Ich danke dir für diese Worte", begann der Prophet zögernd, „Doch es sind genau diese Worte, welche ich kaum mehr zu ertragen vermag." Ernst blickte er den verständnislos dreiblickenden Mian an.

„Es sind diese Worte, die mich mein Leben lang verfolgen. Wenn die Ketten brechen und die Könige fallen, wird der N'Ahnarasha die Welt retten. Wie?!", rief er traurig.

„Wäre das Leben ohne Mysterien nicht ein langweiliges?", fragte Mian ruhig.

„Schätze dich glücklich, dass du der wohl einzige Mensch bist, für den die Götter einen Plan haben. Anders als wir verlorenen Seelen, die wir auf unser Heil im Tod warten müssen.", schloss er bitter. Bei diesen Worten stutze der Prophet anfangs, doch je mehr seine Gedanken über diese Worte kreisen lies, blickte er Mian wissend an und erhob sich.

Mian schaffte es immer, ihn wieder Hoffen zu lassen.

Er konnte keine Fehler begehen. Alles was er tat, alles was er sagte, wurde von den Göttern bestimmt. Wohin ihn seine Beine trugen, was seine Hände taten, welche Worte aus seinem Mund kamen.

„Ich danke dir mein Freund", sagte der Prophet heiser und schloss den Alchemisten in seine Arme. „Ich danke dir für alles."

„Immer gerne mein Freund", erwiderte Mian, ließ ihn los und hielt ihm die Tür zum Kellergewölbe auf.

„Wenn du mal wieder Entschleunigung in Pasania suchst, weißt du, wo du mich findest", sagte er mit einem Zwinkern und hinter dem Propheten fiel die Tür mit einem mechanischen Klicken ins Schloss.

Kapitel 10 – Der Friedhof

In Ewes Kopf schienen sich die Fragmente zusammenzusetzen. Das Gespräch, das sie belauscht hatte, die Funde der Scharfrichter. Alles schien auf Musol Karus zu deuten, es könnte klarer nicht sein. Doch sie konnte ihn nicht offen damit konfrontieren, er würde ihre Anschuldigung einfach abtun. Sie hatte nichts gegen ihn in der Hand. Zerstreut fuhr sie sich über ihren strengen Zopf.

„Warum ist es denn nicht allen bekannt, dass einer der Berater des Königs der Sohn eines der grausamsten Männer der Geschichte Anastas war?", fragte sie völlig entrüstet.

„Nun ja, würdet Ihr damit prahlen?", fragte Adamus und zog eine Grimasse.

„Natürlich nicht, aber als die Entscheidung getroffen wurde, ihn zum Berater zu machen, hätte das doch wenigstens allen bewusst sein müssen", entgegnete sie aufgebracht.

„Also dem König muss es wohl bekannt gewesen sein", antwortete er und legte seine Hände auf seinem dicken Bauch ab. Ewe hob eine Augenbraue.

„Ich hatte vor einigen Nächten mit Solas eine Unterredung. Wir diskutierten über meine neusten Funde und waren uns einig, nachdem wir sie mit den Überlieferungen verglichen haben…", genervt atmete Ewe aus; wieso musste Adamus immer mit seinem Wissen prahlen, „…dass die Scharfrichter samt ihren Anhängern Tarnam, also diese Minenfestung", belehrte er Ewe, als wäre sie ein Kind, „755 Winter nach den Göttern besetzten und übernahmen. Sie müssen wohl augenblicklich mit den Vorbereitungen für einen Krieg gegen Nam begonnen haben, denn wir fanden viele

Öfen und Schmiedestätten, an welchen hunderte Waffen und Rüstungen angefertigt worden sein müssen." Er legte eine Pause ein, um sich den Schweiß von seiner Stirn zu tupfen.

„Der frisch gekrönte Darran hatte wohl nicht mit dem Ausmaß seiner Entscheidung, die Hinrichtungen so drastisch zu vermindern, gerechnet, denn er war offensichtlich nicht auf einen Krieg vorbereitet. Warum auch, das Land war unter ihm geeint, es gab natürlich kleine Streitigkeiten zwischen den Dörfern, aber diese waren nicht von sonderlich großer Bedeutung. Und Lumbena ist von uns unabhängig und uns wohlgesonnen. Es gab also nichts zu befürchten für den neuen König."

„Fahrt fort, Adamus", fuhr Ewe ihn mit hinter dem Rücken verschränkten Händen an, woraufhin er kurz mit einem hämischen Grinsen reagierte.

„Gut. Die Scharfrichter waren begabte Handwerker, das kann man aus unseren reichhaltigen Funden schließen".

„Ich habe verstanden", schnitt Ewe ihm erneut das Wort ab.

„Sie wussten alles über die Herstellung von Rüstung und Waffen und da sie mit der Zeit immer mehr Beliebtheit beim Volk erlangten und ihre Wichtigkeit für die Gesellschaft nicht mehr wegzureden war, räumte Callum ihnen damals einen Sitz im königlichen Rat ein, welchen, wie Ihr ja wisst, Sartas besetzte. Das heißt, Sartas als ihr Anführer war nun informiert über die Begebenheiten bei Hofe und hatte nicht nur Einsicht in die Besprechungen über das Gold der Krone, sondern auch - und dies war für ihn viel interessanter - auch kannte er die grobe Anzahl an Militärs der Krone." Adamus legte eine Pause ein, um die Macht der Worte wirken zu lassen, was Ewe ein abfälliges Schnalzten mit der Zunge entlockte.

„Ein neuer Feind war entstanden, welchen man nicht einzuschätzen wusste", fuhr Adamus fort. In diesem Moment sprang die Tür hinter Ewe auf, sie machte einen Satz zur Seite und zog drohend ihren Dolch. Ein alter Mann mit schütterem Haar stürmte verschwitzt durch die Tür.

„Das müsst Ihr Euch ansehen, Adamus!", keuchte er außer Atem. Sofort sprang Adamus auf und rannte ungestüm hinter ihm her in den Stollen, wobei er keinerlei Notiz mehr von Ewe nahm. Mit wild pochendem Herzen steckte sie ihren Dolch wieder weg und folgte den beiden Männern durch einen der stickigen Gänge, bis sie beinahe mit Adamus zusammenprallte, der abrupt stehengeblieben war. Adamus stieß einen Laut der ängstlichen Überraschung aus, doch sie konnte nicht sehen, was er sah. Trotz des breiten Durchbruchs, welchen die Männer geschlagen hatten, konnte Ewe nichts erkennen. Adamus versperrte mit seiner massigen Gestalt ihren Blick. Doch dann sank er plötzlich auf die Knie und ihr offenbarte sich der grausame Anblick.

Vor ihnen lag ein Berg aus Leichen, unzählige tote Körper lagen aufeinander, allesamt ohne Kopf. Ewe konnte Kinder erkennen, Frauen, Männer, jung, alt. Dieser Leichenberg schien wie ein abscheuliches Maßengrab

„Was… was hat das zu bedeuten?", stammelte Ewe völlig aus dem Gleichgewicht gebracht. Sie wusste nicht, ob sie weinen oder sich übergeben musste, konnte ihren Blick jedoch nicht von diesem Massengrab abwenden. Die Leichname waren noch nicht gänzlich verwest, die oberen waren zwar durch den Staub und Dreck von einer gräulichen Schicht bedeckt, aber dennoch konnte man ihr Fleisch erkennen, was man bei den Opfern, die das Fundament dieses grausigen Berges an Leichen bildeten, nicht mehr sagen konnte.

„Ein erneuter Krieg steht unmittelbar bevor", krächzte Adamus mit erstickter Stimme. Alle Arbeiter, die diesen Anblick ertragen mussten, saßen mit leeren Blicken an eine Wand gelehnt auf dem Boden. Die meisten, wenn nicht alle von ihnen, hatten vielleicht mal einen toten Verwandten gesehen, aber niemals zuvor solch ein grausames Massengrab. Sie musste es noch deutlich mehr verstören als Ewe, dachte sie, denn sie selbst hatte schon hunderte tote Menschen sehen müssen. Doch so etwas geht nicht spurlos an einem vorbei, dachte sie, als sie entschlossen ihren Blick endlich von diesem Friedhof abwandte.

„Aber", begann Ewe und räusperte sich einmal, um ihre belegte Stimme zu lösen.

„Aber wie kamen alle diese Toten hier unten hin?", fragte sie, gewillt, ihren Blick nicht erneut auf den Berg an Leichen zu richten.

„Alle raus hier", sagte Adamus leise. „Alle raus hier!", wiederholte er diesmal für alle hörbar. „Geht zu euren Frauen, Kindern, nehmt sie in den Arm und kommt morgen wieder. Euern Lohn sollt ihr trotzdem bekommen", rief er, sich schwerfällig aufrichtend. Langsam und in beinah kompletter Stille verließen die Arbeiter die Mine, sich gegenseitig in den Arm nehmend. Als die Tür das letzte Mal zuschlug und nur noch Adamus und Ewe in den Tiefen der Mine waren, sprach sie erneut.

„Das war sehr ehrenwert"

„Ich weiß", entgegnete Adamus nur müde. „Ich musste es tun. Sie haben schließlich noch eine Menge Arbeit vor sich und ich kann sie nicht abgelenkt durch schlechte Gedanken brauchen." Unter seiner gefühlskalten Art steckte noch immer ein Teil Anstand, dachte Ewe. Adamus kletterte nun mit einem dicken Bein voran durch das Loch in der Wand.

„Könntet Ihr mir mal die Fackel reichen?", ertönte seine Stimme dumpf aus dem Durchbruch. Widerwillig kam Ewe Adamus' Bitte nach. Sie nahm eine Fackel aus der Wandhalterung und reichte sie ihm hinein in den Raum der Leichen, aus welchem ihr nun der faulige Geruch von Tod in die Nase stieg. Wie konnte Adamus so gefühlskalt über diese toten Menschen klettern, dachte Ewe, während sie ihren Blick nun in den von der Fackel erleuchteten Raum warf. Die von Maden zerfressenen Leichen boten nun im flackernden Licht der Fackel einen noch viel furchterregenderen Anblick, welcher Adamus jedoch wohl kalt ließ. Mit dem freien massigen Arm stütze er sich nun auf einige Leichname, um besser sehen zu können. Unter seiner Last hörte man einige poröse Knochen mit einem Gänsehaut erzeugenden Knirschen zerbrechen und Ewe musste sich tatsächlich konzentrieren dabei nicht zu würgen.

„Hier ist etwas wie eine Art Tunnel nach oben", sagte er mehr zu sich selbst als zur ihr und das Echo seiner Stimme hallte von den Wänden wider. „Ich denke, die Leichen wurden oben hineingeworfen und fallen dann nach hier unten", fuhr er fort und klang dabei fröhlich gespannt, als hätte er etwas Schönes entdeckt.

„Werden", stieß Ewe hinter vorgehaltener Hand aus.

„Bitte?", fragte Adamus gedankenverloren über die Schulter.

„Ich denke, hier werden immer noch Leichen heruntergeworfen", erklärte Ewe. Adamus kletterte schwerfällig aus dem Loch heraus, von Schmutz und Staub überzogen.

„Aber das ist doch unmöglich", entgegnete er beinah zornig. „Wir müssten uns noch immer unter der Festung befinden.

Und hier wimmelt es von Soldaten, die hätten es ja wohl gemerkt, wenn hier Leichen beseitigt würden", fuhr er empört fort.

„Adamus, seht Euch doch die toten Körper an!", fuhr Ewe ihn gleichermaßen zornig an.

„Die Haut des Mädchens", sie deutete auf den Leichenberg, „weist noch keine Spuren von Rattenbissen oder Maden auf. Glaubt mir, wenn ich Euch sage, ich war schon auf Schlachtfeldern, auf welchen die Männer in kürzerer Zeit schlimmer aussahen", endete sie erbost und blickte Adamus mit funkelnden Augen an. Dieser dicke, dumme Mann hatte in seinem Leben noch nie einen Kampf austragen müssen und hatte nun vor diesen ganzen armen, verlorenen Seelen keinen Respekt? Das widerte sie an.

„Auf dem Gebiet des Kampfes seid Ihr mir überlegen, keine Frage. Doch meine Stärke liegt darin, Dinge zu wissen und das ist, mit Verlaub, nicht Eure Stärke", antwortete er trocken und mit dem Anflug eines süffisanten Grinsens.

„Achtet auf Eure Zunge Adamus. Es wäre nicht klug, jemandem, der wie Ihr sagt, im Kampf überlegen ist, in einem verlassenen Grab zu herauszufordern", sagte Ewe ganz ruhig und ohne eine Spur von Aggressivität, doch die Spannung in der Luft war greifbar. „Nun ist die Frage, über was Ihr mehr zu wissen glaubt. Über die Toten? Das mag sein. Doch über die Lebenden? Auf keinen Fall. Ihr habt Euch zu lange mit vergangenen Tagen aufgehalten, so dass Ihr vergesst habt, wie die Welt heute aussieht." Ihre Stimme war immer noch ruhig, doch klang sie nun beinah anklagend.

„Vergesst nicht, die Männer und Frauen, die für Euch arbeiten, sind Lebende. Sprecht nicht mit ihnen wie mit Toten", mahnte Ewe ihn und drehte sich zur Tür um. Die Macht ihrer

Worte schien Adamus die Sprache verschlagen zu haben. Ewe sah noch aus dem Augenwinkel, wie er seinen Mund öffnete und wortlos wieder schloss.

„Ich werde die Stelle suchen, an welcher die Leichname hier hinuntergeworfen werden", erklärte sie ihm kurz angebunden und öffnete die kleine Holztür, welche sie wieder hinaufführen würde. Sie spürte, dass Adamus ihr folgen wollte, daher blieb sie abrupt stehen und blickte ihn fragend an.

„Lady Baron?", fragte er sie und schien tatsächlich selbst irritiert.

„Bitte?", fuhr sie ihn ernst an und ihre Mund verengte sich.

„Ich habe Winter für Winter nichts und wieder nichts aus dem kalten Stein gewinnen können mit den Meinen und war für die Krone in völlige Bedeutungslosigkeit abgerutscht", begann er zu erklären und Ewes Gesicht glättete sich, aufgrund der Tatsache, dass Adamus sich ihr doch tatsächlich gerade öffnen wollte.

„Nicht nur ich, sondern auch alle meiner Arbeiter verloren mit jedem Fuß, den wir uns weiter durch den Stein schlugen, den Mut. Es war meine Aufgabe, die Männer immer wieder zu motivieren, gleichwohl ich selbst nicht mehr dran geglaubt habe etwas zu finden." Er blickte ihr, während er sprach, die ganze Zeit direkt in die Augen.

„Meine Möglichkeiten waren beinah erschöpft und wenn wir nicht bald irgendwas findet würden, würde ich meine Stellung verlieren, meinen Posten als Ausgrabungsleiter, meine Arbeit und würde wohl nirgends eine neue Arbeit finden. Als der Ausgrabungsleiter, der nicht mal eine Eisenader in einem Stollen finden würde", sagte er bitter, aber ehrlich.

„Doch nun, nun endlich nach einer so langen Zeit des Er-
trinkens in Angst, hab ich etwas gefunden, etwas von unvorstell-
barer Wichtigkeit."

„Aber das sollte Euch doch erleichtern und nicht zynischer
werden lassen", entgegnete Ewe, bedacht darauf, nun nicht streitsüchtig zu klingen. Sie erkannte, dass Adamus' Probleme in der
Vergangenheit existenzielle gewesen waren, welche wohl die
meisten Männer gebrochen hätten. Doch hier unterschieden sich
nun mal die Charakterstarken von den Schwachen, wenn die
schwersten Zeiten anbrachen.

„Die Erleichterung war nicht von langer Dauer. Natürlich,
ich brauchte keine Angst mehr zu haben, auf der Straße zu sitzen.
Jedoch war ich der Krone so viele Winter gleichgültig. Und nun
habe ich diese Funde gemacht und die Krone dankt es mir mit
keinem einzigen Wort", schloss er nun verächtlich.

„Adamus, die Tatsache, dass wir - und nun spreche ich für
die Krone - nach all der Zeit, nach all der fruchtlosen Zeit nicht
das Vertrauen verloren haben und Euch haben weitersuchen lassen, sollte Euch doch ein Beweis dafür sein, dass wir stetig Vertrauen zu Euch hatten. Ist dies nicht Dank genug?", entgegnete
Ewe prompt und merkte, wie sich Verständnislosigkeit in ihre
Stimme schlich. Adamus hob nur seine Brauen, antwortete jedoch
nun nicht mehr. Ob er beleidigt war, wie ein Kind, oder wirklich
Erkenntnis zeigte, konnte Ewe nicht sagen. Sie drehte sich um,
öffnete die Tür und verließ die Mine.

Leicht aufgebracht durch die Dreistigkeit Adamus' lief sie
den langen Gang etwas geduckt bergauf, bis ihr Lukasch atemlos
entgegengelaufen kam.

„Herrin Baron", schnaufte er schwer.

„Was gibt es?", fragte Ewe, bemüht, nicht verängstigt oder besorgt zu klingen.

„Die Arbeiter sie kamen alle aus der Mine", sprach er schnell, nach Luft ringend.

„Schon gut. Schon gut", beruhigte Ewe ihn und ihr fiel ein Stein vom Herzen. Noch mehr Probleme und Ärger konnte sie wirklich in diesen Zeiten nicht ertragen.

„Aber, wieso?", fragte Lukasch verständnislos und Ewe erzählte ihm auf dem Weg hinaus aus der Mine von dem schrecklichen Fund, welchen sie eben zuvor gemacht hatten.

„Bei den Göttern", stieß Lukasch nur entgeistert hervor, als sie mit ihrer Geschichte geendet hatte.

„Das kann nicht hinter unseren Mauern passiert sein, Herrin. Das kann einfach nicht sein!", sagte er leicht stotternd und fuhr sich fahrig durch die schwarzen Haare.

„Wir werden es herausfinden", versuchte Ewe ihn zu beruhigen. Auch wenn dies wohl nicht die richtigen Worte dafür gewesen waren, so musste sie trotzdem herausfinden, was hier passierte.

„Lukasch, weißt du, wo die Mine oberirdisch lang führen würde?", fragte sie ihn, als sie oben ins strahlend helle Sonnenlicht getreten waren, welches sie zwang, ihre Augen zusammenzukneifen. Sie konnte kaum etwas erkennen. So sehr hatten sich ihre Augen an die Dunkelheit und das Fackellicht gewöhnt, dass alles, was von der Sonne berührt wurde, für sie nur weiß erschien. „Ich wollte ungern Adamus fragen, da ich seine Gegenwart doch eher unerträglich finde", fügte sie hinzu, was Lukasch schmunzeln ließ.

„Selbstverständlich weiß ich dies", antwortete Lukasch, doch sie konnte das Unbehagen in seiner Stimme hören. Sich langsam an das Licht gewöhnend, ging sie hinter Lukasch her, zwischen einigen Zelten und Häusern hindurch, bis sie ein Haus erreichten, welches an den äußersten Rand der Festung gebaut worden war, jedoch noch innerhalb der Mauern Tarnams stand. Die hochstehende Sonne erinnerte sie daran, dass sie bald zurück im Schloss sein musste, zum Treffen das königlichen Rats.

„Hier müsste die Mine nun die Festung verlassen, denke ich", sagte er, seinen Helm immer noch unter den Arm geklemmt.

„Wer wohnt in diesem Haus?", fragte Ewe misstrauisch.

„Einst wohnte hier Theodor, der alte Schmiedemeister, doch er wollte seinen Lebensabend in Gotteslob verbringen. Vor knapp einem Winter zog hier jemand von außerhalb ein", sagte er, schloss seine Augen und sah höchst konzentriert aus. „Ich denke, sein Name war Marlton. Ja genau, Marlton", wiederholte er nun mit gefestigterer Stimme.

Ewe ging näher an die verhängten Fenster, konnte jedoch nichts außer Schemen erkennen.

„Wir gehen rein", sagte sie und Lukasch, auf das Schlimmste vorbereitet, setze seinen Helm auf und zog sein Schwert aus der Scheide. Kraftvoll stieß er die Tür auf, sein Schwert vor sich auf seinen Schild gelegt. Das Haus schien jedoch menschenleer zu sein. Dicke Spinnweben hingen von der Decke und der Tisch war beinah gänzlich von Staub überzogen. Nur eine kleine, tellergroße Fläche war nicht vom Staub berührt, so als hätte hier kurz zuvor noch etwas gestanden. Ewe bedeutete ihm mit einem Kopfnicken, dass sie im Raum links von der Stube nachsehen würde. Vorsichtig zog sie ihren Dolch aus dem Gürtel. Doch noch bevor sie die Tür erreicht hatte flog sie auf.

Mit einem markerschütternden Schrei stürmte ein Mann auf sie los, mit erhobenem Schürhaken. Wild und kompromisslos schwang er ihn in Ewes' Richtung. Ihr blieb keine Zeit zum Nachdenken, ihr Überlebensinstinkt zwang sie zum Handeln.

Mit einem geduckten Schritt nach vorne rammte sie ihren Dolch von unten in seinen Brustkorb, sie hörte die Knochen brechen. Der Schürhaken fiel aus den erschlafften Händen des verwahrlosten Mannes. Blut quoll ihm aus dem Mund, als er mit letzten Zuckungen an der Wand zu Boden glitt. Ewe zog geschickt ihren Dolch aus dem Oberkörper des Mannes, welcher immer noch einen Funken Leben in sich hatte. Sie wusste nicht, warum sie es tat, ob es die Wut gegen Adamus war, oder die Angst vor einer Revolution. Doch mit einem beherzten Stich stieß sie ihren Dolch mitten zwischen die Augen des wahnsinnig aussehenden Mannes, der augenblicklich sein Leben hier auf diesem dreckigen Boden in Tarnam ließ. Sie zog den Dolch erneut aus dem Mann, welcher nun leblos zur Seite kippte. Erst jetzt wurde ihr bitter bewusst, dass sie soeben den vielleicht einzigen Menschen getötet hatte, welcher ihr Informationen hätte geben können. Sie hatte ihr Temperament mal wieder nicht im Zaum halten können, dacht sie schmerzlich und beinah peinlich berührt. Schwer atmend hielt sie den Dolch erhoben und drehte sich zu Lukasch um, der ohne eine Spur von Angst oder Abscheu aufgrund der Brutalität ihr gegenüber, sie anblickte.

„Es musste getan werden", sagte er nickend und ging zu dem soeben verstorbenen Mann und durchsuchte seine Taschen.

„Er stinkt", sagte Ewe abfällig und ging nun mit gezücktem Dolch in den Raum, aus welchem der Angreifer gekommen war. Dieser war jedoch nun endgültig leer. In dem Raum standen bloß ein Bett, ein Schrank und ein Nachttopf, über welchem die Fliegen schwirrten.

„Er hatte nur einen Schlüssel und zwei Pergamentrollen bei sich", ließ Lukasch sie wissen und Ewe wunderte sich, ob dieser tote Mann überhaupt des Lesens mächtig gewesen war. Ewe streckte ihre Hand aus und Lukasch überreichte ihr beide Rollen.

„Ralof, holl di Waare wider zuhr Nact ab. An dem Ort, woh wir uns daz lätze mall tarfen. Ich bringge dihr deen Met ahls Zallung mit, dehnk an den", Ewe las die Worte drei-, viermal, bis sie verstand, was dort geschrieben stand. Nachdem sie die Worte entziffert hatte, las sie Lukasch das Geschriebene vor.

„Denk an den?", fragte Lukasch. „Woran soll er denken?", hakte er nach.

„An dieser Stelle ist das Pergament leider zerrissen worden", antwortete sie nachdenklich und fuhr sich über ihren Zopf.

„Die Frage ist auch, von wann dieses Pergament ist", gab sie zu bedenken.

„Ist die Rede von heute Nacht? Oder ist eine der vergangenen Nächte gemeint?" Das Gefühl der Unwissenheit ärgerte Ewe und Frustration schäumte in ihr auf.

„Und an welchem Ort trafen sie sich", fügte sie leicht gereizt hinzu.

„Und wie heißt es auf der anderen Pergamentrolle?", fragte er schließlich.

„Erhebe dich, Anastas freier Mann
Durchdringe das Laster, den Bann
Der Aufstand, er ruft
Die Revolution durch das Buch
Sie möge beginnen
Sie möge beginnen

Das Schwert gezogen
Die Faust erhoben
Die schwingende Axt
Singend zerhackt
Köpfe lasst rollen
Köpfe lasst rollen

Wir sind die Kraft und die Macht
Wir bringen die Botschaft bei Nacht
Der Albtraum der nachdem erwachen
Umschließt mit der Hand seinen Rachen
An deinem Bett wird er lauern
An deinem Bett wird er lauern

Der falsche Bruder am Ufer
Kein Zufall der Rufhall erstockt
Unter dem Mutternrock
Dort wo er hockt
Dort wo er hockt

Der Freund zum Feind erzogen
Gesäumt vom Stein dort droben
Die hängenden Köpfe
Die hängenden Köpfe
Anasta wach auf
Anasta wach auf"

Ewes Gesichtsausdruck verfinsterte sich, als sie geendete hatte.

„Was hat es damit auf sich?", fragte Lukasch mit zusammengezogenen Brauen, sichtlich irritiert.

„Dies ist ein altes Lied der Scharfrichter. Ich habe es schon einmal in der Bibliothek in der Akademie gelesen. Das ist kein gutes Zeichen", fuhr sie grimmig fort, während Lukasch sich nun vorsichtig in einem der anderen Zimmer umschaute.

„Herrin", rief Lukasch aus dem anderen Zimmer nun, „seht Euch das an", rief er aufgeregt. Ewe eilte seiner Stimme nach und so standen sie beide vor einem kleinen Handkarren, auf welchem deutliche Blutspuren zu sehen waren.

„Damit muss er die Leichen bewegt haben", sagte Lukasch, welcher vor dem Karren hockte.

„Wie kann dieser Mann unbemerkt", Ewe hob drohend einen Finger, „durch Tarnam mit einem Handkarren voller Leichen streifen?" Ihre Stimme wurde ungezügelt lauter, mit jedem Wort, das sie sprach.

„Ich weiß es nicht, Herrin", bekannte Lukasch und richtet sich auf, so dass sie sich nun auf Augenhöhe anblickten. „Ich kann es mir nicht erklären. Doch als Feldherr der Minenfestung Tarnam übernehme ich die volle Verantwortung für diesen Fehler und lasse jede Strafe, bis hin zum Tod über mich ergehen", sagte er laut und würdevoll.

„Rede nicht so einen Schwachsinn", erdete ihn Ewe wieder. „Du behältst weiterhin die Militärgewalt über die Festung, doch erzähle niemanden hiervon", sie nickte in Richtung des zweimal durchbohrten, am Boden liegenden Mannes. „Erhöhe die Anzahl an Soldaten, welche des Nachts die Straßen sichern. Nenne ihnen nicht den Grund der Verstärkung, tu es einfach", wies sie ihn gebieterisch an, woraufhin Lukasch sichtlich erleichtert nickte. Bevor er dann doch zögerlich zu sprechen begann:

„Herrin, es wird schwer, noch mehr Soldaten patrouillieren zu lassen. Die Wachezeiten sind aufgebraucht, jeder Soldat ist beinah jeden Tag im Dienst", erklärte er ihr zerknirscht.

„Entlastet das Tor. Zieht dort einige Soldaten ab und lasst sie die Festung im inneren sichern", löste Ewe das Problem nach einigen kurzen Überlegungen.

„Lasst einen Soldaten Tag und Nacht dieses Haus bewachen", sagte sie und merkte, wie ihre Stimme, ohne es zu wollen, erneut zornig klang. „Ich will, dass niemand ungesehen hier hineinkommt", fügte sie, wieder in gemäßigterem Ton, an.

„Sollen wir das Haus nicht vielleicht lieber unbemerkt überwachen?", schlug Lukasch vor, „sodass kein Verdacht erregt wird", ergänzte er, doch Ewe tat diesen Vorschlag kopfschüttelnd ab.

„Nein, wir müssen Macht zeigen", sagte sie und ballte ihre Faust. „Sie müssen sehen, dass wir ihnen auf die Schliche gekommen sind und sich die Schlinge für sie zuzieht."

„Wir Ihr wünscht, Herrin", erwiderte Lukasch und senkte respektvoll seinen Kopf. Seite an Seite gingen sie zurück in die nach Tod riechende Stube.

„Um ihn kümmern wir uns später", begann Ewe und nickte in Richtung des Toten. „Ich muss nun wirklich zurück zum Schloss. Ich sollte den Rat nicht warten lassen", erklärte sie und Lukasch hielt ihr die Tür, zurück an die frische Luft, auf.

Er begleitete sie zu der Stelle, an welcher ihr Pferd immer noch angebunden stand und ungeduldig mit den Hufen scharrte. Schwungvoll sattelte sie auf und blickte noch einmal hinab auf Lukasch.

„Denke dran, dort Tag und Nacht einen Soldaten abzustellen", wies sie ihn erneut an.

„Ich werde hoffentlich bald zurück sein. Doch wenn in meiner Abwesenheit etwas Ungewöhnliches vorfällt, triff mich sofort im Schloss oder der Akademie an. Kein Pergament", fügte sie mit vielsagendem Blick hinzu. Lukasch nickte mit ernster Miene und klopfte sich mit seiner Faust zweimal vor die Brust. Ewe tat es ihm gleich, wendete ihr Pferd herum und preschte zurück nach Hause. Zurück zur Hauptstadt.

Kapitel 11 – Orientierungslos

Alles war schwarz. Farblos, geruchlos. Rodrik spürte nichts außer dem unaufhörlichen Pochen an seinem Hinterkopf. Blinzelnd versuchte er, seine Augen zu öffnen, doch der Dreck auf seinen Augenliedern schien sie verklebt zu haben. Langsam zu sich kommend wischte er sich mit seiner linken Hand den Dreck von den Augen. Erst jetzt spürte er, wie ihn beinah ein jedes Glied seines Körper schmerzte. Es war stockdunkel, wo er sich befand und der Boden unter ihm schwankte. Mit leicht geöffneten Augen warf er seine Blick umher. Er lag auf strohbedecktem Boden, offensichtlich in einer Art Zelle auf einem Boot oder einem Schiff. Nur eine fast ausgebrannte Kerze stand auf einem Tisch vor den Gitterstäben. Mondlicht schien durch das kleine Fenster in der Wand gegenüber den eisernen, kalten Gitterstäben. Rodrik sah auf seinen Handrücken, auf welchen frisch getrocknetes Blut in Massen zu erkennen war. Die gesamte Haut seines Handrückens musste abgezogen worden sein. Ein Schauer überkam ihn als er seine verkrustete Hand betrachtete, welche nicht aufhören wollte, zu zittern. Vorsichtig ertastete Rodrik eine handgroße Wunde an seinem Hinterkopf. Unter großen Mühen rappelte er sich auf, erst jetzt kamen ihm Victoria, Benjamin, Max, Seny und Lord Blum in den Kopf. Was war mit ihnen passiert? Wo waren sie? Wo war er überhaupt? Vorsichtig tastete er seine Rippen ab, welche selbst unter den kleinsten Berührungen ihm riesige Qualen bereiteten. Er fuhr sich ein weiteres Mal durch sein Gesicht, um den Schmutz aus seinen Augen zu entfernen, wobei er fühlte, dass ihm ungewohnt lange Barthaare in seinem Gesicht standen. Unwillkürlich stellte sich ihm die nächste Frage: Wie lange hatte er h bewusstlos gelegen? Langsam schleppte er sich zu dem kleinen Fenster, durch welches er gerade noch so hindurchschauen konnte, auch wenn er sich unter Schmerzen in die Höhe strecken musste. Auch hier waren eiserne Gitterstäbe angebracht, welche ihm vielleicht ermöglichen würden, seinen Arm hindurch zu strecken, mehr aber auch nicht. Rodrik konnte kaum etwas erkennen außer dem Mond, welcher vom fast gänzlich von Wolken bedeckten Himmel hell und kräftig durchschien. Feiner Nieselregen prasselte auf das Meer vor den Gitterstäben. Er musste auf dem großen Meer der Götter sein.

So viele Fragen schossen durch seinen Kopf, doch er musste Ruhe bewahren, er musste sich auf seinen eigenen Geist besinnen. Unter Qualen versuchte er, die Gitterstäbe auseinander zu biegen, doch wie er befürchtet hatte, gelang ihm dies nicht. So schleppte er sich zu der Tür, welche ebenfalls aus massivem, kaltem Eisen bestand und sich nicht ein Stück bewegen ließ. Unter der Anstrengung stöhnte er und ihm wurde bewusst, wie durstig er eigentlich war. Da hörte er, wie jemand auf leichten Sohlen die Treppe vor seiner Zelle hinabgestiegen kam, doch erkennen konnte er nichts durch die Finsternis, bis aus der Dunkelheit das maskierte Gesicht eines Mannes direkt vor den Gitterstäben auftauchte und ihn unwillkürlich zurückschrecken ließ.

„Gut, du bist wach", ertönte die Stimme dumpf durch den Schlitz am Mund. „Gut geschlafen?", fragte er mit einem trockenen Lachen.

„Wo sind meine Begleiter?", fragte der König geschwächt.

„Rodrik, der Edelmütige. Denkt immer an die Seinen", spottete der Mann in der leichten Lederrüstung.

Blitzschnell griff Rodrik durch die Gitterstäbe und packte den Mann am Kragen und zog ihn mit seiner linken Hand zu sich heran.

„Wo sind sie?", flüsterte er bedrohlich.

„Keine gute Idee, Rodrik von Nam", sagte er höhnisch wenn auch erschrocken und Rodrik ließ mit schmerzverzerrtem Gesicht den Mann los, welcher ihm soeben mit einem kleinen Dolch den Unterarm aufgeschnitten hatte. Rodrik taumelte zurück in seine Zelle und der Mann verschwand wieder von den Gitterstäben in der Dunkelheit.

„Wo sind sie?", brüllte Rodrik ihm nach, als er auch schon eine Tür zuschlagen hörte. Er horchte in die Finsternis hinein und hörte Bewegung über sich, kurz bevor die Tür wieder krachend geöffnet wurde und diesmal undefinierbar viele Füße näherkamen.

„Schön, dass du uns nochmal beehrst." Da war sie wieder, die unverwechselbare Stimme des Mannes, welcher ihn bewusstlos geschlagen hatte. „Ich dachte schon, ich wäre nicht zärtlich genug zu dir gewesen, mein Bester", verspottete er Rodrik, während er die Zellentür aufschloss, und die anderen Männer wieder verstohlen lachten.

„Versuch gar nicht erst, irgendwelche Dummheiten zu machen, sonst trete ich die Maden direkt von Bord. Und das willst du doch nicht?", fragte der Maskierte ihn, wobei er ihm so nah kam, dass seine Maske nur um Haaresbreite nicht sein Gesicht berührte.

„Weg von mir!", knurrte Rodrik den maskierten Mann an.

„Du bist offensichtlich nicht in der Position, hier irgendwelche Befehle zu geben", flüsterte der Mann ihm ins Ohr, wobei er

Rodriks Hinterkopf an der unfassbar schmerzenden Stelle unsanft tätschelte.

„Hoch mit ihm", befahl er mit einem Kopfnicken an seine Männer, die augenblicklich taten wie ihnen befohlen und Rodrik zu viert durch die Dunkelheit zerrten. Rodrik versuchte nicht, sich zu wehren. Er musste seine kaum vorhandenen Kräfte schonen, um hier noch irgendwie lebend davon zu kommen, dachte er, während er an die frische Luft auf das Oberdeck gezogen wurde. Er spürte einen mächtigen Tritt in die Kniekehle, der ihn erneut zu Boden zwang. Sie mussten bereits nah am Festland sein, denn Rodrik meinte, einen Blick Aussichtsturm von Pasania am Horizont kurz erhaschen zu können. Gut ein Dutzend maskierte Männer standen erneut vor ihm.

„Wo sind meine Soldaten?", forderte Rodrik erneut mutig zu wissen. Doch keiner der Fremden rührte sich.

„Antwortet! Ich befehle es Euch!", rief er und wollte sich aufrichten, spürte jedoch direkt, wie zwei mächtige Hände ihn an den Schultern zu Boden drückten.

„Hier sind sie doch", sagte der genervt klingende Anführer der Maskierten und die Männer traten ein Schritt zur Seite. Und da lagen sie: Benjamin halb zu Tode geprügelt, Max und Seny mit klaffenden Wunden an Beinen und Schultern, nur Victoria sah scheinbar unberührt, wenn auch bewusstlos aus. Doch alle schienen noch am Leben zu seien.

„Wo ist Lord Blum?", fragte Rodrik und blickte sich leicht panisch zur Seite um.

„Ja, was ihn angeht", begann der Anführer mit gespielter Verlegenheit, „ihn mussten wir leider schon loswerden. War aber ein ganz schön zäher Hund", fügte er anerkennend hinzu.

„Ihr dreckigen Schweine!", schrie Rodrik voller Verzweiflung. Sie hatten ihn ermordet, und dass, obwohl Lord Blum nicht in die Sümpfe gewollt hatte. Jost hatte ihm doch noch davon abgeraten. Es war seine, Rodriks Schuld gewesen! Lord Blum war wegen ihm gestorben. Das hatte er nicht verdient. Rodrik kämpfte gegen die Tränen an, er konnte sich nicht schwach vor diesen Banditen geben.

„Also wie geht es weiter, fragst du dich bestimmt. Nicht wahr?", begann der Anführer wieder selbstsicher, wobei er zwischen Rodrik und den am Boden regungslos liegenden Soldaten hin und her ging.

„Wir sollten bald in Pasania angekommen sein", er blickte in die Ferne, wobei Rodrik einen kleinen Blick unter die Maske erhaschen konnte. Braunes Haar war darunter hervor zu erkennen.

„Dann bringen wir dich erstmal nach Kratak und von da…", er stockte mitten in dem Satz.

„Ach, was erzähl ich dir das denn, du wirst das alles noch sehen", sagte er mit dumpfer Vorfreude in der Stimme.

„Meint Ihr nicht, es ist ein wenig auffällig, mit dem König des Östlichen Reiches durch Pasania zu spazieren?", nun war es an Rodrik ihn zu verhöhnen.

„Ein Haufen maskierter Männer wollen einen der bekanntesten Männer des ganzen Landes unbemerkt durch eine solche Händlerstadt wie Pasania schleifen?" Rodrik lachte freudlos. „Nur zu. Dann seid Ihr doch dümmer als ich Euch eingeschätzt hätte."

„Na sieh ihn", der maskierte Anführer hockte sich nun vor Rodrik.

„Wer hat denn da seine Eier wiedergefunden?", fragte er und neigte seinen Kopf wieder zur Seite, wie er es in den Sümpfen schon so merkwürdig getan hatte.

„Nennt mir Euren Namen!" forderte Rodrik „Nennt ihn mir und entscheidet. Entweder werdet Ihr durch meine Hand sterben oder ich schenke Euch Euer Leben und verbanne Euch aus A-nasta." Der maskierte Mann kam Rodriks Ohr wieder so nahe, wie es die Maske vor dem Gesicht zuließ.

„Man sagt, dass die Opfer sich am stärksten an die Augen ihrer Peiniger erinnern. Dass dieses Augenpaar sie im Schlaf verfolgt und in jedem dunklen Schatten auf sie lauert", flüsterte er ihm ins Ohr. „Und meine Augen werden dich noch früh genug bis in den Tod verfolgen", zischte er und Rodrik lief es eiskalt den Rücken hinunter.

„Acht", flüsterte Rodrik und seine Stimme klang bedrohlicher als jedes wütende Rufen.

„Mit acht schmerzvollen Hieben werde ich Euch töten." Kein Lachen oder abwertendes schnauben war dieses Mal von dem maskierten Mann zuhören.

„Einen Hieb für jeden meiner Soldaten. Einen für Euer dreckiges Lachen. Einen einfach, weil ich daran Gefallen finden werde. Und einen letzten, weil ich Gnade zeigen kann." Für einen kurzen Augenblick dachte Rodrik, der Mann würde nun seine Maske fallen lassen.

„Du weißt nicht was du da redest, Rodrik von Nam", gab der Maskierte rätselhaft zurück und erhob sich wieder.

„Macht euch bereit, anzulegen", raunte der Anführer seiner Mannschaft zu, welche sofort auseinanderstob, um das Schiff fürs Ankersetzen vorzubereiten.

Sobald keiner mehr in Hörweite war, atmete Rodrik tief durch und versuchte, sich auf seinen Herzschlag zu konzentrieren, um nicht noch weiter in Panik zu verfallen.

Auf Knien rutschte er zu den vier regungslos daliegenden Soldaten.

„Victoria", flüsterte er energisch. „Victoria!", sprach er erneut, diesmal lauter als zuvor, doch es ging keine Regung von ihr aus.

„Max, Seny", er bemühte sich, die Verzweiflung aus seiner Stimme zu verbannen, auch wenn es ihm nicht ganz gelang. Plötzlich war ein schwaches Krächzten von Victoria zu hören. Sofort rutschte Rodrik wieder näher zu ihr. Sie zitterte auf dem Boden wie ein sterbender Fisch, aufgrund der klirrenden Kälte.

„Mein König", stotterte sie schwach.

„Sprich nicht", riet ihr Rodrik, „du musst deine Kräfte sparen. Ich bin so froh, dass du lebst", ergänzte er und legte sich leicht auf sie, um ihr Wärme zu spenden.

„Was soll das da?", fuhr ihn einer der zwei Soldaten an, die zurückgekehrt waren.

„Sie erfriert! Siehst du das nicht, du Narr?", blaffte Rodrik ihn an, und als er sich selbst reden hörte, war er von seinem eigenen selbstsicheren Ton überrascht. Scheinbar eingeschüchtert erwiderte der Andere nichts mehr und blickte nur böse in Richtung seiner Gefangenen.

„Danke, mein König", murmelte Victoria wieder leise.

„Schon gut. Bleib einfach ganz ruhig. Es wird alles gut, Ewe", abrupt brach er das letzte Wort ab und sagte hastig: „Victoria. Alles wird gut, Victoria." Wie konnte ihm denn so eine Verwechselung in dieser Situation unterlaufen, dachte er flüchtig, als er einen der Männer rufen hörte.

„Ankern!", die Segel wurden hastig eingeholt und das Schiff kam langsam zum Stehen. Rodrik sah in der Ferne, wie auf dem Aussichtsturm Fackeln geschwungen wurden und ausnahmslos alle Maskierten unter Deck verschwanden. Das war ihre Gelegenheit! Rodrik rief nun laut: „Benjamin, Max, Seny! Ihr müsst aufstehen. Wir müssen fliehen!" Schwach regte sich Max und erst in diesem Moment sah Rodrik, dass die vier halbtoten Soldaten alle an den Beinen festgekettet und nahezu bewegungsunfähig waren. Hektisch blickte der König hin und her und versuchte, irgendeinen spitzen Gegenstand auszumachen, um vielleicht seine Fesseln lösen zu können, um dann seine Gefolgsleute zu befreien. Doch da wurden schon beide Türen, welche unters Deck führten, aufgeschlagen und er sah, dass gut drei, vier Dutzend Männer, der Kleidung nach offenbar Fischer, herausgeströmt kamen. Es waren viel mehr, als die Maskierten vorher gewesen waren.

„Helft uns", fuhr Rodrik den ersten Mann an, der an ihm vorbeikam. „Ich befehle es dir!", rief Rodrik ihm hinterher, doch der Mann zeigte nicht die geringste Regung, als ob er ihn überhaupt nicht gehört hätte. Die maskierten mussten unter diesen vermeintlichen Fischern sein, dachte Rodrik. Er versuchte, einem jeden ins Gesicht zu schauen, oder diese braune Haarlocke wiederzuerkennen, doch es war schier unmöglich. Zu viele waren es mit braunen Haaren und zu gleich sahen ihre charakterlosen Gesichter aus. Schmerz durchfuhr Rodrik, als er an dem Seil, welches seine Hände auf dem Rücken zusammenhielt, hochgezogen wurde. Wiederum fühlte es sich so an, als würden ihm die Arme rausgerissen. Auch spürte er einen spitzen Dolch an seiner Wirbelsäule.

„Dreh dich nicht um und lauf los", befahl ihm ein Mann, doch Rodrik versuchte sofort, seinen Kopf zu drehen, um in das Gesicht seines Entführers zu blicken. Sogleich spürte er einen Ellbogen in seinem Nacken, der es ihm nicht erlaubte, seinen Kopf zu drehen.

„Was hab ich dir gesagt?", zischte der Mann rau und erneut brandete Schmerz auf seinem Handrücken auf, welchen der Mann ihm soeben wieder aufgeschnitten hatte.

„Was ist mit meinen Leuten?", stöhnte Rodrik unter Schmerzen.

„Um die wird sich gekümmert", gab der Mann hinter ihm kurz zurück und drängte Rodrik nach vorne. Der Steg vom Schiff an den Hafen wurde bereits ausgelegt, und so lief Rodrik im Hohlkreuz an Land.

„Ein Ton und wir töten deine Soldaten", knurrte der Mann leise hinter Rodrik, der nun Stück für Stück realisierte, dass diese Situation aussichtslos war. Die Mörder und Entführer konnten einfach unbemerkt, als Fischer getarnt, den Hafen betreten und ohne Aufmerksamkeit zu erregen die Stadt durchqueren.

Die aufgekommene Anspannung, einen Fluchtversuch zu wagen, verging so schnell wie sie kam und absolute Leere machte sich in Rodrik breit.

Wie Geister gingen sie durch die Stadt, keiner schien diesen unbedeutend aussehenden Männern auch nur den Hauch von Beachtung zu schenken und so wurden Rodriks Blicke von den wenigen Menschen, die sie in den frühen Morgenstunden trafen, nicht erwidert. Die Karawane von getarnten Fischern, in deren Mitte Rodrik angetrieben wurde, bewegte sich nun direkt auf das große, noch verschlossene Stadttor von Pasania zu, geschützt von der Dunkelheit. Vielleicht war dies sein letzter und einziger Versuch jemanden auf sich aufmerksam zu machen.

Seine Entführer blieben stehen, als, soweit Rodrik es erkennen konnte, zwei Wachen vor die Gruppe traten.

„Wo wollt ihr hin, Fischer?", fragte einer der Soldaten.

„Einen wunderschönen Ta Morgen wünsche ich euch", hörte Rodrik den Anführer der nun demaskierten Männer sagen und ihm gefror das Blut in den Adern. Er versuchte, sich von dem harten Griff des Mannes zu lösen, um einen Blick auf den nun unmaskierten Anführer zu erhaschen, doch je mehr er sich wand, desto fester spürte er die Klinge an seiner Wirbelsäule.

„Meine Arbeiter und ich wollen aus der Stadt. Unseren Fang in den Dörfern verkaufen", fuhr der Mann mit der unverwechselbaren Stimme fort.

„Lasst mich eure Ware sehen", befahl der Soldat und Rodriks Herz schlug schneller, doch seine Euphorie verging erneut auf einen Schlag, als drei Männer jeweils einen Karren zu den Wachen schoben, in welchen sich tatsächlich nichts als Fisch befand.

„Nun gut. Ihr könnt passieren", erlaubte die Wache und gab einem Mann auf dem Wehrgang ein Zeichen, das schwere Stadttor zu öffnen. Und so verließen sie die Stadt und somit Rodriks letzte Möglichkeit diesen Männern zu entkommen.

Vor den Toren der Stadt warteten bereits zwei große Wagen, vor die jeweils zwei Pferde gespannt waren.

„Hoch da", raunzte der Mann hinter Rodrik ihn an und er tat wie ihm geheißen, immer noch mit den Augen den Anführer suchend. Rodrik saß nun gemeinsam mit sieben anderen Männern im Wagen, welche alle ihr Gesicht zeigten, doch keinen dieser

Männer hatte der König jemals zuvor in seinem Leben gesehen. Langsam und ruckelnd setze sich der Karren in Bewegung.

„Wie sind eure Namen?", fragte Rodrik die Männer leise, damit ihn niemand außer diesen sieben hören konnte, denn der Wagen wurde links und rechts von Männern eskortiert. Doch die Münder der Männer im Wagen blieben geschlossen.

„Helft mir zu fliehen. Und ich verspreche euch unvorstellbaren Reichtum. Was anderes kann euch euer Anführer auch nicht bieten. Und ich garantiere euch, die Krone besitzt mehr Gold als dieser Dieb von einem Anführer", ergänzte Rodrik verschwörerisch. Doch wieder zeigten die Männer keinerlei Reaktion, als würden sie ihn gar nicht hören. Schwer ausatmend lehnte Rodrik sich zurück und konnte nördlich das Mondtal mit seinen gewaltigen, schneebedeckten Berghängen erahnen. Der Wagen fuhr holprig und klappernd hin zu der bedrohlich vor dem Berg thronenden Stadt, hin in Richtung der nahe liegenden Burg Kratak, welche zur Hälfte in einen Berge hinein gebaut worden war. Der Regen wurde allmählich stärker und er spürte, wie die Kälte in seine Knochen drang und am ihm zerrte. Was würden sie mit ihm tun? Ihn foltern? Lösegeld von der Krone verlangen?

Oder doch, ihn töten?

Kapitel 12 – Sarmarka

Der Prophet fand Pau und Baldin in einem sehr hitzigen Wortgefecht mit zwei spindeldürren Männern an einem runden Tisch in der Raummitte, in der Nähe eines wärmenden Feuers.

„Du willst mir erzählen, dass du Frau und Kinder hast und andere Frauen fickst?", sagte Pau völlig entrüstet und wurde mit jedem Wort aggressiver.

„Du warst wohl noch nie in Pasania?", entgegnete der kränklich aussehende Mann mit gespielter Kühnheit.

„Was für ein Mann bist du?", spottete Pau verächtlich.

„Wie wagst du es überhaupt, mit mir zu reden?" Nun war es an dem bleichen Mann, angriffslustig zu klingen.

„Wie es mir beliebt, Schwanzlutscher", beleidigte Pau ihn und stand so energisch auf, dass sein Stuhl von den Vorderbeinen gerissen wurde. Augenblicklich wurden alle Gespräche in der Schenke eingestellt und das Einzige was zu hören war, war das Knacken der Holzscheite im leuchtenden Kamin.

„Was geht hier vor?", forderte der Prophet gebieterisch zu wissen und durchbrach so das Schweigen. Vereinzelte Köpfe drehten sich in seine Richtung, doch er bekam keine Antwort. Niemand wollte die erneute Stille brechen, bis Baldin das Wort ergriff.

„Lasst uns gehen. Für uns ist hier nichts mehr." Und so erhob er sich und ging in Richtung der Treppe, welche nach oben zur Stadt führte. Von seinem Mut überrascht tat der Prophet es ihm gleich. Pau riss noch einmal ruckartig seine Schultern nach hinten, um einen Schlag vorzutäuschen, was sein Gegenüber zu einem hastigen, rückwärtigen Stolpern zwang, welches in einem lächerlichen Sturz auf dem Boden endete.

Hintereinander stapften die Freunde die Treppe hoch. Sobald sie das Haus verlassen hatten, schubste der Prophet Pau kraftvoll nach hinten, so dass dieser beinahe ins Taumeln geriet.

„Was sollte das, verdammt?", fauchte der Prophet Pau wütend an.

„Er ist ein Ehebrecher. Er kann froh sein, dass ich ihn am Leben gelassen hab", erwiderte Pau ebenso wütend.

„Bei den Göttern, Pau!", fluchte der Prophet. „Wach verdammt nochmal auf! Unser ganzes Land besteht aus Ehebrechern und Hurenböcken. Willst du jetzt jedem den Schädel einschlagen?", fragte der Prophet fassungslos.

„Ich dachte, wir können wenigstens Versuchen, Anasta zu einem besseren Ort zu machen", entgegnete der große Mann, mit den Füßen scharrend.

„Das versuchen wir doch auch, aber nicht auf diesem Wege", sagte der Prophet und beruhigte sich allmählich.

„Ich will nur raus aus dieser Stadt", meldete sich Baldin plötzlich zu Wort. „Hier ist alles so eng, dreckig und irgendwie", er runzelte die Stirn bevor er weitersprach, „schnell", beendete er seinen Satz. Der Prophet rieb sich über sein vor Zorn gerötetes Gesicht.

„Wollen wir wirklich heute noch aufbrechen?", fragte er, an die beiden anderen gewandt.

„Naja, wir wären zur Abendzeit dann in den Rotwäldern", schätze Pau achselzuckend.

„Zu dieser Jahreszeit würden wir, denke ich, kurz nach der Dämmerung ankommen", ergänzte er abwägend.

„Vergiss nicht, wir müssen noch einen kurzen Umweg bei der Bank von Pasania machen", erinnerte ihn der Prophet mahnend. Missmutig schnauften Pau und Baldin, nickten jedoch.

„Na dann, auf, auf", beschloss der Prophet seufzend und des Laufens müde.

„Lasst uns jedoch nicht über die Hauptstraße gehen. Ich kann den Gestank der Menschen hier nicht ertragen."

„Sehr gerne", erwiderten Pau und Baldin wie aus einem Munde.

Und so gingen sie nicht zurück in Richtung der lärmenden Menge, sondern liefen hintereinander durch die engen Straßen des wohl ärmlicheren Wohnbezirkes von Pasania. Vereinzelte alte Frauen, teilweise mit fehlenden Extremitäten saßen vor ihren Häusern und starrten leer und ausdruckslos in den Himmel, andere kauten an kleinen Brotstücken. Auffällig war es, dachte der Prophet, dass sie kaum Kinder sahen, welche spielten oder ihren Eltern halfen. Fast ausnahmslos trafen sie in den kleinen Gassen auf Alte oder Kranke, Zurückgelassene, dachte der Prophet.

Endlich erreichten sie den berühmten Hafen von Pasania und die salzige Luft umspielte ihre Gesichter. Direkt band sich Baldin sein langes, glattes, blondes Haar zu einem Zopf und auch Pau musste sich aufgrund des starken Windes sein wildes Haar andauernd aus dem Gesicht streichen.

Hier am steinernen Hafen Pasanias wurde so viel Handel getrieben, dass der Prophet die gewaltige Anzahl an Karren, welche durch die Gegend bugsiert wurden, nicht einmal schätzen konnte. Niemand blieb stehen, um sich kurz zu unterhalten oder nach dem Wohlbefinden des Anderen zu fragen. Hier ging es einzig und allein ums Gold.

„Habgier", rief der Prophet seinen beiden Begleitern über die Schulter zu.

„Was?", fragte Pau, der nicht verstanden hatte.

„Wenn ich Pasania in nur einem Wort beschreiben müsste", erklärte er ihnen „dann wäre es Habgier", wiederholte er.

„Ich würde Rad sagen", rief Baldin mit seiner hohen Stimme. „Ein Rad, das sich immer drehen muss und nie stehen bleiben kann." Der Prophet nickte zustimmend auf Baldin Aussage hin.

Drei große Schiffe lagen vor ihnen im Hafen, alle mindestens über hundert Fuß lang, dachte der Prophet bei diesem Gewaltigen Anblick. Die schwarzen gehissten Segel des einen Schiffes zierten ein sich aufbäumendes weißes Pferd, die zwei anderen lagen mit eingeholten Segeln bloß träge am Hafen und wurden wohl gerade entladen. Unter dem Azurblauen Himmel schlängelten die drei sich durch die geschäftige, schnatternde Menge, bis der Prophet „Endlich!" seufzte. Sie hatten die hohen Steinstufen, welche hoch in die Bank von Pasania führten, erreicht. Hier hingen zwei große rote Flaggen, auf welchen jeweils eine goldene Münze zu sehen war.

Das gewaltige Aufgebot an Soldaten vor den Mauern der Bank schüchterte sie keineswegs ein, denn sie hatten ja nichts Unrechtes im Sinn. Auf den Flügeltüren zur Bank waren ein falkenköpfiger Hirsch und ein Bär mit dem Kopf eines Wolfes eingraviert, „Der Menschen Wunsch, der Götter Gunst", stand in alter anarischer Schrift darübergeschrieben.

Sie betraten die Bank und es war, als hätten sie den Lärm ausgeschlossen. Nur vereinzeltes dumpfes Rufen drang vom Hafen her durch die dicken Wände. Die Bank glich von innen einem Thronsaal, dachte der Prophet jedes Mal, wenn er hier war. Die

Decke wurde von sechs mächtigen Säulen getragen und glich mit ihren vielen riesigen, bunten Zeichnungen, die sich über sie erstreckten, einem Kunstwerk. Auf dem größten Bild konnte man die beiden Götter Ta und Ag in ihrer Tiergestalt erkennen, welche gegen dunkle, schemenartige Wesen kämpften, welche das Chaos symbolisierten. Ein anderes zeigte den Gelehrten Timotheus, der um 100 Winter nach den Göttern gelebt haben sollte. Er hielt eine Waage in Händen, die perfekt ausbalanciert war. In der einen Waagschale standen drei Männer und in der anderen lag ein kleiner Haufen an Goldmünzen. Auf dem dritten Bild sah man einen Kreis aus zwölf Männern, die die Gründerväter der Stadt und somit auch der Bank darstellen sollten.

„Meine Fresse", rutschte es Pau heraus, der wohl noch nie in der Bank Pasanias gewesen war und dem der Mund offenstand. Lächelnd nickte der Prophet und winkte Pau und Baldin in seine Richtung.

„Hier entlang", flüsterte er in der beinahen Totenstille, die hier vorherrschte. Neben ihnen waren in der Bank noch gut zwei Dutzend andere Männer, welche alle lange, weiße Roben trugen. Die drei gingen zu einem Tisch, an welchem ein alter Mann über ein Blatt Pergament gebeugt saß. Man konnte das Kratzen seiner Feder hören. Er hatte einen langen, gepflegten Bart und schulterlange, kunstvoll drapierte weiße Haare. Erst als sie unmittelbar vor dem Tisch des Mannes standen, blickte dieser auf.

„Ah, Rasha", sagte der Mann freudig überrascht. „Ich hatte mich schon gefragt, wann wir Euch wiedersehen", fuhr er fort, legte seine Feder beiseite, erhob sich und reichte ihm die Hand. Der Prophet ergriff sie, bevor er zu sprechen begann.

„Die Freude ist ganz meinerseits, auch wenn unser Aufenthalt nicht von langer Dauer ist, Meister Pünae", erwiderte der

Prophet freundlich. „Wir sind nur hier, um ein wenig Gold mitzunehmen."

„Wie ihr wünscht", antwortete Meister Pünae und verbeugte sich. Er ging einige Schritte zu einem schweren, verschlossenen Eisenschrank und schloss ihn auf. Mit einem Beutel, in dem es nur so klimperte, kam er zurück an den Tisch und setzte sich.

„Wieviel soll es denn sein, Rasha?", fragte er und kippte den Inhalt auf den Tisch vor sich, wobei ein kleines Vermögen zum Vorschein kam. Der Prophet hörte, wie Baldin hinter ihm der Atem stockte.

„Zehn Goldstücke wären wirklich großzügig", sagte er und ihm war es beinah peinlich, nach so viel Gold zu fragen. Meister Pünae war dies wohl aufgefallen, daher sagte er in ernstem Ton: „*Rasha*, wenn Ihr mehr wollt, sagt es. Das bin ich Euch schuldig!"

„Ihr seid mir nichts schuldig", begann der Prophet bescheiden. „Nein, zehn wären wirklich mehr als großzügig", fuhr er fort. Meister Pünae zählte also zehn goldene Münzen ab, schob sie dem Propheten hinüber und legte noch eine elfte dazu.

„Nehmt es, Retter. Es ist mir ein Anliegen. Und Ihr wisst, dass Ihr jederzeit willkommen seid!" Den restlichen Inhalt legte er wieder zurück in den Beutel und erhob sich erneut.

„Ich bin Euch zu großem Dank verpflichtet, Meister Pünae", verabschiedete sich der Prophet hochachtungsvoll von dem alten Mann, woraufhin sie sich zum Abschied die Hände schüttelten und der Prophet anschließend das Gold in seiner Tasche verstaute.

Nachdem sie die Bank wieder verlassen hatten, sprudelte es nur so aus Baldin hervor.

„Wieso hat der dir einfach so viel Gold gegeben? Und wieso ist Meister Pünae dir was schuldig?". Der Prophet grinste verlegen.

„Nun ja, Meister Pünae war vor vielen Wintern sehr krank. Ich kam an sein Totenbett, eigentlich, um ihm den Weg zu den Göttern einfacher zu machen. Doch er weigerte sich, sich dem Tod hinzugeben. Ich konnte ihn heilen. Seit diesem Tag steht er wieder voll im Leben und besteht darauf, mir das Gold zu schenken", erklärte er und versuchte dabei, bescheiden dreinzusehen.

„Aber wieso kann er dir einfach Gold von der Bank schenken?", fragte Baldin entgeistert.

„Dem gehört die scheiß Bank", knurrte Pau, woraufhin Baldin ihn entgeistert anblickte.

„So ist es tatsächlich", bestätigte der Prophet achselzuckend.

„Und dann nimmst du nur zehn Goldstücke?", fragte Baldin immer noch völlig verständnislos dreinblickend.

„Was sollte ich mit mehr Gold?", entgegnete der Prophet.

„Naja, alles kaufen, was das Herz begehrt", antwortete Baldin, als würde er die Frage des Propheten nicht verstehen.

„Alles, was mein Herz begehrt, ist leider nicht käuflich", erwiderte er, während sie wieder am Hafen entlangliefen. Und wieder bewies Baldin seine ausgezeichnete Fähigkeit, ihn mit so einfachen Fragen zum Grübeln zu bringen. Was wollte er denn wirklich? Selbstverständlich, er wollte seinen Platz in dieser Welt kennen. Er wollte gottgefällig leben und seine Prophezeiung erfüllen. Aber wollte er das wirklich, oder wollten es die Götter von ihm? Natürlich wollte er auch Frau und Kinder haben, sobald er sich niedergelassen hätte, doch jetzt eine Familie zu haben wäre unverantwortlich, bei all seinen Reisen. Das Klopfen Paus auf seine Schulter riss ihn aus seinen Gedanken.

Sie hatten eine breite Brücke erreicht, welche sie zum Nordausgang der Stadt führte. Sie war direkt mit dem Hafen verbunden, damit die Händler bei ihrer Ankunft nicht erst die gesamte Stadt durchqueren mussten, wenn sie über die Dörfer in der umliegenden Umgebung ziehen und Handel treiben wollten. Bei Nacht wurde dieses Tor jedoch verschlossen gehalten.

Ihnen allen fiel ein Stein vom Herzen, sobald sie diese überlande Stadt verlassen hatten und das Geschrei der Möwen in ihrem Rücken immer leiser wurde.

„Da sind wir wohl wieder", seufzte Baldin und die beiden anderen nickten verstehend.

„Ich musste früher ständig weite Strecken zurücklegen", erzählte Pau und es klang nicht angeberisch, sondern es lag eine Spur von Bitterkeit in seiner Stimme.

„Die gesamte Steinsteppe hat ihr Wasser nur von der einen Quelle aus dem Himmelstor bezogen und die kleinen Jungs mussten dieses immer holen, damit ihre Väter arbeiten konnten", erklärte er, während der Prophet, wie er es immer auf Reisen tat, seine Pfeife aus der Innentasche seines Hemds zog und sie sorgfältig stopfte.

„Und was haben die Mütter gemacht?", fragte Baldin verdutzt. „Wieso konnten sie kein Wasser holen?", ergänzte er und Pau lachte bellend.

„Unsere Mütter sollen arbeiten?", fragte er lachend. „Ach die Leute, die nicht aus der Steinsteppe kommen, verstehen so vieles nicht", sagte er und sein Lachen verging allmählich.

„Glaubst du es ist ein Zufall, dass der höchste Gott eine Göttin ist und 'die Mutter' heißt?", fragte Pau Baldin.

„Darüber hab ich mir ehrlich gesagt noch nie Gedanken gemacht", gab Baldin offen zu.

„Unsere Mütter sind sozusagen heilig", belehrte er Baldin.

„Daher müssen sie weder arbeiten noch solch schwere Arbeit leisten, wie zum Beispiel Wasser holen. Nachdem unsere Frauen sich ihren Mann ausgesucht haben entscheiden sie, welche Aufgaben sie in unserer Gesellschaft übernehmen."

„Aber", begann Baldin langsam, „wer kam den auf so eine Idee?", fragte er und klang entrüstet.

„Meine Vorväter. Sie hielten die Frau für das reinste Geschöpf der Mutter. Weil die Frau unserer Schöpferin nachempfunden ist, muss sie ja das höchste und reinste Wesen sein", erklärte er und gestikulierte dabei wild mit seinen Händen. Verdutzt blickte Baldin nun den Propheten an, welcher mit der Pfeife zwischen den Zähnen bloß zustimmend nickte.

„Ach, da fällt mir ein Lied zu ein, welches ich damals in dem Bardenhaus gelernt hab", sagte Baldin plötzlich und griff sich an den Rücken, um seine Laute abzuschnallen, dann begann er zu spielen und zu singen.

Mutter, oh Mutter, der Ehre gebührt
Dank welcher das Leben ein' jeden berührt
Ihr wurde die Macht der Geburt zuteil
Hilft im Leben der Kinder als sicherer Keil
Unzollbarer Respekt im Leben versteckt
Wie könnten wir's danken
Wär'n in Armut versunken
Doch sind reich am Leben
Drum eben wir heben
die Worte ihr geben

Sie fallen nicht schwer
Mutter, wir lieben dich sehr

Mutter oh Mutter, du kraftvolle Frau
In einer Welt von Männern erbaut
Du bietest uns Halt du bietest uns Schutz
Reinigst unser Herz von des Krieges Schmutz
Nicht nur gute Zeiten
Durch welche wir streiften
Gräme dich nicht oh gräme dich nicht
Vergesse doch nie du bist unser Licht
Drum eben wir heben
die Worte ihr geben
Sie fallen nicht schwer
Mutter, wir lieben dich sehr

Als Baldin sein Lied beendete hatte, schwiegen sie nachdenklich und gingen stumm nebeneinander weiter in Richtung Norden, wohl alle in Gedanken bei ihren Müttern. Nur begleitet von dem Zirpen der Grillen im hohen Gras, den anmutigen Schreien der hier beheimateten Falken und dem Knistern der Glut in der Pfeife des Propheten. In der Ferne konnten sie bereits den einzigartigen, riesigen Baum sehen, welcher inmitten der Rotwälder stand und alle anderen Bäume deutlich überragte, den der Prophet jedoch noch nie aus der Nähe gesehen hatte.

Die Zeit verstrich und ein jeder war mit seinen Gedanken allein, bis sie schließlich den Fluss erreichten, welcher seinen Ursprung in den Rotwäldern hatte und bis in das große Meer der Götter lief. Rötlich schimmerte der Fluss in der sich senkenden Sonne als Pau fragte: „In welchen Teil wollen wir eigentlich?"

Nachdenklich rieb sich der Prophet sein Kinn bevor er langsam antwortete.

„Ich denke, wir können erstmal hier in den östlichen Teil der Wälder gehen", sagte er und deutete vor sich an das Ende des Flusses, welches in einen Wald mündete.

Sie liefen den Fluss entlang und hatten vor sich den herrlichen Anblick der in der Abendsonne rot scheinenden Blätter des Rotwaldes. Die dünnen Birken bogen sich sachte im Wind und das rote Blätterdach leuchtete wie Feuer in den Wald hinein. Aus der Ferne konnte sie schon vereinzelt Rauch aus den Kaminen der kleinen Hütten aufsteigen sehen. Sie erreichten einen spärlich mit Stein besetzten weg, welcher sie in das Innere des kleinen malerischen Dorfes führte.

„Grüßt Euch, Fremde", rief ein älterer Herr mit fast kahlem Kopf, dafür aber einem langen wilden Bart. Er war von normaler Größe und schien für sein Alter noch in guter körperlicher Verfassung zu sein. Er trug eine lange Tuchhose und ein Hemd mit abgerissenen Ärmeln.

„Einen schönen Abend", erwiderte der Prophet freundlich.

„Was führt Euch in die Rotwälder?", wollte der Mann wissen und konnte sein Misstrauen nicht gänzlich verbergen.

„Wir sind bloß auf der Durchreise in das Mondtal und hatten gehofft, die Gastfreundschaft der Rotwälder in Anspruch nehmen zu können, und hier für eine, vielleicht zwei Nächte ein Herberge finden zu können", erklärte der Prophet mit offenen Armen um zu zeigen, dass er keineswegs böse Absichten hatte. Auch schien es ihm richtig, an dieser Stelle nicht zu lügen, auch wenn er so diesem Fremden sein Ziel offenbarte.

„Na kommt schon näher", antwortete der Fremde nach einer kurzen Bedenkzeit und winkte sie zu sich. Sie gelangten vor eine kleine Hütte, vor welcher mehrere kleine Holzscheite aufgespalten lagen, als würden sie nur darauf warten, verarbeitet zu werden.

„In diesen Zeiten kann man nicht vorsichtig genug sein", grummelte er und beäugte Paus mächtige Armbrust argwöhnisch.

„Absolut richtig!", pflichtete der Prophet ihm bei. „Verratet Ihr uns Euren Namen?", fragte der Prophet höflich.

„Haras. Haras Gostaris. Und der Eure und Eurer Begleiter?", fragte er an den Propheten gewandt.

„Mann nennt mich den Propheten", sagte er und senkte seinen Kopf wie zu einer flüchtigen Begrüßung.

„Das sind Pau und Baldin", fuhr er fort und deutete nacheinander auf sie.

„Was treibt Euch denn hier in diese Gegend?", fragte der Alte und seine Körpersprache ließ immer noch darauf schließen, dass ihm diese Begegnung nicht behagte.

„Wie ich bereits sagte, wollen wir ins Mondtal, einen Freund besuchen." Antwortete der Prophet.

„Wir waren zuvor in Sturzwasser, aufgrund des Festes", schloss er und zwang sich zu einem Lächeln.

„Und wieso", begann Haras, eine neue Frage zu stellen, doch der Prophet fiel ihm sofort ins Wort: „Mein guter Mann, Eure Fragen sind bestimmt nur gut gemeint, aber meine Freunde und ich sind wirklich sehr hungrig und müde. Auch wollen wir eure wertvolle Zeit nicht weiter in Anspruch nehmen. Sagt uns doch bitte einfach, wo wir diese Nacht etwas zu Essen und einen Schlafplatz finden können." Wohl mit sich selbst ringend blickte Haras die drei an und spielte mit seinen Fingern.

„Nun gut, kommt schon rein", knurrte er und nickte in Richtung der Tür, welche in seine kleine Hütte führte.

„Verzeiht, aber gibt es in den Rotwäldern keine Herberge oder ein Gasthaus?", fragte der Prophet, wohl wissend, dass es diese sehr wohl hier gab. Trocken lachte Haras auf.

„Natürlich gibt es eine, Prophet, aber viel Glück dabei, ein Bett in diesen Tagen dort zu finden", sagte er bitter. Stirnrunzelnd blickte der Prophet Haras an, welcher nun die Tür zu seiner Stube aufhielt. Die drei Begleiter blickten sich an und Pau senkte seinen Kopf etwas näher an das Ohr des Propheten. „Denkst du wir können ihm trauen?", flüsterte er.

„Ich denk er ist bloß ein ängstlicher alter Mann", antwortete der Prophet leise und so gingen sie langsam in die beschauliche Hütte.

Die Stube war durch das Abendrot der Sonne, welches durch ein Fenster fiel, hell erleuchtet. Auch knisterte ein kleines Feuer in einer Kochstelle gemütlich vor sich hin, das sowohl Wärme als auch Licht spendete. In der Mitte der kleinen Stube stand ein breiter Holzbalken, an welchem verschiedenste Kräuter und Fläschchen hingen. Direkt an dem Balken stand ein eckiger Tisch, gerade so groß, dass vier Personen daran Platz fanden. Der Boden war wohl erst vor kurzem gründlich gesäubert worden, da die zu Boden gefallenen Holzspäne ordentlich zu einem Haufen nahe einer zweiten Tür zusammengefegt waren. Gerade als die Tür hinter ihnen ins Schloss fiel, platze eine kleine ältere Frau in die Stube.

„Haras hast du die Fremden gesehen? Haras", sie stockte und blieb wie angewurzelt stehen, als sie die Fremden in ihrem Haus stehen sah.

„Agath, beruhige dich", fuhr ihr Mann sie an. Der Prophet hob seine Hände, um seine leeren Handinnenflächen zu zeigen.

„Gute Frau, wir wollen wirklich keine Probleme machen, wir suchen lediglich Schlaf und etwas zu Essen." Er konnte es sich bald selbst nicht mehr sagen hören, dachte er, während Haras zu seiner Frau ging und er sie flüstern hörte.

„Diese Männer sind in Ordnung", begann er leise flüsternd, doch war es wohl seinem Alter geschuldet, dass er nicht wirklich leise sprach.

„Woher willst du das den wissen?", fauchte Agath ihn an und schlug ihm vor die Brust.

„Setzt Euch bitte. Setz Euch", sagte Haras und bot ihnen die Stühle an, welche um den Tisch standen. Erschöpft ließen sich der Prophet und Baldin auf die filigran gearbeiteten Stühle fallen, lediglich Pau blieb stehen und warf seine prüfenden Blicke durch die Stube, während Haras und Agath unaufhörlich tuschelten.

„Zwiebelsuppe?", fragte Haras, der seiner Frau einen ernsten Blick zugeworfen hatte, woraufhin sie sich neben den Kochtopf stellte.

„Sehr gerne, gute Frau", flötete Baldin. Der Prophet warf Pau einen fragenden Blick zu, doch es kam ihm so vor, dass Pau diesem ausweichen wollte, denn er guckte unaufhörlich in eine andere Richtung.

„Ihr auch?", fragte Agath leicht nervös an Pau gerichtet, nachdem sie ihrem Mann, dem Propheten und Baldin eine Schale Suppe vor die Nase gestellt hatte.

„Wenn Ihr mitesset", fragte Pau behutsam, woraufhin sich Agath zu einem mitleidigen Lächeln herabließ und ihm eine volle Schale auf den freien Platz am Tisch stellte.

„Ihr scheint anständige Männer zu sein", begann Haras über seinen Löffel hinweg grummelnd.

„Anständige Männer, die auch so handeln", ergänzte der Prophet.

„Wie dem auch sei", murmelte Haras nicht verstehend und fuhr fort: „Ihr müsst wissen", es war deutlich, wie viel Überwindung es ihn kostete, das Folgende zu sagen. „Die Götter haben uns verflucht." Bei diesen Worten schnalzte Agath missbilligend mit der Zunge.

„Wie, die Götter haben Euch verflucht?", fragte Baldin neugierig. Es war Haras wohl wichtig, darüber zu reden, aber der Prophet erkannte, wie er Wort für Wort mit sich rang.

„Ja also, hier in den Rotwäldern passieren normalerweise keine ungewöhnlichen Sachen. Die Dinge laufen hier, wie sie vor hundert Wintern gelaufen sind und darüber sind alle hier froh und glücklich. Aber seit einigen Nächten", er stockte und seine Frau fuhr ihm ins Wort. „Haras, du musst diese Fremden nicht mit unseren Problemen behelligen, sie werden schon ihre eigenen haben. Da brauchen sie nicht auch noch unsere", sagte sie schnippisch.

„Ihr geben uns Essen und ein Dach über dem Kopf, da können wir ja mindestens Euren Problemen lauschen und vielleicht können wir ja helfen. Wir sind schon sehr weit rumgekommen", schmatze Pau mit einem Löffel heißer Suppe im Mund. Haras warf seiner Frau einen vielsagenden Blick zu, woraufhin sie sich kopfschüttelnd ans Fenster stellte und die Läden schloss.

„Es wird gemordet", sagte Haras finster und tonlos. „Aber nicht nur das. Die Türen der Toten werden mit einem Symbol aus deren Blut markiert", er blickte finster in ihre Gesichter, um ihre Reaktionen zu sehen, doch nur Baldin legte erschreckt seine Hand vor den Mund. Pau sowie der Prophet zeigten nicht die geringste Regung.

„Wie viele waren es?", fragte der Prophet und seine Augen verengten sich zu Schlitzen.

„Fünf Tote in den letzten fünf Nächten. Jede Nacht einer." Haras schien auf seinem Stuhl zusammenzuschrumpfen.

„Und wir denken auch, dass wir wissen, wer es war", meldete sich plötzlich Agath zu Wort.

„Genau", pflichtete ihr Mann ihr bei, „die Göttin des Totes", fuhr Haras fort und der Prophet beendete atemlos seinen Satz:

„*Sarmarka.*"

Kapitel 13 – Der königliche Rat

Ein untersetzter Mann mit einer roten Haube auf dem Kopf stürmte in die Halle, in welcher der Rat des Königs um den großen Tisch versammelt saß.

Völlig außer Atem kam er schlitternd zum Stehen und blickte mit aufgerissenen Augen Ewe an.

„Sprecht", erlaubte sie ihm und unter schweren Atem holte er eine kleine Pergamentrolle aus seiner Tasche hervor.

„Es kam ein Brief für den Rat des Königs, Lord Karus, Lord Ace und Lady Baron", begann er schwer atmend.

„Und Lord Blum", ergänzte Lord Karus mit gedehnter Stimme.

„Nein mein Lord. Er wird hier nicht genannt", widersprach der kleine Mann ihm.

„Nun los, lest ihn vor", drängte Lord Ace ihn, wobei er sich seine Anstecknadel, welche einer Meise glich, zurechtrückte.

„An den Rat des Königs", wiederholte der Bote, „Wir haben Rodrik in unserem Gewahrsam. Lebend", ergänzte er. Ewe fuhr sich erschüttert über ihr Gesicht, während Lord Ace, sowie Lord Karus nicht mit der Wimper zuckten.

„Wenn ihr euren falschen König lebendig wiedersehen wollt, übertragt ihr das östliche Königreich dem wahrhaftigen Herrscher, König Auril aus dem Hause Natorion, sodass er als zweiter Mann der Geschichte ganz Anasta unter sich vereint. Lasst den dreiköpfigen Rat zum Bergesthron reisen und Treue schwören. Andernfalls werden wir Rodrik Stück für Stück an euch zurücksenden. Trefft eure Entscheidung. Wir erwarten binnen vierzehn Nächte eine Antwort, zögert nicht." Nach diesen letzten Worten blickte der Mann verzweifelt auf. „König Auril aus dem Hause Natorion hat persönlich unterzeichnet", fügte er hinzu und wollte die Rolle Pergament wieder in seine Tasche sinken lassen.

„Lass es mich sehen", befahl ihm Lord Ace und streckte seine Hand danach aus. Er prüfte das Geschrieben kurz bis er wieder sprach. „Das ist eine Fälschung", sagte er selbstbewusst. „Ich kenne die Handschrift des falschen Königs Auril, dies ist sie nicht."

„Aber was hat das zu bedeuten?", fragte Ewe aufgebracht.

„Da will offensichtlich jemand nur Unruhe und Zwietracht zwischen uns säen, indem er so eine dreiste Lüge zu uns trägt", antwortete Lord Ace.

„Aber wo ist der König denn? Rodrik hat noch nie eine Ratssitzung verpasst", fragte Lord Karus misstrauisch.

„Er verließ die Stadt gestern in den frühen Morgenstunden", sagte Ewe zähneknirschend zu den anderen beiden.

„Wie bitte?", fragte Lord Ace und warf dem Boten einen vielsagenden Blick zu, so dass dieser sich verbeugte und hastig die Halle verließ.

„Der König verließ die Hauptstadt, um mit Lord Blum in die Sümpfe zu reisen", sagte sie, ohne eine Miene zu verziehen.

„Ist das euer Ernst?", fuhr Lord Kaurs sie an.

„Was hätte ich denn tun sollen?", bellte Ewe zurück.

„Naja ich weiß nicht. Uns vielleicht wenigstens davon unterrichten?", erwiderte er mit ironischem Unterton.

„Das ist jetzt nicht der Zeitpunkt für Streitigkeiten untereinander", sagte Lord Ace besonnen und strich sich durch sein kaum vorhandenes Haar.

„Was sind denn unsere Möglichkeiten?", fragte Lord Karus, doch mehr zu sich selbst wie es schien.

„Wir müssen herausfinden, wo sich Rodrik wirklich befindet", antwortete Lord Ace sofort mit Nachdruck auf den letzten fünf Silben.

„Und wer diesen Brief verfasst hat", ergänzte Ewe.

„Seid Ihr Euch sicher, dass dieser Brief wirklich nicht vom König des Westens ist? Er trug sogar sein Siegel", gab Lord Karus zu bedenken.

„Ich bin mir absolut sicher", beschwichtigte Lord Ace die beiden. „Ich habe meine Meisen auch in Bergesthron", ergänzte er vielsagend.

„Ich werde meinen Trupp in die Sümpfe leiten", sagte Ewe und brach damit das entstandene Schweigen.

„Wir sollten die königliche Armee in die Sümpfe schicken. Nicht eure Speerträger", meinte Lord Karus an Ewe gerichtet.

„Karus", begann Ewe zornig, „seid Ihr Euch der Beschaffenheit des Bodens in den Sümpfen bewusst?", fuhr sie ihn an. „Keine zwei Männer können dort nebeneinander herlaufen, ohne knöcheltief einzusinken", beendete sie ihren Satz, was Lord Karus vorerst verstummen ließ.

„Ihr habt Recht Lady Baron", stimmte Lord Ace ihr bei.

„Außerdem würde es Panik auslösen, wenn die gesamte Armee aus der Stadt ziehen würde und das Letzte, was wir jetzt brauchen, ist Panik und Unsicherheit im Volk. Aufständische wittern dies sofort", ergänzte er mit finsterer Miene. Ewe nickte zustimmend.

„Nun gut, da Lord Blum ebenfalls vermisst ist, werde ich mit dem Zuständigen Feldherren reden und ihm die Instruktionen mitteilen", beschloss Ewe und die Männer ihr gegenüber widersprachen nicht.

„Das Beste ist, wenn wir drei die Stadt nicht verlassen. Ich denke, dass, falls hinter diesen Worten auch Taten stehen, wir das nächste Ziel der Attentate sind", sagte Lord Ace nachdenklich.

„Dafür, dass Ihr meintet, dass dieses Pergament leere Drohungen enthält, seid Ihr nun aber sehr vorsichtig", meldete sich Lord Karus stirnrunzelnd zu Wort.

„Die Vorsicht hat mich bis jetzt am Leben erhalten. Und lebendig würde ich gerne noch länger bleiben", erklärte er mit einem aufgesetzten Lächeln an Musol gerichtet.

„Wie dem auch sei", fuhr Lord Ace fort, „ich werde meine Meisen fliegen lassen und versuchen, Rodriks Aufenthaltsort herauszufinden. Lady Baron Ihr sprecht am besten mit Feldherrn Risai, er ist ein sehr fähiger Mann", sagte er harsch an Ewe gerichtet.

„Es liegt in meiner Verantwortung, wem ich das Kommando erteile", wies sie Lord Ace von oben herab zurecht. Er hielt ihrem Blick stand bevor er wieder zu sprechen begann.

„Verzeiht meine Naivität, dass ich vermutet hatte, dass Ihr Ratschläge entgegennehmt. Dies war wohl ein Irrglaube."

„Oh, ich nehmen zweifelsohne Ratschläge entgegen. Doch Befehle erteilt mir nur König Rodrik von Nam, sonst niemand", erwiderte sie kalt und verzog keine Miene.

„Sehr schön, dass wir das geklärt hätten", fuhr Lord Karus dazwischen, als ob nichts weiter vorgefallen wäre.

„Nun, da Ihr Eurer Aufgaben bewusst seid, werde ich mich den Problemen des Volkes annehmen um, wie Lord Ace gesagt hat, Panik vorzubeugen. Das Wetter beginnt umzuschlagen und viele Bürger beschweren sich bereits jetzt über wenig Lohn, sowie Kälte und wenig Essen. Die adligen Bewohner Nams können mir ihre Bitten in der großen Basilika Tas' vorbringen", erzählte er beiläufig.

„Und Ihr entscheidet dann über das Schicksal der Menschen?", fragte Ewe ungläubig.

„So ist es. Wer soll es sonst tun? Wo Rodrik nicht in der Stadt weilt? Das Volk benötigt trotzdem die Unterstützung der Krone", erklärte er, als ob er nur auf diese Frage gewartet hätte.

„So sei es. Doch ich werde auch Lord Sander, sowie Lord Henn unterrichten, damit der Meister der Schatzkammer und der Vorratskammer Euch unterstützen können", meinte Lord Ace, und Ewe glaubte einen Anflug von Ärger in Musols Gesicht zu erkennen, bevor dieser sein übliches falsches Lächeln wieder aufsetze und seinen Kopf leicht senkte.

„Dies halte ich auch für eine ausgezeichnete Idee", bestärkte Ewe Lord Ace.

„Wir sollten die Häufigkeit unserer Ratssitzungen erhöhen, solange Rodriks Verbleib noch unklar ist", begann Lord Ace, während er sich von seinem Thronartigen Stuhl erhob. „Ich schlage vor, heute Abend. Bei Einbruch der Dunkelheit?", fragte er im Gehen begriffen.

„So sei es", bejahte Lord Karus und Ewe nickte ebenfalls zustimmend, bevor sie sich ebenfalls beide erhoben.

Mit wehendem Umhang verließen Lord Karus und Lord Ace die Halle und ließen Ewe allein mit ihren Gedanken an dem Ratstisch stehen.

Irgendetwas stimmte hier nicht, dachte sie äußerst beunruhigt. Lord Ace war sein Leben lang wohl ein treuer Diener Rodriks, zweifellos, doch in ihren Augen hatte er zu viel Macht. Sie verließen sich nur auf das Wort eines Mannes, dass dieses Blatt

Pergament eine Fälschung sei. Und nun versuchte ausgerechnet auch noch dieser Mann, Rodrik ausfindig zu machen. Und wie? Fragte er in jeder Stadt und jedem Dorf nach, ob der König des Ostens dort gesehen wurde? Er erzählte ihnen etwas davon, dass keine Panik ausbrechen dürfe, und selbst musste er ja durch seine Fragen preisgeben, dass Rodrik offensichtlich nicht in der Hauptstadt weilte, was genau das zur Folge haben würde, was er zu verhindern suchte. Sein Verhalten kam ihr äußerst suspekt vor. Sie sollte ihn im Auge behalten, genau wie Lord Karus, der zufälligerweise genau einen Tag nach Rodriks Verschwinden das Volk Bitten an ihn richten lassen wollte, um wie ein Wohltäter oder dergleichen dazustehen. Doch sie hoffte, dass sich ihre schlimmsten Befürchtungen nicht bewahrheiten würden.

So verließ auch sie das Schloss und ging über die Brücke zurück in die Stadt, jedoch schlug sie nicht den Weg nach rechts in die Kaserne ein, sondern ging in einem Bogen nach links in einen der Wohnbezirke ihrer Soldaten.

Sie hielt vor einem Haus an, welches dem äußeren Erscheinungsbild nach nicht in die Stadt passen wollte. In den Fenstern und vom Dach herab hingen kunstvolle Tücher und auch die blau bemalten Backsteine wollten nicht zu den anderen rötlichen Steinen der Nachbarhäuser passen. Ewe klopfte an die Tür, an welcher eine Art große Kette in Sternenform hing. Es antwortete nicht gleich jemand, also klopfte sie erneut, bis Ranun ihr verschwitzt und mit nacktem Oberkörper die Tür vor der Nase aufriss. Sein zorniger Gesichtsausdruck wich augenblicklich, als er erkannte, dass Ewe vor ihm stand und ihn mit hochgezogenen Brauen anblickte.

„Ach du bist es, Herrin. Komm rein. Was gibt es?", fragte er hastig.

„Das gleiche könnte ich dich Fragen. Bist du gerade unpässlich?", fragte sie leicht peinlich berührt, „Ich kann später noch einmal", begann sie, doch Ranun fiel ihr sofort ins Wort.

„Nein nein, komm rein. Ich koche gerade, oder zumindest versuche ich es", erklärte er, und undefinierbare Gerüche schlugen Ewe in die Nase, doch vor allen Dingen roch es verbrannt.

„Ranun, du wirst dein Haus noch in Brand setzen", rief sie leicht nervös und hastete zu der Feuerstelle in der Ecke des gemütlich eingerichteten Hauses, wo ein Topf beinahe komplett in den Flammen des Feuers stand. Schnell versuchte sie, die Flammen zu ersticken, indem sie ein Hemd Ranuns von einem Stuhl nahm, es auf die Flammen warf und darauf trat. Nachdem sie das Feuer erstickt hatte, blickte Ranun sie vorwurfsvoll an.

„Ich mochte dieses Hemd", sagte er, wenn auch leicht belustigt. „Naja. Hast du Hunger?", fragte er lachend und auch Ewe musste lachen.

„Irgendwie ist kochen in der Wüste anders als hier im Süden", meinte er und zuckte verlegen mit den Achseln, während er durch einen Tücher-Vorhang verschwand, um sich ein neues Oberteil anzuziehen. Ewe wagte einen vorsichtigen Blick in den Kessel und erkannte eine schwarzbraune Masse auf dessen Boden.

„Was sollte es den werden?", fragte sie und musste ihren Abscheu verstecken.

„Wir nennen es Tasuma", rief er aus dem anderen Raum. „Es wird eigentlich mit Lorbeerblättern, Hasenfleisch und Kartoffeln gemacht, aber ich konnte keine Lorbeerblätter finden, also hab ich einfach andere Blätter genommen", sagte er grinsend, während er wieder in die Stube kam und sich sein Hemd zuschnürte. „Das war offensichtlich ein Fehler", schloss er mit belustigter und gleichzeitig verlegener Miene.

„Aber warum hast du mich aufgesucht?", fragte er nun und bot Ewe einen Stuhl an.

„Ich habe zwei Bitten an dich", begann sie zögerlich und atmete einmal tief ein bevor sie weitersprach.

„Du musst alle Speerträger in den Sumpf schicken", begann sie ohne Umschweife.

„Aber", begann Ranun, doch Ewe unterbrach ihn augenblicklich.

„König Rodrik wird vermisst und wir wissen nicht, wer dahintersteckt. Gestern Morgen ritt der König mit Lord Blum in die Sümpfe, um das Geweih der Weisheit aufzusuchen, doch er kam nicht wieder zurück. Und uns hat ein Drohbrief erreicht", erklärte sie ihm.

„Natürlich Herrin, ich reite sofort los", erklärte sich Ranun bereit und wollte sofort seine leichte Rüstung anlegen.

„Nein. Du selbst bleibst hier, denn ich habe noch eine weitere Bitte", sagte sie, nun weniger selbstbewusst. „Du musst für mich Lord Ace im Auge behalten", fuhr sie schnell und geradeheraus fort.

„Er darf aber nicht auf dich aufmerksam werden", fügte sie hinzu und Ranun blickte sie ernst an, ohne eine Miene zu verziehen. „Ich muss wissen, mit wem er sich trifft und mit wem er Briefwechselt."

„Wie du befiehlst, Herrin", antwortete er sofort, ohne zu überlegen.

„Ich danke dir so sehr, Ranun", stieß Ewe völlig erleichtert aus, stand auf und umarmte ihn herzhaft.

„Ich habe ja noch gar nichts getan", entgegnete Ranun irritiert, erwiderte jedoch ihre Umarmung.

„Doch das hast du", sagte sie mit gedämpfter Stimme gegen seine Schulter, bevor sie ihn losließ.

„Du bist der aufrichtigste Mann, den ich kenne", bei diesen Worten blickte sie ihm in die Augen.

„Das bedeutet mir viel aus deinem Mund", gab er ernst, wenn auch mit dem Anflug eines Schmunzelns wieder.

„Ich habe Angst, Ranun", sagte Ewe plötzlich unvermittelt und war selbst überrascht über die Worte, welche soeben aus ihrem Mund kamen. Auch Ranun stutze, denn sie zeigte nie Schwäche.

„Herrin?", fragte Ranun, offensichtlich verwirrt.

„Ich habe Angst um meinen Ed. Dass ich nicht für ihn da sein kann", offenbarte sie ihm, zu Boden blickend.

„Herrin", begann Ranun und legte einem Finger sanft unter ihr Kinn, sodass Ewe ihren Kopf wieder hob.

„Ich erzähle dir mal was, Herrin", fuhr er fort. „Meine Mutter hat mich allein großgezogen. Kein Vater", ergänzte er. „Sie war eine schöne Dame."

„Das glaube ich", unterbrach ihn Ewe freundlich.

„Nein, du verstehst nicht", widersprach Ranun ihr.

„Schöne Damen heißen bei uns in der Wüste die Huren", erklärte er ihr bitter, und Ewe gab ein Geräusch des Schuldbewusstseins von sich, was Ranun jedoch mit einem Kopfschütteln abtat.

„Ich komme aus Ech, eigentlich eine der reicheren Städte in der Wüste, doch ohne einen Mann in der Familie hast du dort keine Möglichkeiten. Also nahm meine Mutter die Männer mit in unser", er unterbrach sich kurz, „Zuhause", sagte er voller

Abscheu. „Unser Zuhause bestand aus einem winzigen Raum mit nur einem Bett, in welchem meine Mutter, meine Schwester und ich zusammen schliefen, wenn sie nicht gerade dort arbeitete. Ich konnte nirgendwohin. In den Straßen verstoßen, als der, dessen Vater jeder sein konnte, doch keiner sein wollte. Also musste ich mit meiner Schwester zuhause bleiben, während meine Mutter bestiegen wurde in meinem Bett, und ich meiner Schwester die Augen und Ohren zuhielt, damit sie es nicht mitansehen musste." Seine Miene verfinsterte sich mit jedem Wort.

„Ranun, du musst nicht", begann Ewe leise, doch Ranun sprach bereits weiter, als ob er sie nicht gehört hätte.

„Wir brauchten das Geld, um uns Essen zu kaufen, doch meine Mutter gab es für schöne Gewänder aus, um den Männern zu gefallen, die sie nur als Objekt gesehen haben. Also bettelte ich auf den Straßen und musste stehlen, damit meine Schwester und ich überleben konnten. Meine Mutter gab uns kein Essen." Er stand auf und blickte aus dem Fenster auf die Straße.

„Bis ich schließlich zwölf Winter alt war. Meine Mutter wurde an diesem Tag bereits von vier Männern bestiegen und dann kam der fünfte durch den Vorhang in unser Zuhause. Er schlug meine Schwester bewusstlos, öffnete seine Hose, legte seinen Gürtel samt Dolch ab und ließ sich, vom Alkohol berauscht, auf meine Mutter fallen. Da ergriff ich die Gelegenheit und rammt diesem Mann, welcher auch mein Vater sein konnte, seinen eigenen Dolch durch den Hinterkopf. Ich stach mit all meiner Kraft zu, so dass ich seinen Kopf durchbohrte und sogar noch die linke Wange meiner Mutter schnitt." Er drehte sich zu Ewe um.

„Wie schrecklich", sagte Ewe atemlos, hinter vorgehaltener Hand.

„Was ich tat war falsch, das weiß ich heute. Meine Mutter hat sich mit Sicherheit nicht das Leben als Hure ausgesucht. Doch hätte sie uns wenigstens vor den andauernden Schlägen der Männer bewahren können. Oder wahrscheinlich konnte sie auch das nicht." Ewe schüttelte völlig geschockt den Kopf.

„Nachdem ich ihn getötet hatte, schrie sie mich an, aus Angst vor ihrem eigenen Sohn, denke ich. Ich habe meiner eigenen Mutter das Gesicht entstellt und sie mit einem Toten zurückgelassen, für welchen mit Sicherheit sie verantwortlich gemacht und gehängt wurde." Ranun blickte Ewe unentwegt an.

„Ich packte meine bewusstlose Schwester und wir verschwanden für immer aus dem Rattenloch von Ech. Ich sah meine Mutter seit diesem Tag nie wieder. Wahrscheinlich ist sie bereits tot", sagte er ohne eine Spur von Trauer.

„Herrin, du bist keine schlechte Mutter, du bist wundervoll, und jedes Kind kann sich nur jemanden wie dich als Mutter wünschen", schloss er und setzte sich wieder ihr gegenüber. Sie blickten sich in die Augen und Ewe spürte, wie ihr eine einzelne Träne über die Wange lief, welche sie rasch wegwischte. Sie erhob sich.

„Ich danke dir für alles, Ranun", begann Ewe und machte Anstalten, das Haus zu verlassen.

„Das nächste Mal bedankst du dich erst, wenn ich Informationen über Lord Ace für dich habe, Herrin"; sagte Ranun mit dem Anflug eines Lächelns. Und so verließ Ewe das Haus, während die Sonne ihr trügerisch fröhlich ins Gesicht schien.

Kapitel 14 – Der Narr

Sie erreichten die Festung, vor welcher sich ein riesiges, sich aufbäumendes Pferd aus glattem Stein erhob und die holprige Straße anstieg, bis sie die Brücke ins Burg innere passierten. Laut fiel das Fallgitter des Burgtores hinter ihnen auf den kalten, harten Stein. Rodrik war nun in Kratak gefangen. Wie eine Maus in die Falle getappt. Die ersten Soldaten sprangen von ihren Pferden und machten sie an den Ställen neben dem Tor fest. Dann kamen sie zu den beiden Karren, auf denen die Gefangenen saßen. Die Burg schien wie ausgestorben. Rodrik konnte niemanden, bis auf seine nun wieder maskierten Entführer, erkennen. Doch Kratak war eine der größten Burgruinen in Anasta. Aufgrund des gewaltigen Berges, in welchem sie zum Großteil lag, konnte er nicht wissen, wie viele Abtrünnige sich dort versteckten. Hunderte? Tausende?

„Runter mit dir!", schnauzte ihn einer der stämmigen Soldaten an und Rodrik tat wie ihm geheißen. Mit immer noch pochendem Kopf stieg er vorsichtig vom Wagen.

„Beeil dich!", fuhr ihn der Soldat wieder an, packte ihn am Arm und zog ihn geradewegs mit dem Gesicht voran in den Dreck. Dumpf stürzte Rodrik auf den von Frost bedeckten Boden, unfähig, sich mit seinen gefesselten Händen abzufangen. Schwer atmend rappelte er sich auf und er merkte, wie etwas Warmes seine Schläfe hinunterlief.

„Wunderbar", begann die grausame Stimme des Anführers nahe bei Rodrik zu sprechen.

„Schön, dass ihr alle da seid", sagte er gespielt fröhlich und lief um die Reihen der Gefangen.

„Ich denke, ihr solltet euch erst einmal ausruhen. Der Tag ist ja noch jung." Bei diesen Worten hob er seinen Kopf und blickte kurz auf zum Himmel. Rodrik konnte kurze braune Bartstoppeln unter seiner Maske hervorlugen sehen. Er merkte nun, wie warmes Blut in seinen Mundwinkel lief.

„Der Narr bringt euch in eure Gemächer." Der Maskierte deutete auf einen Mann, der langsam näherkam. Er war gekleidet in eine rot-schwarze, enge Hose und ein dazu passendes Hemd, an welchem kleine Glöckchen leise klimperten. Auch trug er eine Narrenkappe und eine Maske, wie es für Hofnarren üblich war, doch diese Maske erweckte in Rodrik nicht das Verlangen, zu Lachen. Im Gegenteil, sie ließ ihn am ganzen Körper schaudern. Das gesamte Aussehen dieses Mannes war so grotesk, dass es ihm schiere, kalte Angst einflößte. Der Narr trat vor und blickte sie mit seinen unerkennbaren Augen an. Aufgrund der Maske sah es aus, als liefe Blut aus ihnen. Mit hoher aufgesetzter Stimme begann er zu sprechen.

„Schön, dass ihr den Weg in das wunderschöne Kratak gefunden habt", sagte er, klatsche in seine Hände und bedeutete ihnen mit einem Kopfnicken, mitzuklatschen, was jedoch keiner der Gefangen tat. „Warum so lange Gesichter?", fragte er immer noch flötend und tätschelte hier und da unsanft, manche der Gefangenen. „Also gut, folgt mir!" Plötzlich war seine Stimme nicht mehr aufgesetzt hoch. Mit gebieterischer Geste winkte er sie hinter sich her.

Die Reihe der Gefangenen setze sich langsam in Bewegung. Gesäumt von maskierten Soldaten liefen sie schweigend, jeder mit seinen Gedanken bei sich, ins Innere der Festung. Sie gingen eine kalte, breite Treppe hinunter, durch einen spärlich beleuchteten Gang, bis sie eine verschlossene Gittertür erreichten.

Der Narr zog einen großen Schlüsselbund von seinem Gürtel und steckte einen der gleich aussehenden Schlüssel ins Schloss und ließ es aufspringen.

Nach zwei Wachen und einem Dutzend Gefangener ging Rodrik in den großen Raum, der voller Käfige war, die Hundezwingern glichen. An den Wänden hingen vereinzelte Fackeln, welche wenig Licht spendeten und Ketten, die schlaff zu Boden hingen. Der Boden war von Blut, Erbrochenem, und menschlichen Ausscheidungen übersät, weshalb der Geruch dort unten dem eines verwesenden Körpers glich. Sie wurden bis an die hinterste Wand geleitet, vor welcher sie sich in zwei Reihen aufstellen mussten.

„Willkommen daheim", sang der Narr, wieder mit hoher kalter Stimme. „Ihr dürft zu zweit in eines der geräumigen Zimmer und es euch dort gemütlich machen", fuhr er mit ausgebreiteten Armen fort und durch seine Maske konnte man den Anflug eines diabolischen Grinsens erkennen. Doch erneut rührte sich keiner der Gefangenen.

„Jetzt!", schrie der Narr laut und schrill, was alle zusammenzucken ließ. Schnell liefen die ersten in die Zwinger, bis nur noch drei Leute vor der Wand standen: Ein alter, groß gewachsener Mann, ein Junge, der das Mannesalter noch nicht ganz erreicht hatte und Rodrik.

„So", sagte der Narr ohne seine falsche, fröhliche Stimme. „Ihr seid also die Starken", fuhr er fort, als ob er einem Kind etwas erklären wolle. Er deutete mit seinem Narrenstab, dessen Ende mit einem Abbild seiner eigenen, grausamen Maske verziert war, nacheinander auf sie. Noch immer mit gefesselten Händen standen sie ganz ruhig da, doch Rodrik spannte bereits seinen gesamten Körper, bereit für alles was da auch kommen mochte.

„Du kommst mit", schnarrte der Narr und zog den Jungen energisch nach hinten. Er taumelte in die Arme zweier Wachen, die mit ihm verschwanden.

„Du hast Glück", begann die groteske Gestalt und deutete nun mit dem Stab auf Rodrik. Zwei weitere Wachen kamen und zerrten ihn unter großen Mühen in einen der Käfige, in welchem bereits ein anderer Mann zusammengekauert auf dem Boden saß.

„Mit dir haben wir was ganz Besonderes vor", ergänzte er und winkte Rodrik mit der freien Hand zu.

„Ich habe keine Angst vor euch", sprach plötzlich der Alte, der noch vor den Käfigen stand, mit zittriger Stimme. Der Narr, gerade im Gehen begriffen, blieb wie angewurzelt stehen.

„Wie war das?", fragte er den Mann in seinem Rücken.

„Ihr könnt mich mit eurer Erscheinung nicht ängstigen." Langsam und bedrohlich drehte sich der Narr um.

„Oh wirklich?", fragte er herausfordernd.

„Man kann nur Mitleid mit euch haben. Zu feige, eure Gesichter zu zeigen und sie daher verstecken. Eure Mütter haben feige Bastarde aus euch gemacht", schimpfte er und seine Worten wurden mit jedem weiteren immer selbstsicherer. Rodrik konnte von seinem Käfig aus nun nur noch den Rücken das Narren und das Gesicht des alten Mannes sehen. Langsam ging der Narr auf den Greis zu.

„Nun gut", begann der Narr und keine Spur seines falschen Lachens lag mehr in seiner Stimme. „Haltet das doch kurz für mich", sagte er und nahm seine Maske ab. Rodrik konnte das Gesicht des Narren nicht erkennen, doch auf dem Gesicht des alten Mannes zeichnete sich pure und echte Angst ab. Seine Augen weiteten sich, sein Mund stand ihm offen und jede Angriffslust schien wie weggeblasen. Der Narr trat nah an das Ohr des Mannes und flüsterte etwas, das Rodrik jedoch nicht verstehen konnte und der Alte zitterte nun am gesamten Körper.

„Danke", zischte der Narr leise und setze seine Maske wieder auf. „Genug der Spiele", fuhr er fort und ohne Vorwarnung schlug er dem alten Mann mit dem Narrenstab ins Gesicht. Blut spritzte an die kalte Wand hinter ihm und der Alte sackte schwach zu Boden. Wieder und wieder schlug der Narr auf den Schädel des bereits Ohnmächtigen ein, bis er völlig deformiert war und tot sein musste. Vor Anstrengung schwer atmend richtete der Narr sich auf und ging in Richtung der Tür, an welcher die restlichen Wachen gewartete hatten. Den Toten ließ er rücksichtslos am Boden liegen.

„Wir sehen uns", sang er nun wieder und schloss die Tür hinter sich ab.

Leises Schluchzen drang nun aus einem jedem der Käfige. Auch Rodrik sackte niedergeschlagen auf die Knie und wischte sein Blut von seiner Schläfe.

„Wie ist dein Name?", fragte Rodrik den am Boden kauernden Mann in seinem Käfig leise. Langsam drehte er sein Gesicht zu Rodrik, es war völlig verquollen. Er konnte seine Augen wegen der Verletzungen kaum öffnen, blinzelte jedoch in Rodriks Richtung.

„Ich besitze keinen Namen mehr", stotterte er als würde er frieren, „Ich besitze nichts mehr", beendete er, mit den Worten ringend, seinen Satz.

„Was haben sie mit dir getan?", fragte Rodrik atemlos.

„Ich wollte etwas Essen stehlen", hauchte er und Rodrik konnte ihn nun kaum mehr verstehen.

„Gibt man euch hier kein Essen?", fragte Rodrik und merkte erst jetzt, wie ausgemergelt der Mann vor ihm war. Ein jeder Knochen war deutlich zu erkennen und seine Haut hing schlaff wie Pergament von ihm herab. Sein Oberkörper war nur mit einem dünnen, dreckigen, ehemals weißen Leintuch bedeckt.

„Dies schon, nur nicht ausreichend", fuhr er schwach fort.

„Doch es ist die Hoffnung, die uns nicht mehr nährt", fuhr er fort und krümmte sich wie unter Schmerzen.

„Wozu zwingen sie euch?", fragte Rodrik mit angehaltenem Atem.

„Graben", stieß er schwach aus und rollte sich noch kleiner auf dem dreckigen Boden zusammen.

„Graben?", fragte Rodrik irritiert. „Wohin? Oder suchen sie etwas?", hakte er nach, doch der geschundene Mann am Boden antwortete ihm nicht mehr.

Rodrik hockte sich neben ihn und legte seine Hand wärmend auf die Schulter des Namenlosen.

Was wollten sie von ihm? Geld? Macht? Vergeltung? Rodrik war sich keiner Schuld bewusst, er hatte in allen Wintern seiner Herrschaft immer versucht, Frieden zwischen allen Königen und deren Untertanen zu wahren. War dies der Sturm, welchen der Seher meinte, konnte er dieses Ereignis vorgesehen haben? Oder hatte er sich vielleicht sogar mit den Maskierten gegen ihn verschworen? Zu viele Fragen, die ihm Kopfschmerzen bereiteten schwirrten in seinem Kopf umher.

Die Kälte, welche durch die Wände kroch, zerrte wieder an seinen Knochen und er versuchte, sich möglichst aufrecht an die Gitterstäbe zu lehnen. Er musste die Hoffnung für diese Menschen hier unten sein. Seine Augenlider wurden schwer und es kostete ihn zunehmend Mühe, sie offen zu halten bis er schließlich einschlief in der Stille, welche nur durch das leise Weinen der Insassen durchbrochen wurde.

Lärmend wurden die Zellentür aufgeschlagen, was Rodrik ruckartig weckte. Für einen Augenblick hatte er vergessen wo er war, doch die Realität holte ihn binnen eines Herzschlages wieder ein.

„Hoch mit euch!", blafft ein Mann missgelaunt in das Kellergewölbe. Die meisten sprangen sofort auf, wie Rodrik erkennen konnte, andere jedoch mussten sich mühsam an den Gitterstäben hochkämpfen.

Nacheinander wurden die Türen ihrer Zellen aufgeschlossen und der Mann warf vereinzelte Brotkrumen in die Raummitte. Wie die Tiere stürzten sich die Männer auf das Essen, Alte und Schwache wurden einfach beiseite gestoßen und warfen nur gequälte Blicke auf das immer weniger werdende Essen. Rodrik, sowie sein Zellenpartner, verließen ihre Zelle erst gar nicht. Der König schaute nur angewidert ob dieses grausamen Schauspiels. Nah an Boden kauernd, schoben sich die Männer gierig die letzten Brotstücke in den Mund.

„Erbärmlich", schnauzte der Maskierte kopfschüttelnd.

„Alle raus jetzt!", befahl er und zog manche noch am Boden Hockenden an den Haaren hoch und schubste sie ihn Richtung der Tür, wo bereits einige weitere Maskierte warteten.

„Los!", rief er laut über das entstehende Chaos hinweg. Rodrik hockte sich kurz zu dem immer noch am Boden liegenden Mann in seiner Zelle.

„Soll ich dir aufhelfen?", fragte er bemüht liebevoll, doch dieser schüttelte nur schwach den Kopf.

„Lass mich hier", flüsterte er leise, „ich bin zu schwach." Er drehte sich wieder weg von Rodrik hin zu der kalten Wand. So richtete Rodrik sich auf und ging festen Schrittes aus seiner Zelle, vorbei an dem auf dem Boden liegenden Toten, hin zu der Wache, welche noch Augenblicke vorher das Brot in die Menge geworfen hatte.

„Der Mann braucht etwas zu essen", sagte er ernst, seinen Blick nicht von der angsteinflößenden Maske abwendend.

„Maul halten!", fuhr ihn der klein gewachsene Mann nur an und schob Rodrik an der Schulter zum Ausgang. Der König schlug die Hand des Maskierten sofort beiseite und ging erhobenen Hauptes die steinerne Treppe hinauf.

Sie wurden an einem Fenster vorbeigetrieben, durch welches Rodrik einen Blick nach draußen erhaschen konnte und zu seinem größten Verblüffen war es Nacht. Er konnte den Mond kräftig auf den Innenplatz der Burg scheinen sehen, doch sie gingen nicht in diese Richtung, stattdessen wurden sie tiefer in den Berg getrieben.

Sie gingen durch einen spärlich mit Fackeln beleuchteten Gang, bis sie an dessen Ende an einer riesigen, durch zwei Feuerschalen beleuchteten Doppeltür aus schwarzem Holz anlangten. Ein erschöpftes Seufzten ging von den Sklaven aus, worauf die Wachen nur mit einem hämischen Lachen reagierten.

„So. Viel Freude", sagte einer mit einem Streitkolben in der Hand und schwang die Tür auf. Rodriks Herzschlag erhöhte sich, was würde hinter dieser Tür auf sie warten? Noch mehr Qualen? Finsternis drang aus der Türöffnung hervor. Sie betraten etwas wie eine riesige Höhle. Man konnte das Ende nicht erahnen, da es durch das Dunkel verschluckt wurde. Der gewaltige Hohlraum musste mindestens die Größe einer Basilika haben, dachte Rodrik, wenn nicht sogar größer. Was wollten diese Männer, fragte er sich, wie schon so oft. Mit hängenden Köpfen liefen die Gefangenen in diese Höhlenartige Basilika und nahmen sich eine der Fackeln, welche zum Anzünden bereit neben der Tür lagen. Sie hielten sie in die nahestehenden Feuerschalen und gingen in die allumfassende Dunkelheit bis man nur noch ihre kleiner werdenden Lichter erkennen konnte.

„Los!", blaffte ihn einer der Maskierten an und drückte ihm eine bereits entzündete Fackel in die eine und einen Pickel in die andere Hand.

„Steine hauen!", befahl er ihm wortkarg.

„Was wollt ihr?", fragte Rodrik mit Mut in der Stimme.

„Geh jetzt da rein!", schrie ihn ein anderer an und seine Stimme wurde immer zorniger. „Wir wollen, dass du, verdammt nochmal, da rein gehst und den Thronsaal fertigstellst!" Er stand Rodrik jetzt so nah, dass er ihm beim Reden ins Gesicht spuckte.

„Thronsaal?", fragt Rodrik überrascht, wenn auch nicht zurücktretend.

„Taruta!", schnauzte der Maskierte mit dem Streitkolben den anderen an, welcher soeben mit Rodrik gesprochen hatte.

„Arbeite", knurrte er nun Rodrik bedrohlich an. Gemeinsam schoben sie ihn in den unfertigen Thronsaal und verschlossen den Ausgang hinter sich. Rodrik versuchte, die Türen von innen zu öffnen, doch sie waren offensichtlich von der anderen Seite verriegelt. Da stand er nun von der Finsternis umschlugen, mit nichts außer seiner schwach leuchtenden Fackel, sowie einem Pickel in Händen. Soweit Rodrik es sehen konnte, waren es rund vier Dutzend Fackeln, die nun überall auf den Boden gelegt wurden und man hörte nur noch das Geräusch von Eisen, welches auf kalten, harten Stein schlug.

Wieso beugten sich diese Männer dem Willen der Maskierten? Zahlenmäßig waren sie ihnen nicht so weit unterlegen, als dass es keine Hoffnung auf Befreiung geben würde.

Wie aus dem Nichts kamen ihm wieder seine Begleiter in den Sinn, Max, Seny, Benjamin, Victoria und sein treuer Freund Lord Blum. Sie wurden mit Sicherheit auch hier unten zum Arbeiten gezwungen. Neuen Mutes ging Rodrik schnellen Schrittes zu den ihm am nächsten leuchtenden Fackeln.

Doch alles was er sah, waren trübsinnig dreinblickende Männer, deren Gesichter voller Schmutz waren, genau wie sein eigenes. Nachdem er bei den ersten zehn Sklaven kein Glück hatte, sprach er zu einem stark aussehenden jungen Mann: „Wie lange bist du schon hier?" Der Jüngling hörte nicht auf zu schlagen, als er unter offensichtlicher Anstrengung antwortete: „Weiß nicht." Er wischte sich kurz mit dem Handrücken den Schweiß von der Stirn. „Ich war noch ein Kind", fügte er hinzu, klang jedoch nicht bitter oder hasserfüllt, sondern resigniert.

„Weißt du, wo man die neuen Gefangenen hinbringt?", fragte Rodrik wissbegierig.

„Ja, offensichtlich hier hin, oder? Hab dich hier noch nie gesehen", erwiderte der andere und warf einen kurzen, prüfenden Blick auf Rodrik, bevor er weiter mit der Hacke auf die Wand einschlug und kleine Steine von ihr abbrach. Er wusste wohl nicht, dass er soeben mit dem König des Ostens sprach. Sollte er ihn unwissend lassen? Rodrik entschied sich fürs erste dafür.

„Wie ist dein Name?", fragte Rodrik den muskelbepackten jungen Mann.

„Nor", gab er kurz zurück und schlug ein ums andere Mal auf die unnachgiebige Steinwand ein.

„Nor, wir müssen von hier verschwinden", begann Rodrik im Flüsterton. „Wir müssen fliehen." Zu seiner Überraschung ließ Nor den Pickel schnell sinken.

„Sag das nie wieder!", flüsterte er eindringlich. „Du weißt nicht, wer hier in den Schatten wandelt", ergänzte er angsterfüllt und blickte sich verstohlen zu allen Seiten um.

„Die Maskierten lauern in den Schatten, um Aufmüpfige zu bestrafen."

„Du willst sagen, die Gefangenen sind nicht die einzigen hier drin?", fragte Rodrik, ebenfalls mit gesenkter Stimme. Nor nickte vielsagend.

„Für wen wird dieser Thronsaal überhaupt angefertigt?", fragte Rodrik und legte seine Stirn in Falten.

„Ich denke mal, für einen König?", sagte Nor fragend. „Gibt bestimmt einen, der das hier alles veranlasst hat", fügte er achselzuckend hinzu und schien froh zu sein, über ein harmloses Thema sprechen zu können.

„König Auril würde so etwas nie bauen lassen", sagte Rodrik mehr zu sich selbst, als zu Nor.

„Ja dann muss es ja wohl König Rodrik sein, oder?", stöhnte er, als er erneut auf die Wand einschlug.

„Ich bin König Rodrik", gab sich Rodrik zu erkennen.

„Klar", antwortete Nor schnaufend, „und ich bin die Königin", gab er trocken lachend zurück.

„Du weißt es wirklich nicht?", fragte Rodrik leicht ungläubig.

„Was weiß ich nicht?", fragte der Mann stumpfsinnig auf die Wand einschlagend.

„Dass ich dein König bin", wiederholte Rodrik und hielt seinen Arm mit der Fackel ausgestreckt vor sich. Nor hörte auf zu hacken und blickte Rodrik nun ernst ins Gesicht und alle Farben schien ihn zu verlassen, als er mit weit aufgerissenen Augen Rodrik erkannte.

„Bei den Göttern Ihr seid es wirklich!" Augenblicklich ließ er sich auf die Knie fallen.

„Mein König, kommt ihr, uns zu retten?", fragte er voller Hoffnung in Richtung des Bodens.

„Erhebe dich", erlaubte Rodrik ihm flüsternd und er tat wie ihm geheißen.

„Ich brauche deine Unterstützung, Nor. Ich brauche die Unterstützung eines jeden Gefangenen", flüsterte Rodrik.

„Wie du befielst. Ihr befehlt", verbesserte er sich hastig.

„Sind alle Gefangenen hier unten?", forschte Rodrik nach und warf mit der Fackel vor sich leuchtend, prüfende Blicke umher.

„Nein, ich glaube nicht. Wenn wir hier runtergebracht werden, sehe ich durch die Nischen ständig neue Karren mit neuen Sklaven ankommen", erzählte er bedrückt.

„Aber so groß kann Kratak doch gar nicht sein, als dass sie Platz für so viele Gefangene hätten?", fragte sich Rodrik.

„Viele, viele Sklaven lassen hier täglich ihr Leben", gab der breitschultrige Mann preis.

„Um Ta's Willen", keuchte Rodrik entrüstet, „wir müssen dem Einhalt gebieten!" Vor Wut ließ er den Pickel fallen und ballte seine Hand zu einer Faust, so dass seine frisch verkrusteten Wunden an seinem Handrücken erneut aufsprangen.

„Der Wille der Sklaven ist gebrochen, mein König. Sie haben alle die Hoffnung schon verloren und wollen bloß nicht wieder gefoltert werden", antwortete Nor mit gesenktem Kopf. „Ich bin über mein halbes Leben hier, ich kenne nichts anderes. Aber die meisten, die hierher gebracht werden, sind Männer in eurem alter, mein König." Er beendete seinen Satz abrupt, als traute er sich nicht, das Offensichtliche auszusprechen. Männer, die sowieso bald sterben würden, dachte Rodrik im Stillen, sagte es jedoch nicht.

Er bückte sich, um den Pickel wieder aufzuheben.

„Wie lange müssen wir hier unten bleiben?", fragte Rodrik wieder leise flüsternd und warf dabei erneut prüfende Blicke umher.

„Das wissen wir nicht genau, es fühlt sich aber wie ein ganzer Tag an. Die meisten hier haben die Sonne schon ewig nicht mehr gesehen", fügte er zähneknirschend hinzu.

„Wir müssen die Sklaven vereinen! Gemeinsam könnten wir entkommen. Wir nutzen die Pickel als Waffen!", flüsterte Rodrik aufrührerisch.

„Meint Ihr nicht, das wurde schon Mal versucht?", fragte Nor müde.

„Als ich noch klein war, gab es schon mal einen Aufstand. Unzählige wurden blutrünstig abgeschlachtet, einige konnten fliehen. Doch diese wurden gejagt wie Ratten, bis die Maskierten mit ihren abgetrennten Köpfen wiederkamen", erklärte er mit brüchiger Stimme. Die letzten Worte hauchte er nur noch schwach, als ginge ihm allein die Erinnerung daran sehr nahe.

„Mein Junge", begann Rodrik und ging einen Schritt auf ihn zu, „wir müssen es versuchen. Weißt du, wie viel Einfluss und Macht ich habe? Wenn wir von hier entkommen könnten, würde Kratak binnen sieben Nächten befreit werden von den Maskierten und dann würden sie bezahlen für das, was sie den Menschen hier und deinen Eltern angetan haben", schloss er und legte seine Hand auf die Schulter des jungen Mannes, welcher ihn nur verwirrt anblickte.

„Woher wisst ihr?", begann der fragend, doch Rodrik schüttelte nur den Kopf.

„Es wird alles gut. Hilfst du mir?", fragte Rodrik und blickte ihm tief in die Augen.

Nor trug offensichtlich gerade einen inneren Kampf mit sich selbst aus, bis er schließlich nickte.

Kapitel 15 – Das Holzheiligtum

„Göttin des Todes?", fragte Baldin unwissend. „Sarmarka, den Namen hab ich noch nie gehört, oder in einem Buch gelesen und normalerweise singen die Menschen doch über alles ihre Lieder?", fügte er verwirrt hinzu.

„Die Menschen singen oder sprechen aus Angst nicht über sie", erklärte der Prophet ihm und Pau.

„Es gibt auch nicht viele Schriften über sie, aber der Legende zufolge ist sie die Zwillingsschwester der Mutter, welche alles geschaffen hat", fuhr er mit gefalteten Händen fort.

„Zwillingsschwester?", fragte Baldin verdutzt. „Aber wie erkennen dann die Toten, ob sie bei der Mutter oder bei Sarmarka sind?", fragte er und die Nervosität in seiner Stimme war unüberhörbar.

„Mein Freund", begann der Prophet mit einem wehmütigen Lächeln, „genau deswegen erzählen sich die Menschen nichts über Sarmarka. Sie wollen wenigstens im Tod Sicherheit bei der Mutter und ihren Söhnen haben. Und nicht Angst haben müssen, zur Göttin des Todes zu kommen und ihr Leben nach dem Tod auf ewig dort zu fristen."

„Aber wenn man dieser Legende wirklich Glauben schenken mag", begann Baldin, der unruhig auf seinem Stuhl hin und her rutschte, als würde er gleich bereits sterben, „dann wissen wir ja im Tod gar nicht, ob wir bei der Mutter oder Sarmarka sind, wenn sie völlig identisch aussehen", endete er leicht panisch.

„Ich denke, man erkennt es schnell an den Taten der Göttinnen", meldete sich Haras zu Wort.

„Ob sie dich quälen oder dir Reichtum in der Ewigkeit schenken", ergänzte er, seinen Löffel zurück in die Schale legend.

„Wir wissen nichts über den Tod", sagte der Prophet, wie um die Diskussion sofort zu beenden.

„Wir können nur in alten Schriften der ersten Gelehrten, die noch zusammen mit den Göttern gelebt haben, erfahren, dass Sarmarka nicht grundlos morden lässt", fuhr er fort und warf einen Blick in die Runde.

„Sarmarka kehrt in Personen ein, wie ein Gift, wie ein Parasit, der die Menschen befällt und sie nicht mehr Herr über sich selbst sein lässt und macht sie zu Mördern", sagte er mysteriös.

„Sie würde nie selbst in Erscheinung treten. Sie flüstert in die Ohren ihrer Opfer und befiehlt ihnen zu morden, grausam zu morden", ergänzte er mit dumpfer Stimmen, da er die Hände vor seinem Mund gefaltet hatte.

„Also könnte es uns allen passieren? Dass wir Sarmarka zum Opfer ihres Morddursts werden?", fragte Agath mit vor Angst weit aufgerissenen Augen. Der Prophet zögerte etwas, bevor er antwortete und alle Blicke ruhten auf ihm. Sollte er der Frau sagen, dass der Legende zufolge nur jemand, der schwachen Herzens war, zu Sarmarkas Marionette werden könnte, was somit auf sehr viele Person in Anasta zutreffen würde? Oder sollte er Lügen, damit dieses alte Paar keine Dummheit beging? Der Moment der Stille wurde immer länger, und so entschied er sich, die Wahrheit zu sagen.

„Nun ja, also in den Schriften steht, dass Sarmarka sich die im Herzen Schwachen aussucht. Die, die wankelmütig sind, dies steht bei Timotheus geschrieben, können Sarmarkas unfreiwillige Diener werden", schloss er, plötzlich gewiss, soeben einen Fehler begangen zu haben.

Haras und Agath blickten sich deprimiert und voller Trauer an.

„Wenn man dieser Sage Glauben schenken mag!", warf Baldin ein. „Wir Barden kennen jede Menge Sagen und Legenden, die sich die Menschen erzählt haben, welche nicht stimmen können. Also, wieso sind wir uns sicher, dass Sarmarka Wirklichkeit ist?", fragte er, der sonst so leichtfertig allem und jedem Glauben schenkte.

„Die Morde sind real!", brauste Haras auf und erhob sich von seinem Stuhl.

„Fünf Menschen starben in den letzten fünf Tagen! Hier in den Rotwäldern!", brüllte er und schlug seine Hände über dem Kopf zusammen. „Und jeder von uns könnte der Mördern sein! In der Nacht besessen von der Göttin des Todes!" Aufgebracht ging er in der kleinen Stube umher.

„Beruhige dich Haras", begann der Prophet leise und ruhig.

„Beruhigen?", fauchte er. „Wie soll ich mich beruhigen, wenn ich oder meine Agath", er deutete auf seine Frau, „der Meuchelmörder sein könnte?", fragte er tobend und kam dem Gesicht des Propheten nun so nahe, dass ihre Nasen sich beinahe berührten. Sofort erhob sich Pau und zog den alten Mann am Hemd zwei Fuß zurück, sodass es zu reißen drohte.

„Ich denke, ihr würdet es merken, wenn einer von euch des Nachts euer Bett verlässt. Ist doch so?", fragte der Prophet mit unterschwelliger Angriffslust in der Stimme. Das alte Ehepaar warf sich flüchtige Blicke zu.

„Heute Nacht werde ich kein Auge zu bekommen", sagte Haras entschlossen und verschwand in einer der angrenzenden Kammern. Einen Augenblick später tauchte er mit einer Laterne sowie einem lädiert aussehenden Schwert wieder auf.

„Ihr könnt für diese Nacht hinterm Haus in dem Stall schlafen", sagte Haras verstimmt. „Bei den Schafen ist es warm", grummelte er noch, während er den dreien die Hintertür aufhielt.

Es hatte zu regnen begonnen, also hasteten die drei durch die Nässe, hin zu dem offenstehenden Stall, in welchem gut ein Dutzend Schafe bereits friedlich schliefen.

„Sollte nicht auch jemand von uns wach bleiben?", fragte Baldin leicht nervös.

„Du hast recht", stimmte der Prophet ihm zu. „Ich übernehme gerne die erste Wache. Ich werde mich wohl gleich noch etwas hier umsehen. Aber vergesst nicht, wir kämpfen gegen einen Menschen, nicht gegen eine Göttin", schloss er mahnend. Die beiden nickten und schoben etwas Heu zusammen, um es sich bequemer zu machen. Wie üblich lud Pau seine gewaltige Armbrust und legte sie sich in den Schoß, bevor er sich an eine Wand lehnte und die Augen schloss. Baldin rollte sich neben Pau auf dem Boden wie eine Katze zusammen und bedeckte sich mit seinem Reisemantel. Vereinzelte Regentropfen fielen leise durch das undichte Dach auf das Heu und die Schafe.

Der Prophet klappte das Gatter der Scheune zu, beugte sich über das Törchen und stellte einen alten Eimer von innen vor die Tür, sodass unvorsichtige Eindringlinge diesen umstoßen würden, sollten sie versuchen, das Tor zu öffnen.

Der wolkenverhangene Himmel verdeckte jegliche Sicht auf die Sterne und der Regen wollte nicht aufhören zu fallen, gleichwohl es nunmehr ein leichter Niesel war.

Der Prophet zog seine Kapuze über den Kopf und nahm seine Pfeife aus der Tasche, stellte sich unter die schützenden Blätter eines Apfelbaumes und begann, den Tabak in die Pfeife zu drücken. Sarmarka, dachte er. Ob sie wirklich die Macht hatte,

Menschen zu befehligen? Wieso war dann nicht das ganze Land schon längst dem Chaos verfallen, wenn sie in jeden kehren konnte. Irgendetwas konnte an dieser Legende nicht stimmen. Ihm war bewusst, dass viele Mörder die Göttin des Todes als Ausrede vorschoben, um dem Richtblock oder dem Gefängnis zu entgehen, auch wenn dies nur in den seltensten Fällen von Erfolg gekrönt war. Doch konnten die Legenden wirklich stimmen, oder waren es nur Ammenmärchen? Morgen in der Früh mussten sie sich das Dorf genauer ansehen, jetzt jedoch brauchten sie Schlaf. Er setzte sich auf den halbwegs trocken gebliebenen Boden und dachte nach, während er den süßlichen Geruch des Tabaks roch. Was würde ihn am Hölzchen Weg erwarten? Ein verlassenes Dorf? Verbrannte und zerfallene Körper? Oder bereits neue Familien, welche sich an die alten nicht erinnern würden? Er hörte, wie kleine, achtbeinige Tiere leise klickend den Baum hochkletterten, an welchem er lehnte. Und wurde nur der Hölzchen Weg angegriffen, oder auch die umliegenden Dörfer? Wieso kam keine Hilfe aus der befreundeten Steinsteppe? Er hörte nun viele Spinnen sich den Baum hochkämpfen, einige fielen bei dem Versuch ihn zu besteigen hinab in den Schoß des Propheten, wo sie hilflos auf dem Rücken lagen, unfähig sich zu drehen. Der Weg vom Hölzchen Weg bis ins Mondtal war ein langer und gefährlicher. Selbst wenn sie den Angreifern entkommen konnten, mussten sie immer noch einen weiten Weg auf sich nehmen.

Wie aus dem Nichts bildete die Finsternis um ihn herum Gestalten, welche zu einem festen Körper wurden, „Wo warst du?", hauchte die eine, bevor sie sich in Rauch auflöste. Doch an deren Stelle formte sich bereits eine neue Kreatur, die mit dunkler Stimme sprach: „Deine Familie im Stich gelassen, für was? Dein Vermächtnis?". Wie durch einen Bolzenschuss verlor sie sich im

Rauch. Eine nächste erschien unmittelbar an seinem Ohr und zischte: „Prophet? Lüg dich nicht selbst an, Lügner." Der Prophet spürte, wie sein Rücken an Halt verlor. Der Baum, an dem er gelehnt hatte war nicht länger dort, stattdessen lehnte er an einer Säule von Spinnen, welche umzufallen drohte. Einzelne Handteller große Spinnen fielen herab in sein Gesicht und wollten gerade ihre behaarten Füße in seinen Mund setzen, da...

Er schreckte hoch. Immer noch lehnte er an dem Apfelbaum mit der erloschenen Pfeife in seinem Schoss. Keine Spinnen. Keine Nebelgestalten. Schlaftrunken blickte er sich zu allen Seiten um, doch konnte er in der Dunkelheit nichts erkennen. Rasch erhob er sich und lief zum Stall, in welchem Pau und Baldin hoffentlich noch schliefen. Wie lange hatte er wohl geschlafen? Es hatte aufgehört zu regnen, der Mond stand hoch über ihm, es konnte also nicht allzu lang gewesen sein - doch genug Zeit für Sarmarka?

Er stieß das Stalltor auf, wobei der Eimer lärmend umfiel und Pau hochschreckte, die Armbrust sofort auf ihn gerichtet.

„Ich bin es, Pau, ich bin es!", versuchte der Prophet ihn zu beruhigen, doch der andere nahm nicht gleich seine Armbrust herunter. Stattdessen beäugte er den Propheten noch einen Moment, als müsse er sicher gehen, dass seine Augen ihm keinen Streich spielten, bis er die Waffe letztendlich doch sinken ließ.

„Was ist passiert? Wieso weckst du uns?", fragte Baldin höchst mürrisch.

„Verzeiht mir, ich war unachtsam. Pau könntest du", begann er zu fragen, doch noch bevor er seine Frage zu Ende bringen konnte, hatte Pau sich schon erhoben, klopfte dem Propheten auf die Schulter und ging vor den Stall, um Wache zu halten.

„Schlaft ihr beiden", grummelte er über die Schulter. „Ich hab genug geschlafen", fügte er nicht ganz wahrheitsgemäß hinzu. Gleichsam dankbar wie müde ließ sich der Prophet ins Heu fallen, legte seinen Kopf auf ein friedlich dösendes Schaf und schlief augenblicklich wieder ein.

Froh über eine traumlose Nacht wachte der Prophet, geblendet von den ersten Morgenstrahlen, auf.

„Pau?", rief er heiser und bekam ein Grunzen als Antwort, welches ihm ausreichte, um zu wissen, dass sein treuer Begleiter noch wach war.

„Ich guck mal bei Haras und Agath rein", meinte Pau und erhob sich schwerfällig. Der Prophet rieb sich die Augen und allmählich erhoben sich die Schafe und gingen unbeeindruckt von ihren Besuchern hinaus zum Grasen. Ich hab schon an schlimmeren Orten geschlafen, dachte der Prophet, als Pau polternd zurück in den Stall kam.

„Das musst du dir ansehen. Rasch!", sagte Pau aufgebracht. Der Hüne war nur höchst selten so aus dem Gleichgewicht, es musste also etwas wirklich Schlimmes vorgefallen sein. Der Prophet sprang auf, stieß mit dem Fuß den fest schlafenden Baldin wach und stürmte hinter Pau her durch den Hintereingang des Hauses in die Stube hinein. Was er sah, ließ ihn bleich wie den Tod werden.

Haras und Agath hingen von einem Querbalken der Stube, jeder an einem Strick aufgehängt herab. Ihre Hände waren mit einem Stück Wolle aneinandergebunden. Der Prophet taumelte nach hinten und ließ sich schwer keuchend, als wäre er gerannt, auf einen Stuhl fallen.

„Das ist meine Schuld", stöhnte der Prophet.

„Was redest du denn da?", fuhr Pau ihn an. „Das war Sarmarkas Werk", ergänzte er erzürnt.

„Nein", flüsterte der Prophet. „Sie haben sich selbst umgebracht. Die Angst, Sarmarkas Marionetten zu werden, hat sie in den Wahnsinn getrieben. Ich hätte es ihnen nicht sagen dürfen", hauchte er dem Erdboden entgegen. „Sie wollten im Tod verbunden sein, damit die Götter sie nicht trennen können." Traurig deutete er auf ihre verbundenen Hände. „Sie müssen gemeinsam vom Stuhl gesprungen sein." Immer noch schwer atmend erhob der Prophet sich und ging in Richtung der verschlossenen Tür.

„Was jetzt?", hörte er Pau plötzlich kleinlaut fragen.

„Wir finden den Mörder und vernichten ihn", sagte er gerade so laut, dass Pau es hören konnte, in einem Ton, welcher bedrohlicher war als jedes Schreien. Er hatte ein Gefühl, ein tiefsitzendes Gefühl, dass er diesen Menschen hier helfen musste, bevor er sich auf die Suche nach seiner Familie machte. Er wusste nicht genau warum, denn sein Bruder war ihm der liebste Mensch auf der Welt. Doch vielleicht hatte Pau in Pasania recht gehabt, vielleicht sollten sie anfangen, den Menschen, den einzelnen Personen zu helfen, bevor er sich Größerem widmete.

Er öffnete die Tür zum Weg, der sich allmählich mit Leben füllte. Von Menschen, deren Leben unberührt vom Tod waren, unberührt vom Leid, welches Haras und Agath wohl gefüllt haben müssen.

Pau und Baldin kamen ihm nach und als er die Tür zuschlug, sah er kein Blutzeichen daran.

„Keine Göttin also", sagte er finster zu den beiden. „Bloß ein Bastard, der ungestraft Unschuldige ermordet", fügte er mit geballter Faust hinzu.

„Wo fangen wir an?", fragte Baldin mit noch vom Schlaf geschwollenen Augen.

„Bei den Opfern", gab der Prophet kurz und entschlossen zurück.

Als sie über den Weg in das Dorfinnere liefen, wurden sie von allen Seiten argwöhnisch beäugt und der Prophet versuchte gar nicht erst, ihren Eindruck durch ein freundliches Lächeln zu bessern. Er war gekommen, um den Meuchelmörder zu finden und zur Strecke zu bringen. Schnellen Schrittes und ohne, dass sie jemand ansprach, liefen sie durch die eigentlich herrlich rot blühenden Wälder, die dem Propheten heute alle trist erschienen. Sie sprachen während des gesamten Weges kein Wort, Pau und Baldin hatten den Propheten noch nie so erbost gesehen. Vereinzelt kamen sie an Häusern vorbei, welche jedoch alle kein Blutzeichen an der Tür erkennen ließen. Bis sie endlich eine kleine Gruppe von fünf Häusern erreichten.

Sie hielten vor einer blutverschmierten Tür. Auf ihr waren zwei miteinander verbundene „S" zu sehen, die untereinanderstanden und durch einen Kreis verbunden waren. Von dem Kreis gingen acht einzelne Blutstreifen nach außen ab.

Der Prophet fuhr sorgfältig mit seinen Fingerspitzen über das Blut und stutzte plötzlich

„Wo liegen eigentlich die Opfer der Morde?", fragte er nun langsam. Pau und Baldin hoben ratlos ihre Schultern. Der Prophet klopfte langsam dreimal an die Tür, bekam jedoch keine Antwort, also stieß er sie vorsichtig auf.

Der Geruch von Fäulnis schlug ihnen in die Nase und ließ sie instinktiv die Hand vor das Gesicht heben. Als die Tür aufschwang, sahen sie etliche Ratten in ihren Löchern verschwinden. Auf dem Tisch inmitten des Raumes lag ein Leichnam, über welchem dicke Fliegen schwirrten. Der Prophet merkte, wie Baldin hastig zurück zu Tür stolperte, beinah hindurch fiel und sich draußen erbrach. Auch ihm war nicht wohl zumute bei diesem Anblick, doch er ging noch einen Schritt näher, um sich den Toten genau anzuschauen. Es war ein scheußlicher Anblick. Der Mann, oder vielmehr, was von ihm übrig war, lag mit von sich gestreckten Armen und Beinen auf dem Tisch. Doch sein Brustkorb war aufgerissen, als hätte sich ein wildes Tier daran gelabt. Jede einzelne Rippe des Körpers schien gebrochen und in Richtung zur Decke gebogen zu sein. Dunkles, verfaultes, stinkendes Fleisch hing schlaff von den Knochen herab und die Eingeweide quollen wie benutzt aus seinem geöffneten Körper. Große Stücke aus seinem Oberschenkel und seinen Armen schienen einfach zu fehlen, als hätte ein wilder Hund sie herausgerissen. Doch das Merkwürdigste war, dass sein Herz fehlte.

„Was für'n Tier würde so was tun?", fragte Pau völlig entgeistert und blickte aus einem gut drei Fuß langen Sicherheitsabstand auf den Toten.

„Kein Tier", begann der Prophet bitter und voller Abscheu. „Ein Mensch. Jemand wie wir", schloss er und blickte unter den Tisch, als suche er das fehlende Herz.

„Der war nicht so wie wir", sagte Pau kopfschüttelnd und machte zwei Schritte zurück, wobei er einen Eimer, sowie einen Stuhl umstieß, wovon er jedoch keine Notiz nahm.

„Wir müssen das beenden!", sagte der Prophet plötzlich mit rauer Stimme an Pau gerichtet.

„Meine Armbrust hast du!", erwiderte Pau nickend und warf einen beinah sehnsüchtigen Blick zur Tür, welchen der Prophet mit einem Nicken aufgriff.

Hastig lief Pau zu Tür hinaus, doch der Prophet ließ seinen Blick noch einmal durch das Haus schweifen. Der Mann musste schon mehrere Tage tot hier liegen. Wahrscheinlich hatten die Bewohner des Dorfes zu große Angst, ihn zu beerdigen. Doch wieso? Wieso, fragte er sich, ausgerechnet dieser Mann? Oder war er nur als ein zufälliges Opfer gewählt worden? Der Mörder war kein Anfänger, zu präzise waren dem Mann auf dem Tisch alle Knochen gebrochen worden. Große Kraft war dafür nötig gewesen, das stand fest. Was ging in dem Kopf eines solchen Mörders vor? Was trieb ihn an? Hass? Rache? Verzweiflung? Oder das, was jeden Mann in Anasta verrückt werden ließ - das Gold? Der Prophet war sich fast sicher, dass dies ein Auftragsmord oder ein ritueller Mord war. Es war längst kein Geheimnis mehr, dass in Anasta Auftragsmörder herumliefen, die für Gold ihre eigene Mutter töten würden. Sie kannten kein Ehrgefühl und keinen Anstand. Ihnen ging es nur um das Gold, die Gier machte sie blind. Und wer blind ist, kann nicht mehr sehen, was richtig und was falsch ist.

Der Prophet warf einen letzten Blick auf das geschundene Opfer und verließ ebenfalls das Haus. Bleich wie der Tod selbst fragte Baldin: „Wer macht denn sowas?", und rieb sich mit dem Handrücken über den Mund.

„Genau das ist die Frage", erwiderte der Prophet stirnrunzelnd.

„Was hattet ihr da drin verloren?", eine Gruppe von vier jungen Männern kam auf sie zu. Der Wortführer war ein Mann mit schmutzig-blondem Haar, dass ihm in sein längliches Gesicht fiel. Er hatte massive Unterarme und Hände groß wie Bärentatzen, in welchen er eine Holzfälleraxt hielt.

„Wir sah'n euch erst beim alten Haras aus dem Haus kommen und er ist tot. Jetzt kommt ihr zurück, um euch an eurem vorherigen Opfer zu ergötzen?", er spuckte vor ihnen auf den Boden.

„Ihr seid krank!", fügte er voller Abscheu hinzu.

„Nein, ihr versteht nicht", begann der Prophet und hob seine Hände. „Wir sind hier, um zu helfen", fügte er mit ruhigem Ton hinzu.

„Helfen also?", spottet einer der Männer. „Helfen zu gucken, ob wir noch unsere Herzen in der Brust schlagen haben?", fügte er zornig und misstrauisch hinzu. Nun wurde der Prophet hellhörig.

„Wurden den anderen Opfern auch die Herzen entnommen?", fragte er und seine Augen verengten sich zu Schlitzen.

„Tu doch nicht so!", blaffte einer der Männer und deutete bedrohlich mit einem schmutzigen Finger auf den Propheten, der davon unbeeindruckt bleib.

„Denkt ihr, wir würden am helllichten Tage einfach aus den Häusern herausspazieren, in welchen gemordet wurde, wenn wir was zu verbergen hätten?", fragte der mit hoch gezogenen Brauen.

„Wenn ihr so dumm seid, ist mir das doch scheißegal!", fauchte der Mann mit der Axt und macht einen Schritt auf sie zu. In nur dem Bruchteil eines Herzschlages hatte Pau seine Armbrust samt Bolzen gezogen und auf den näherkommenden Mann gerichtet.

„Noch einen Schritt...", knurrte Pau herausfordernd. Augenblicklich hoben alle ihre Waffen und die Anspannung der Männer lag förmlich in der Luft.

„Sachte", sagte der Prophet und legte eine Hand auf die schussbereite Armbrust seines Begleiters, der sie langsam, wenn auch nicht gesichert, sinken ließ.

„Wir wollen nicht noch mehr Blut vergießen, als es bereits schon geschehen ist", versuchte er die Streitsüchtigen zu beruhigen.

„Nur noch das von euch dreien, danach wird das Morden stoppen", fauchte ein kleinerer Mann angriffslustig.

„Halt's Maul!", fuhr Pau ihn grob an und ließ seine Armbrust wieder nach oben schnellen.

„Pau!", rief der Prophet eindringlich und wie gelähmt stand Pau nun dort, als wäre er unfähig sich zu bewegen.

„Es reicht", sagte der Prophet, doch klang er nun nicht mehr erzürnt, sondern viel mehr erschöpft und müde.

„Was ist los großer?", spottete einer der Männer nun über Pau, welcher darauf nicht die geringste Regung zeigte.

„Es ist die Größe des Geistes, Leben zu verschonen", antwortete der Prophet. „Ein Leben nehmen kann jeder, ein Leben wahren, dies ist nur den Größten vorbehalten." Stirnrunzelnd blickten die Männer nun den Propheten an.

„I-ich k-kenne Euch." Nur mühsam stotternd brachte einer der Männer, der bis dahin geschwiegen hatte, die Worte hervor, woraufhin die anderen ihn völlig entgeistert anschauten.

„Man nennt Euch Prophet", fuhr der Mann mittleren Alters fort.

„So ist es. Bitte sage uns, starb diese Nacht jemand?", fragte der Prophet um einen mitfühlenden Ton bemüht. Dem Mann mit der Axt in Händen trieb es die Tränen in die Augen.

„Das wisst ihr doch", schluchzte er und deutet mit seiner Axt auf den Propheten.

„T-Tobas, er w-war es nicht.", stotterte nun wieder der Mann, welcher ihn als Propheten erkannt hatte. „V- verzeiht ", fuhr er fort, „s -seine Mutter wurde h- heute Abend vom Tod b - berührt ", schloss er kleinlaut. „Doch s -sie hat ihr Herz n -noch!", ergänzte er.

„Als ob das irgendwas besser machen würde", fuhr Tobas ihn an und wische sich die Tränen aus dem Gesicht. Doch der Prophet wurde hellhörig und sein Herz begann unwillkürlich, ohne dass er wusste warum, schneller zu schlagen.

„Bringt mich zu ihr", sagte er und war sich so selten wie noch nie bewusst, dass er der Prophet war, der N'Ahnarasha.

„F -folgt mir", fügte sich der Mann, der ihn erkannt hatte und sie gingen einen nahegelegenen Hügel hinunter, an welchem mehrere kleine Holzfällerhütten standen und an dessen Fuß sich bereits beinah das gesamte Dorf eingefunden hatte.

„Wieso sind all die Menschen dort?", flüsterte Baldin leise doch gerade laut genug, dass es auch der Mann, der sie führte, hörte.

„W -wir wollen Tobas M -mutter direkt b -beisetzen ", erklärte er.

„Nein!", fuhr der Prophet ihn an. „Wartet!". Er begann nun beinah zu rennen und die vier Männer, Pau und Baldin rannten hinter ihm her. Schnell lief er zu der Menschenansammlung und drängte sich hindurch, bis er die Mitte des Kreises erreicht hatte, in welchem eine Frau auf einem Tisch neben einem ausgehobenen Grab lag. Verständnisloses und mürrisches Gemurmel wurde immer lauter und ein großer bedrohlich aussehender Mann kam auf ihn zu.

„Vater, warte!", rief Tobas, während er sich noch durch die Menge kämpfte. Der große Mann blieb stehen und blickte nun eher verwirrt als erbost.

„Was hat das zu bedeuten?", fragte er und hielt seine Augen auf den Propheten gerichtet. Tobas kam mit dem stotternden Mann, Pau und Baldin zu ihnen in die Kreismitte.

„Er will nur helfen", stammelte Tobas.

„Wie? Mein Schatz ist tot." Auch dem großen Mann rannen vereinzelte Tränen über die vernarbte Wange. Der Prophet wusste nicht, was er zu tun hatte, doch etwas in ihm sprach zu ihm, gab ihm Befehle. Er ließ seinen Beutel von den Schultern gleiten und öffnete ihn. Er holte ein Phiole mit einer klaren Flüssigkeit heraus, Wasser aus dem höchsten Punkt des Himmelstors, es war das reinste Wasser Anastas. Er kniete sich neben den Tisch, sodass seine Brust auf der Höhe der toten Frau war. Dann legte er seine Hände auf sie, eine auf den Bauch, die andere auf ihr Herz und er spürte, wie kalt ihr Körper war. Allmählich verstummte die Menge. Er schloss seine Augen und merkte, wie sehr seine Hände zitterten. Dann begann er leise zu murmeln und er merkte, wie seine Lippen sich bewegten, doch waren es nicht seine Worte, die er hörte. Es war, als würde dieses Wissen in ihm schlummern, als hätte es nur darauf gewartet, geweckt zu werden.

„*Uralu biloah sharaka. Gijho posta quisa bakator. Vu re Olyparn tasatash. U te N'Ahnarasha. U te N'Ahnarasha.*" Der Prophet kippte nach hinten und schlug plötzlich seine Augen auf und rang nach Luft.

„Schnell richtet sie auf!", sagte er schwach, wenn auch davon überzeugt, das Richtige zu tun und kämpfte sich auf die Beine. Ohne nach dem Grund zu fragen, eilte Pau zu der leblosen Frau und richtete ihren Oberkörper auf. Er entkorkte die Phiole und goss einen Teil der Flüssigkeit in seine rechte Hand, wobei etwas von dem Wasser verloren ging, doch das kümmerte ihn nicht. Er spürte, wie alle Blicke gebannt auf ihm ruhten.

„Öffne ihren Mund", sagte der Prophet leise zu Pau, der tat wie ihm geheißen. Ein leises Wimmern ging von Tobas und seinem Vater aus. Er legte seine linke Hand auf die Stirn der toten Frau, bevor er nun mit lauter, kräftiger Stimme zu sprechen begann.

„*Ta N'Ahnarasha quisa te. Ag N'Ahnarasha quisa te. Fra me Zurash! Frau me Zurash!*", er ließ das Wasser des höchsten Berges in ihren Mund fließen und trat erschöpft einen Schritt zurück. Pau legte den regnungslosen Körper vorsichtig wieder auf den Tisch. Völlige Stille lag über den Menschen. Niemand wusste, was oder ob etwas passieren würde, nicht einmal der Prophet selbst.

„Was habt ihr getan?", fragte nun der Mann der Verstorbenen schwach und konnte seinen Blick nicht von seiner toten Frau wenden.

„Ich", begann der Prophet zu stammeln, „ich wollte…" Doch bevor er weiterreden konnte, hörte man einen tiefen, schweren, befreienden Atemzug, der eben noch tot gewesenen Frau und die gesamte versammelte Menge begann zu schreien. Ihr Mann stolperte nach vorne zu dem Tisch und hielt ihren Kopf in seinen Händen.

„Bist du es Mia? Bist du es, meine Mia?", fragte er laut schluchzend über das Geschrei der Menschenmenge hinweg.

„Ich bin es", gab sie sichtlich verwirrt wieder. „Natürlich bin ich es", wiederholte sie und schloss, ebenfalls weinend, ihren Mann in die Arme.

„War das Magie?", fragte Tobas und als ob die Menge auf diese Frage gewartet hätte, verstummte sie, neugierig auf die Antwort des Propheten.

„Nein, es war keine Magie. Niemand besitzt die Fähigkeit, Menschen von den Toten wiederzubringen, außer die Götter. Sie haben nur durch mich gehandelt, ich war ihr Arm und ihre Zunge", rief er laut, damit alle es hören konnten. Wieder hatte er das Gefühl, dass jemand anderes ihm diese Worte in den Mund gelegt hätte, doch er wusste, dass sie der Wahrheit entsprachen. Die Menschen fingen wieder an zu tuscheln und man hörte sie alle immer wieder sagen es sei ein Wunder, es sei ein Wunder.

„Aber wie hast du das gemacht?", fragte Baldin, welchem immer noch der Mund offenstand.

„Ich weiß es nicht. Etwas in mir sagt mir, was zu tun ist. Und ich gebe mich dem hin", erwiderte der Prophet müde lächelnd.

„Aber wieso rettet Ihr dann nicht jeden Menschen vor dem Tod?", fragte Tobas.

„Nicht für jeden ist das Leben eine Rettung und nicht jeder verdient es, gerettet zu werden. Nur wenn die Götter entscheiden, meine Arme und meine Zunge zu lenken, kann ich Heilen", sagte er und legte seine Stirn in Falten. Wieder erhob sich Gemurmel unter den Umstehenden.

„Bringt ihn in das Heiligtum", verlangte eine Stimme aus der Menge.

„Ja, in das Holzheiligtum", stimmte eine zweite bei. Was war das Holzheiligtum, fragte der Prophet sich stirnrunzelnd, gleichwohl er gegen diese Masse an Menschen ohnehin nichts ausrichten konnte. Sie formten eine Gasse, gerade breit genug für ihn, um zwischen ihnen her zu gehen und hunderte Hände an sich entlang gleiten zu spüren. Mit Pau und Baldin im Rücken ging er entlang der unzählbaren Menschen, die ihn alle anstrahlten. Ihm war nicht bewusst, dass so viele seine Heilung gesehen hatten.

Sie wurden auf eine Lichtung geschoben, welche wohl zwischen den vielen kleinen Dörfern der Rotwälder lag. Ein gewaltiges Holzgerüst, das aus einem noch gewaltigeren Baum ragte, ließ ihm den Atem stocken. Er hörte, wie Pau hinter ihm vor Beeindruckung leise fluchte. Der Baum war größer gewachsen als jeder andere Baum, den er je in seinem Leben gesehen hatte. Er war von gut drei, ja sogar, vierfacher Größe eines normalen Baumes, und seine Krone warf einen mächtigen Schatten über beinah die gesamte Lichtung. Um die starken Wurzeln des Baumes, welche allein schon die Höhe eines kleinen Hauses hatten, war eine Art Treppe aus Holz gebaut, die hoch führte zu etwas, das wie eine gewaltige Kathedrale aussah, die in das Innere des Baumes führte.

„Geht hinein! Geht hinein!", verlangten die Völker der Rotwälder einstimmig. Und so bestiegen der Prophet, Pau und Baldin die hohen Treppen, hin zur kunstvoll gearbeiteten Flügeltür, die in die Kathedrale führte. Je höher sie hinaufstiegen, desto leiser wurde der Lärm am Fuße der Treppe und oben angekommen versperrten ihnen zwei Männer den Weg hinein in das Heiligtum. Sie waren groß gebaut und adrig. Sie trugen lediglich einen Lendenschurz, doch hatten sie eine Art Helm auf dem Kopf, der dem Geweih eines jungen Hirsches glich. In ihren Händen hielten sie jeweils einen Stab, welcher zwei spitze Enden hatte.

„Nur der Gesandte", gaben sie ihnen Wortkarg zu verstehen. Und noch bevor Pau oder Baldin protestieren konnten, begann der Prophet zu sprechen.

„*Ziza n riash*", wiederholte er an Pau und Baldin gerichtet, woraufhin Baldin unwissend seine Stirn in Falten legte.

„Die Zeit ist gekommen ", knurrte Pau, was den Propheten lächeln ließ.

„Ach, die Zeit", sagte er träumerisch.

„Das ist schon etwas Merkwürdiges, oder?", fragte er und blickte nun abwechselnd Pau und Baldin an, welche nur verwirrt zurückschauten.

„Wenn wir in Eile sind, scheint sie zu rennen, und wir ihr hinterher." Er warf einen Blick auf die immer noch versammelte, johlende Menge unter ihnen.

„Wenn wir jedoch dem Schmerz verfallen sind, scheint sie stehen zu bleiben, als wollte sie uns quälen." Er drehte sich wieder zu seinen treuen Begleitern um. „Doch wenn wir einen glücklichen Moment erleben, scheint sie uns zu jagen, der Moment, welcher ewig halten könnte, wird durch die Zeit zerstört." Er hielt inne.

„Verstehst du, was ich meine?", fragte er mit leicht heiserer Stimme und wandte sich an Pau, der bloß langsam den Kopf schüttelte.

„Die Zeit wird von unseren Gefühlen bestimmt", begann er energisch und gestikulierte mit seinen Händen. „Also Pau, Baldin, lasst uns jeden Moment perfekt machen. Dass die Zeit uns nicht zum Narren hält. Wartet hier auf mich", schloss er, blickte sie an und streckte erst Baldin, dann Pau seine Hand entgegen. Die Freunde schlugen ein und Paus Pranke umschloss die Hand des Propheten komplett. So standen die drei Männer da, blickten sich voller Respekt an und schließlich kehrte der Prophet ihnen den Rücken zu und ging durch die Tür. Endlich wusste er es, er war der N'Ahnarasha.

Kapitel 16 – Die Rede vor dem Volk

Die Sonne stand bereits hoch über den Häusern Nams, als Ewe mit Ranun den Wohnbezirk der Soldaten verlassen wollte. Viel Zeit blieb ihr nicht mehr, bis sie wieder im Schloss seinen musste. Daher liefen sie geradewegs zur Kaserne, um einen Trupp in die Sümpfe loszuschicken. Doch als sie nichtsahnend die letzte Unterführung des Wohnbezirks der Soldaten passierte, hörte sie bereits laute Rufe und klirrende Geräusche vor dem Schloss, als würde eine Armee schwer gepanzerter Soldaten sich dort positionieren. Sie beschleunigten ihren Schritt, um zu sehen, was da vor sich ging und ihre Vermutung bewahrheitet e sich. Weit über zweihundert königliche Soldaten formierten sich auf dem Vorplatz. Ihre purpur-goldenen Rüstungen strahlten hell und majestätisch in der Sonne. Langschwerter, Streitäxte sowie Bögen hielten sie in Händen, bereit zum Handeln.

„Was hat das zu bedeuten?!", schrie Ewe gegen den Lärm der nachrückenden Soldaten an. Doch sie erhielt keine Antwort. Es hatten sich bereits hunderte Schaulustige vor dem Schlossplatz gesammelt, welche sich Fragen zu riefen und auf sie deuteten. Ewe merkte, wie sich das Gefühl der Panik in ihr breit machte und an ihr empor kroch. Verunsichert trat sie vor die Soldaten.

„Wer hat dies Befohlen?", rief sie erneut gegen den nun leiser werdenden Lärm, doch erneut gab keiner der Soldaten eine Antwort. Plötzlich hörte sie ein Pferd wiehernd heranpreschen. Auf dessen Rücken saß ein Mann, den sie wegen seines geschlossenen Helms nicht erkennen konnte. Das Pferd samt Reiter blieb knapp vor ihr stehen und der Mann nahm seinen Helm ab. Sie erkannte nun den Feldherren Risai.

„Herrin Baron?", sagte Risai, welcher wie die Soldaten eine purpur-goldenen Rüstung trug. Er hatte kurzes, für sein Alter nicht untypisches graues, schütteres Haar und auffallend abstehende Ohren.

„Was hat das zu bedeuten, Risai?", fuhr Ewe den Mann an, welcher noch immer von seinem Pferd auf sie herabblickte.

„Lord Karus gab den Befehl", begann er zögerlich, doch sie fiel ihm sofort ins Wort: „Lord Karus gab Euch also einen Befehl?", schnauzte Ewe Risai an. „Mit welchem gottverdammten Recht", Ewe sprach immer lauter und wütender, „gibt euch Lord Karus einen Befehl, den Ihr naiver Narr auch noch befolgt?". Das Unbehagen stand dem Mann ihr gegenüber ins Gesicht geschrieben.

„Nun ja", Risai rang, nun offensichtlich peinlich berührt, nach Worten. „Er sagte, König Rodrik würde vermisst werden und die königliche Armee solle in die Sümpfe ausrücken, ihn zu suchen." Allmählich gewann dieser sonst so gestandene Mann seine Fassung wieder.

„Lord Karus mag wohl bei unserem König ein hohes Ansehen genießen, doch ich dulde ihn nur, ich akzeptiere ihn nicht!", sagte Ewe laut und deutlich und ihre Worte hallten auf dem Platz wider. Daraufhin erhob sich leises Gemurmel in der Menge.

„Lord Karus hat keine Befehlsgewalt über die königliche Armee, es war nicht vereinbart, dass die Armee gerufen wird." Ewe wandte sich nun von Risai ab und sprach direkt zu den Kämpfern: „Jeden Soldat, der den Befehlen von Musol Karus Folge leistet, lasse ich aus der Stadt verbannen!" „Der- oder diejenige wird geächtet sein!", fügte sie hinzu und ein Raunen ging durch die Soldatenmenge.

„Habt ihr das verstanden?", schrie Ewe über den Vorplatz und soweit sie sehen und hören konnte, klopften sich alle Soldaten mit ihren Waffenknäufen gegen ihre Schulter, was hieß, sie hatten verstanden.

Ewes Gedanken überschlugen sich nun. Was wollte Karus damit bezwecken, die Soldaten loszuschicken? Wollte er Verwirrung stiften? Zwietracht säen? War sie in ihrer impulsiven Art zu hart gewesen mit ihren Worten? Feldherr Risai schien unruhig zu sein, denn er fragte Ewe nun vorsichtig: „Herrin Baron, sollen wir nun in die Sümpfe ausrücken oder nicht?" Ewe blickte hoch zu ihm, doch sie hatte ihre Entscheidung getroffen. Lord Karus wollte beinah die gesamte königliche Armee aus der Stadt schicken, nachdem er wahrscheinlich selbst Rodriks Entführung veranlasst hatte. Er war des Königs engster Freund, Rodrik hatte ihm bestimmt von seinem Plan erzählt, in die Sümpfe zu gehen. Und dann war es für Lord Karus ein Leichtes gewesen, ihn an diesem abgelegenen Ort entführen zu lassen.

Nun stellte er sich vor den Adel, ließ sie dessen Bitten darbringen um ihnen wie ein Heiliger gegenüberzustehen. Oder ihn vielleicht wie sein Großvater damals gegen den König aufzuhetzen, um selbst die Macht zu erlangen? Dem musste Einhalt geboten werden, dachte Ewe zornig aber entschlossen.

„Nein! Schickt sie alle wieder auf ihre Positionen oder in die Kaserne und schickt augenblicklich die Speerträger zu mir", erklärte sie ihm nachdrücklich und mit leiser Stimme, damit die umherstehenden Bürger sie nicht verstehen konnten. Er nickte verstehend, bevor er seine Stimme erhob: „Ich will, dass alle wieder einrücken. Wachdienste werden wie gewohnt fortgesetzt.

Los!", rief er gebieterisch über die Köpfe der Soldaten, riss sein Pferd herum und preschte los, um die Speerträger zu alarmieren, welche wenige Augenblicke später angerannt kamen. Kriegsbereit.

„Speerträger zu mir", rief Ewe laut über den Tumult hinweg. Die Soldatengruppen rückten ab und der Schlossplatz leerte sich allmählich. Die umherstehenden Bürger wurden nun von dem sich in Bewegung setzenden Heer an die Seiten der Gassen gedrückt und so leerte sich der Schlossplatz nicht nur von Militärs, sondern auch von den Bürgern, bis nur noch Ewe mit ihren Speerträgern dort stand.

„Männer und Frauen! Es ist ernst. Reitet so schnell ihr könnt in die Sümpfe, doch passt auf euch auf. Wir wissen nicht, mit wem wir es zu tun haben. Vier von euch bleiben bitte bei mir, der Rest reitet los", erklärte sie ruhig ihren Speerträger, die allesamt eine einheitliche, leichte braune Rüstung trugen, auf welcher eine Krone mit vier Zacken zu sehen war.

„Seid wachsam!", rief sie ihnen hinterher. Auch Ranun verließ mit einer leichten Verbeugung die Gruppe, doch ging er in Richtung des Schlosses.

Alle setzten sich in Bewegung, Ewe gefolgt von ihren vier im Gleichschritt marschierenden Soldaten. Sie spürte förmlich die Unruhe, die von den Männern ausging, da keiner so recht wusste, wo ihre Anführerin mit ihnen hinwollte.

An dem großen Markplatz Nams angekommen hob Ewe ihre Hand, um den vier Soldaten zu verstehen zu geben, dass sie stehen bleiben sollten. Die Besucher des Marktes reckten ihre Köpfe in Richtung der Soldatentruppe, die weiter zum Burgtor lief, einige der Bewohner riefen sich verwirrte Fragen zu, wohin die Elitegarde der Speerträger hinginge.

Ewe wandte sich zu ihren Soldaten, die sich eng um sie versammelt hatten.

„Wir gehen in die Basilika!", sagte sie gerade laut genug, damit ihre Soldaten sie verstehen, aber nicht der gesamte Platz es hören würde.

Der ihr am nächsten stehende Soldat trat einen Schritt hervor und nahm seinen Helm ab und sein schweißgetränktes schwarzes Haar kam zum Vorschein, welches er sich aus dem ansonsten makellosen Gesicht strich.

„Bitte, Matheo", erlaubte Ewe ihm zu sprechen.

„Herrin Baron, die Basilika ist dem Glauben unterstellt, nicht der Armee", sagte er schnell und ohne sie anzusehen.

„Dessen bin ich mir bewusst", sagte Ewe kalt und abweisend. „Doch wenn ich eine Bedrohung für die Stadt, die Krone und die Bürger sehe, müssen wir handeln, unabhängig von Machtbefugnissen", endete sie und ihre Blicke schienen Matheo zu durchbohren. Er setzte seinen Helm nach einem kurzen, beschämten Nicken wieder auf und trat einen Schritt zurück. Für einen Moment ärgerte sie sich, dass Ranun ihr nicht zur Seite stand, doch sie wusste, dass dies kindisch und naiv zu denken war, dass er ihr auf Schritt und Tritt folgte.

„Matheo, Katosch, Maas und Hiost . Ich vertraue euch mein Leben an. Verzeiht meinen harten Ton. Ich mache mir lediglich Sorgen um König Rodrik", offenbarte Ewe ihren Speerträgern, die nur verständnisvoll nickten. Ewe hob erneut ihre Hand und die Begleiter setzten sich in Bewegung. Unter den staunenden Blicken der Bürger rückten die Soldaten vor bis zur Basilika.

Die vier Männer stießen die Tür des Gotteshauses kraftvoll auf und das eben noch gedämpfte Stimmengewirr in der Basilika erstarb augenblicklich, als die Krieger gefolgt von Ewe durch den

Mittelgang schritten. Alle Köpfe, soweit Ewe es sehen konnte, sowohl vom Mittelschiff als auch von der Empore wandten sich ihnen zu. Die Abendsonne wurde durch die rot getönten Scheiben warm auf den langen Tisch geworfen, der am Ende der Sitzbänke stand, an dessen Stelle normalerweise der Prediger stand. Doch nicht heute. Heute saßen dort vor Kopf Musol Karus, Lord Sander sowie Lord Henn. Bewaffnet mit Pergament und Feder blickten sie nun gespannt, wenn auch nicht sonderlich überrascht, auf die hereinstürmenden Soldaten. In den Bänken und auf der Empore hatten sich gut hundert Adlige versammelt, die alle Bitten an die Krone vortragen wollten und durften. In den ersten Reihen, soweit Ewe dies erkennen konnte, saß der Hochadel Nams und manche der wohlhabendsten Handelsleute. Dies würde das Folgende nicht einfacherer machen, dachte sie kurz schweren Herzens, besann sich jedoch sofort wieder auf ihr Vorhaben.

Die vier Soldaten machten nun den Mittelgang für Ewe frei, welche unter dem hämischen Grinsen Lord Karus' nun nach vorne an den Tisch trat. Sie atmete einmal tief ein und erhob ihre Stimme so laut sie es nur konnte, ohne schreien zu müssen.

„Musol Kaurs. Ich, Ewe Baron, lasse dich wegen Intrigierens und Verrat an der Krone festnehmen!". Diese Worte hatte sie sich immer und immer wieder im Stummen aufgesagt und nun, da sie sie endlich laut aussprechen konnte, war es, als fiele eine große Last von ihr ab.

Als sie geendet hatte stießen die Besucher der Basilika einen erschreckten Schrei aus und die vier Soldaten, welche sich zuvor hinter Ewe aufgestellt hatten, gingen nun ohne Umwege direkt auf Lord Karus zu und zerrten ihn vom seinem Stuhl. Sein sonst so selbstgefälliges Grinsen gefror.

„Lasst mich los, ihr Narren!", fauchte er leise, doch die Soldaten dachten nicht daran.

„Was hat das zu bedeuten?", fragte Lord Henn aufgebracht.

„Herrin Baron, seid Ihr von Sinnen?", fügte Lord Sander völlig verständnislos hinzu.

Ewe wandte sich nun von Karus ab und drehte sich zum Volk. Vielleicht war es ja doch gut, dass so ganz Nam binnen einem kurzen Augenblick erfahren würde, welche falsche Schlange Karus war.

„Die jüngsten Geschehnisse haben mich sehen lassen, dass Karus nicht der ist, der er vorgibt zu sein." Sie holte noch einmal tief Luft, doch Lord Sander fiel ihr ins Wort.

„Erklärt euch!", forderte der alte Mann, er hatte sich mittlerweile ebenfalls von seinem Stuhl erhoben.

„Wenn ihr es mich lassen würdet", fuhr Ewe ihn kalt über die Schulter an.

„Die Funde der Scharfrichter", begann Ewe und hörte hinter sich Lord Karus verächtlich schnaufen. „Die Funde der Scharfrichter", wiederholte sie, „haben mich erkennen lassen, dass er", sie deutete auf Lord Karus, „das Werk seines Vaters zu Ende bringen möchte. Es wurden neue Artefakte gefunden, welche darauf hindeuten, dass diese Aufrührer wieder unter uns leben", endete Ewe energisch und einige Bürger schlugen sich erschrocken die Hand vor den Mund.

„Lady Baron", begann Lord Karus mit falschem Lachen, doch auch er erhob seine Stimme nun, damit ihn auch ja alle hören konnten.

„Ihr wollt doch nicht etwa mich für die Verbrechen meines Vaters anprangern?", fragte er wieder mit einem falschen Lachen.

„Wo kämen wir da hin, wenn ein jeder Sohn oder Enkel für die Verbrechen seines Vaters oder Großvaters zur Rechenschaft gezogen würde?", fügte er selbstsicher hinzu. „Ich kann es Euch sagen, es gäbe keine Städte, es gäbe keinen Adel, es gäbe keine Krone. Wir würden alle allein im Wald leben, verfeindet und abgeschottet von allem anderen Leben", endete er kalt und seine Worte schienen Eindruck bei den Anwesenden zu hinterlassen, denn die Stimmung schlug augenblicklich von verängstig, zu friedlich, ja beinah zufrieden um. Und Ewe sah, wie Lord Karus' Mund sich wieder zu seinem üblichen Lächeln kräuselte.

„Das ist noch nicht alles!", rief Ewe nun, konnte jedoch die Verzweiflung in ihrer Stimme nicht ganz verbergen. Sie stünde wie eine Närrin da, eine Närrin, die falsche Unterstellungen macht, wenn sie die Bürger jetzt nicht für sich gewinnen konnte.

„Ich habe ihn gehört!", sagte sie laut, „in der Nacht, in der der König verschwand." Wieso hatte sie das gesagt, sie wollte es nicht laut sagen, doch die Verzweiflung hatte sie dazu getrieben es laut auszusprechen und sie konnte es nicht wieder rückgängig machen. Nun war echte Panik bei den Anwesenden Bürgern und Edelleuten zu erkennen und ein Stimmengewirr erhob sich und wurde schier immer lauter.

„Was, wo ist der König?", riefen vereinzelte Stimmen.

„König Rodrik ist entführt?", rief eine andere.

„Ruhe!", schrie Ewe, ihre Fassung wiedergewinnend und augenblicklich machte sich Stille in der Basilika breit.

„Warum habt ihr das getan?", fauchte Lord Karus kaum hörbar Ewe an. „Ihr dumme Frau!", fügte er schneidend hinzu. Kurz darauf schrie er unter Schmerzen und fiel zu Boden, kurz nachdem ein beängstigendes Knacken zu hören gewesen war. Matheo hatte ihm wohl den Arm gebrochen, nachdem er seine

Herrin beleidigt hatte. Ewe nahm dies nur mit einem gleichgültigen Blick hin.

„Lord Karus hier war der Meinung, dass unser König Rodrik", sie legte eine besondere Betonung auf die letzten drei Worte, „nicht mehr in der Lage sei zu Herrschen. Und dass es an der Zeit für einen Machtwechsel sei. Genau da kommen die gesichtslosen Scharfrichter ans Tageslicht ", endete Ewe nun siegessicher, doch Lord Karus blickte sie nur verständnislos an.

„Was redete Ihr denn da?", fragte er völlig entgeistert.

„Ihr braucht euch nicht mehr hinter Masken zu verstecken, Lord Karus, ich habe Euch durchschaut. Ganz Nam hat Euch durchschaut" fügte sie hinzu und machte eine ausladende Handbewegung hoch zur Empore.

„Ich weiß wirklich nicht, wovon Ihr redet?", sagte er erneut und zum ersten Mal sah Ewe so etwas wie Verzweiflung in Lord Karus' Augen. Sie fühlte jedoch kein Mitleid, sondern viel mehr Genugtuung.

„Ich war nie bei so einem Gespräch dabei. Wie wollt ihr dies beweisen?", fragte er und kämpfte sich gegen den Druck der Soldaten wieder auf die Füße.

„Ich habe Eure Stimme im Ratsraum hinter einer verschlossenen Tür vernehmen können", offenbarte Ewe.

„Vernehmen können?", fragte Lord Henn. „Habt ihr ihn den gesehen?", fügte er sichtlich irritiert hinzu. Ewe hatte diese Frage befürchtet und wurde nun selbst etwas unruhig.

„Nein, das habe ich leider nicht", antwortete sie, doch nicht wie vorher laut und selbstsicher. Zwar mit fester Stimme, aber nicht hörbar für die gesamten Bürger.

„Er konnte sich rechtzeitig verstecken, als ich ihrer Intrige Einhalt gebieten wollte", fügte sie nun wieder laut hinzu. Sie sah, wie Lord Sander und Lord Henn mit hoch gezogenen Augenbrauen bedeutungsschwere Blicke austauschten, bis der alte Lord Sander sich erhob und um den Tisch herum auf Ewe zu ging. Sofort sprangen zwei Soldaten mit auf ihn gerichteten Speeren kampfbereit vor Ewe und versperrten ihm den Weg.

„Bitte, Lady Baron", sagte Lord Sander leise, woraufhin Ewe nickte und den Wachen befahl, zur Seite zu treten, sodass der alte Mann näher an sie herantreten konnte.

Er atmete tief ein bevor er zu sprechen begann. „Ihr riecht immer so wohltuend Lady Baron."

„Spart Euch Eure Schmeicheleien für die Huren", fuhr sie ihn kalt an. Es war kein Geheimnis, dass Lord Sander die ganz jungen Mädchen im Freudenhaus am meisten mochte. Bei diesem Gedanken schauderte Ewe vor Ekel.

„Lasst Vernunft walten", sagte er ungeachtet Ewes Worte. Warum sagten Ewe immer alle, sie solle Vernunft walten lassen? Männer wurden durch das Alter weich und verloren den Blick für die Wahrheit, dachte sie zornig.

„Was wollt ihr von mir?", blafft sie Lord Sander an.

„Musol ist ein wichtiger Teil des königlichen Rates, sein Wort hat Einfluss auf das gesamte Königreich. Wie würden wir dastehen, wenn einer der wichtigsten Männer des Landes die ganze Zeit ein Verräter war? Könnte noch irgendjemand die Krone ernst nehmen? Wie sollten wir ein Land beschützen, wenn in unseren eigenen vordersten Reihen ein Betrüger stünde?", fragte er und hob seine schrumpeligen Hände zu einer fragenden Geste hoch. Ewe funkelte den alten Mann von oben herab an. In seinen Worten lag etwas Wahres, doch es gab jetzt kein Zurück mehr. Sie durfte ihre Autorität jetzt nicht verlieren, nicht vor den Lords und schon gar nicht vor dem Volk. Sie stand für das gesamte Militär des Ostens. Sie ging einen Schritt auf Lord Sander zu, der nun etwas verängstigt aussah.

„Und was sollte ich Eurer Meinung nachtun?", fauchte sie leise.

„Sagt, es handele sich um ein Missverständnis und", er stoppte kurz und warf einen flüchtigen Blick zu Lord Karus hinüber, „kümmert euch im Stillen um ihn", endete er. Ewe gefiel es nicht, wie dieser Mann sprach. Er wollte also ein feiges Attentat ausüben? Darauf könnte er lange warten, dachte sie und funkelte ihn mit ihren smaragd-grünen Augen an. Dann richtete sie sich zu ihrer vollen Größe auf, bevor sie wieder laut und kraftvoll zu sprechen begann.

„Edelleute Nams und der umliegenden Städte und Dörfer!", begann sie. „Lord Karus ist ein Verräter und verdient eine gerechte Strafe. Diese Strafe wird unser geliebter König Rodrik nach seiner Rückkehr verhängen. Solange", sie drehte sich zu ihren Soldaten um, welche Lord Karus immer noch fest im Griff hielten, „solange wird er in den Kerker gesperrt!" Sie machte eine abweisende Handbewegung, woraufhin die Soldaten Lord Karus vor sich herschoben.

„Das war ein Fehler. Lord Ace wird Euch das nicht durchgehen lassen", flüsterte Lord Sander leise und boshaft.

Gleichgültig blickte Ewe ihn an, kehrte ihm den Rücken zu und folgte den vier Wachen. Es herrschte Totenstille, als sie durch den scheinbar immer länger werdenden Mittelgang der Basilika zu deren Ausgang liefen.

An der Tür angekommen drehte sich Lord Karus, offensichtlich unter Schmerzen, zu ihr um, bevor er zu sprechen begann.

„Ewe. Das kostet Euch den Kopf. Versprochen!" Mit diesen Worten wurde Lord Karus durch die prunkvolle Flügeltür der Basilika gestoßen.

Versucht es nur Musol, versucht es nur, dachte Ewe zornentbrannt und blinzelte in Richtung des untergehenden Feuerballs.

Kapitel 17 – Der Sturm

Es fühlte sich an, als würden Tage vergehen, während Rodrik stumm neben Nor auf die kalte, unnachgiebige Wand vor sich einschlug, bis die Maskierten sie endlich aus dem Thronsaal holten, um sie erneut in ihren Käfigen einzusperren. Vom Schwindel vor Hunger benebelt, taumelte Rodrik zurück in seine Zelle, unfähig, sich zu sträuben. Er ließ sich auf seine Knie fallen und er merkte erst jetzt, dass der Mann, mit welchem er sich noch zuvor den Käfig geteilt hatte, nicht mehr hier war. Doch er war nicht imstande, klare Gedanken zu fassen. Zwei Tage war er nun ohne Nahrung ausgekommen, doch er wusste nicht, ob sein Wille stark genug für einen Dritten war. Er schloss die Augen und versuchte, einfach zu schlafen, um den unbändigen Hunger zu vergessen.

Unmittelbar, nachdem seine Augen zugefallen waren, so fühlte es sich zumindest an, wurde er durch das laute Schlagen eines Knüppels gegen die Eisenstangen geweckt. Übel vor Hunger zog er sich an den Gitterstäben hoch, bereit, nachdem sie geöffnet wurden, sich auf die Brotkrumen zu werfen. Er musste essen, sonst würde er nicht die Kraft haben sich zu befreien.

„Kommt raus, ihr Tiere", beschimpfte der Maskierte sie und warf einen Laib Brot, zerkleinert in unzählige winzige Teile in die Mitte der vielen Käfige. Schwach drückte Rodrik die Tür auf und ließ sich zu Boden fallen. Kriechend näherte er sich dem Brot, das er nun gierig in seinen Mund schob, während er mit den anderen Sklaven zusammenstieß, welche sich auch auf das bisschen Essen stürzten.

Schnell war alles verschlungen und die Männer rappelten sich, immer noch gekrümmt vor Hunger, auf.

„Wir brauchen mehr", sagte Rodrik brüchig. Der Maskierte, der im Gehen begriffen war, blieb stehen und drehte sich unheilverkündend um.

„Wer hat das gesagt?", fragte er leise und bedrohlich. „Wer hat das gesagt?", schrie er nun und alle Männer blickten hastig zu Boden, um seinem Blick auszuweichen. Rodrik fühlte sich schmutzig, erbärmlich und klein. Wie wollte er diese Männer zu einer Flucht bewegen, wenn er sich nun versteckte. Rodrik nahm seinen letzten Rest Würde zusammen und trat vor.

„Ich habe gesprochen", sagte er und bemühte sich, so selbstbewusst wie es ihm nur irgend möglich war, zu klingen.

„Ah, unser Ehrengast", spottete der Soldat süffisant grinsend.

„Wollt Ihr ein Schwein? Einen schönen saftigen Eber?", fuhr er sarkastisch fort.

„Warum spottet Ihr?", klagte Rodrik ihn an. „Ihr wollt, dass wir ere Arbeit erledigen? Dies würden wir jedoch viel schneller und besser machen, wenn wir Nahrung bekommen würden." Rodrik war selbst über seine sicheren Worte überrascht, darum redete er schnell weiter. „Ich denke, euer König ist nicht erfreut, wenn er in einem schlecht gearbeiteten Thronsaal sitz?", fragte er und die Männer ringsum trauten sich, ihre Blicke wieder zu heben, wohl beeindruckt von der Kühnheit, welche Rodrik ihren Peinigern entgegenbrachte. Geräuschvoll zog der Mann die Nase hoch bevor er antwortete.

„Weißt du was? Rodrik von Nam, König des Ostens", begann er zu spotten, doch die anderen Sklaven tuschelten nun untereinander und warfen sich mit weit aufgerissenen Augen bedeutungsschwere Blicke zu. Dies war ein Fehler des Maskierten gewesen, dachte Rodrik, innerlich triumphierend.

„Der Thron, auf welchem mein König sitzen wird, wird ein Berg aus euren Skeletten sein", blaffte er und deutete auf die aufgebrachten Sklaven.

„Und Eure Überreste", nun zeigte er mit einem behandschuhten Finger auf Rodrik, „wird den Thron formen, auf welchem er sitzen wird! Und jetzt rein mit euch in den beschissenen Thronsaal!", rief er wütend. Vier weitere Wachen kamen in das Kellergewölbe, um die Gefangenen voran zu treiben. Doch Rodrik hatte das Gefühl, dass seine Mitgefangenen nun durch ihn neuen Mut gefasst hatten. An der schwarzen Holztür angekommen wurden ihnen wieder die Fackeln überreicht und die Tür hinter ihnen hallte laut durch den leeren, riesigen Thronsaal, als sie von außen zugeschlagen wurde. Sie nahmen sich alle einen Pickel und gingen wieder zu ihren gewohnten Plätzen, um die Wände weiter abzutragen. Als Rodrik zu der Stelle kam, an welcher er zuvor gearbeitet hatte, fand er Nor bereits arbeitend vor. Er hatte den Handkarren hinter sich schon beinahe gefüllt. Wie lange war er heute wohl bereits hier, fragte Rodrik sich verblüfft.

„Mein König", flüsterte der junge Mann, vom Schweiß bedeckt, als er Rodrik näherkommen sah. Rodrik senkte seinen Kopf zum Gruß.

„Einer der Maskierten hat gerade in den Zellen laut verkündet, dass ich der König des Ostens bin", erklärte Rodrik schnell und leise. „Ich denke, dass dies ein gewaltiger Fehler war", ergänzte er und Nor schaute ihn aufmerksam an.

„Die Sklaven haben neuen Mut", erklärte er Nor, welcher zuvor wohl nicht verstanden hatte, was Rodrik damit hatte sagen wollen.

„Was tun wir als nächstes?", fragte der Jüngling, hob seine Fackel auf und warf prüfende Blicke umher, ob sie jemand belauschte.

„Ich müsste mit den anderen Gefangenen sprechen, doch die Maskierten dürfen keinen Verdacht schöpfen", sagte Rodrik nachdenklich, ebenfalls umherblickend.

„Vielleicht könnte ich die Maskierten aus den Schatten locken?", schlug Nor vor.

„Lasst das meine Sorge sein, mein König. Geht Ihr hier an der Wand entlang, bis ganz ans Ende des Saals, da arbeiten fast alle Gefangenen", erklärte er hastig. „Ihr werdet nicht viel Zeit haben, fasst Euch also kurz", schloss er kurz angebunden und Rodrik nickte ihm dankbar zu. Nor ließ seinen Pickel fallen und lief in die Finsternis hinein, bis sie ihn beinahe ganz verschluckte und man nur noch das schwache Fackellicht erkennen konnte. Rodrik eilte nun, die Fackel und den Pickel in der linken Hand und mit der rechten die kalte Mauer berührend, bis zum Ende des unfertigen Thronsaals. Er konnte die Fackellichter immer größer werden sehen, bis er sie erreicht hatte. Und tatsächlich: Gut drei Dutzend Männer schlugen hier ein ums andere Mal auf die Wand ein. Vom anderen Ende des Thronsaals ertönte ein Schrei.

„Soldaten, helft mir", hörte er Nor schreien. Die Sklaven hörten alle auf gegen die Wand zu schlagen und drehten sich panisch um. Rodrik ergriff den Moment der Stille.

„Kommt her", flüsterte er gerade so laut, dass es die ihm am nächsten Stehenden hörten und alle anderen es bloß den Gefangen gleichtaten um sich Schulter an Schulter um Rodrik zu versammeln. Er legte die Fackel auf den Boden, sodass die Gesichter aller Männer angeleuchtet wurden. Und sie sahen schrecklich aus, dachte Rodrik für einen kurzen Herzschlag. Ausgemergelt, mit

Pusteln übersät und alle mussten bereits mindestens vierzig Winter gesehen haben, dachte er. Gleichwohl versuchte er, sich diese böse Überraschung nicht anmerken zu lassen.

„Männer, hört mich an", begann er seine Rede.

„Ihr wisst, wer ich bin. Ich muss nicht euer König sein. Ihr müsst mich nicht als diesen sehen. Hier in Kratak sind wir alle gleich. Gefangene der Tyrannen." Er stoppte kurz und drehte sich zu allen Männer um.

„Wir müssen diesem Treiben Einhalt gebieten!", fuhr er energisch fort. „Wenn wir unsere Frauen, unsere Kinder, unser altes Leben wiedersehen wollen, müssen wir kämpfen. Es gibt eine Zeit im Leben, in der sich das Kämpfen für das höhere Wohl lohnt, doch diese ist sie nicht!" Er konnte erkennen, wie die Männer sich stirnrunzelnd anblickten. „Es ist die Zeit in der wir nicht für irgendeinen König, irgendeinen Herren, oder irgendeinen Gott kämpfen und sterben. Es ist die Zeit gekommen, in der wir für uns", er klopfte sich kräftig gegen die Brust, „für uns, für unser eigenes Wohl kämpfen müssen. Wir müssen uns nehmen, was uns gehört. Und das ist das Leben, das einzigartige Leben das uns geschenkt wurde." Er spürte, wie die Männer näher zusammenrückten und eine Art Kampfgeist sich über sie legte. „Niemand außer den Göttern und uns selbst darf uns das Leben nehmen. Kein maskierter Bastard rührt mein Herz und meine Seele an. Es zählen die Taten eines Mannes in den schwersten Zeiten, in den Zeiten, wenn der Sturm aufgezogen ist. Und dieser Sturm ist gekommen!" Vereinzelte Männer stampften zustimmend. „Wer kämpft mit mir für die Unsterblichkeit?", fragte er und seine Stimme war immer lauter geworden. Für einen Moment, einen ewig erscheinenden Moment dachte Rodrik, er hätte mit seinen Worten die Männer nicht erreicht, doch dann erhob sich ein ohrenbetäubendes Jubeln, Stampfen und Grölen, welches in der riesigen Höhle so stark widerhallte, als wären sie hunderte.

„Greift eure Pickel und eure Fackeln!", rief er laut, und die Männer stürmten unter Gebrüll zu ihren Werkzeugen. Sie formierten sich alle rings um Rodrik, die Fackeln hoch erhoben.

„Los!", brüllte Rodrik kraftvoll und sie rannten los, die Finsternis mit ihren Fackeln vertreibend.

„Was geht hier vor?", hörten sie einen Maskierten mit deutlicher Panik in der Stimme irgendwo vor sich rufen. Wie aus dem Nichts tauchte der ganz in Schwarz Gehüllte auf, sein Schwert erhoben. Doch Rodrik war schneller. Mit aller Kraft, aller Wut, die sich in ihm angestaut hatte, schlug er ihm mit dem Pickel ins Gesicht. Die Maske zerbrach und Rodrik spürte, nachdem er ihm die Schädeldecke zerschlagen hatte das Weiche innere seines Kopfes. Warmes Blut spritze ihm in sein schmutziges Gesicht. Und die Männer tobten vor Blutdurst. Sie machten keinen Halt und rannten einfach weiter zu der schwarzen, verschlossenen Tür. Rodrik zog, ebenfalls wie ein Bär brüllend, den Pickel aus dem entstellten Gesicht des Mannes und rannte seinen Leuten hinterher. Zu beiden Seiten hörte er Männer schreien, doch er wusste nicht ob es Sklaven oder Peiniger waren. Zu seiner Linken stürzten sich gleich vier Mitstreiter auf einen Maskierten, welcher erst gar keine Anstalten machte, kämpfen zu wollen, sondern zu fliehen versuchte. Doch erbarmungslos schlugen sie ihm ihre Pickel in den Rücken bis er, am Boden liegend, aufhörte sich zu krümmen und zu winden. Zu seiner Rechten sah er nur noch aus den Augenwinkeln, wie ein Maskierter gleich zwei Gefangene niederstreckte und sich nun ihm selbst näherte.

„Endlich mal ein Kampf", kam es zischend unter der Maske hervor.

„Das ist kein Kampf", begann Rodrik. „Das ist ein Aufstand!", und er stürmte los. Im Sprinten warf er dem Maskierten seine Fackel entgegen. Der wich elegant zur Seite aus, war jedoch nicht flink genug, um Rodriks Mordlust zu entgehen. So traf ihn dessen Pickel genau an der Hüfte, wo der Panzer zugebunden war. Unter Schmerzensschreien sackte der Mann mit der Maske zu Boden, noch wild mit seinem Schwert um sich fuchtelnd. Doch sogleich kam einer der Gefangenen und spaltete ihm von oben herab den Kopf. Rodriks Gesicht war das letzte, was dieser Mann erblickte. Der Gefangene zog seinen Pickel heraus und trat den Mann um, so dass sein deformierter Körper zu Boden klatschte. Sie rannten weiter bis zur Tür.

„Alle an die Wand!", schrie Rodrik nun und winkte mit seinen Armen, damit sie taten, was er sagte. Die Männer stellten sich mit dem Rücken an die Wand, alle voller Blut und mit bebendem Oberkörper. Sie waren bestimmt jetzt schon ein halbes Dutzend weniger, dachte Rodrik bitter. Doch es war zu spät, um umzukehren. Sie hatten sich bereits dem Kampf hingegeben, entweder, sie würden entkommen, oder ein jeder seinetwegen sterben. Dessen war sich Rodrik bewusst.

„Seid wachsam!", rief Rodrik, als könnte er spüren, dass dort noch etwas in den Schatten lauerte. Wo war eigentlich Nor? Hatten sie ihn mitgenommen? Er hatte diesen Angriff überhaupt erst möglich gemacht. Rodrik spürte, wie die Angst vor dem Ungewissen in ihm und den anderen hochkroch.

„Hebt die Waffen!", forderte Rodrik sie auf. Und dann fuhr es ihm kalt über den Rücken und Panik durchströmte seinen gesamten Körper. Was war, wenn die Maskierten hier drin Bögen trugen? Zwar hatte er bisher noch keinen ausmachen können, doch war dies nicht unmöglich.

„Werft eure Fackeln weg!", schrie er angsterfüllt aus voller Lunge. Doch keiner der Männer handelte.

„Schnell tut es!" In dem Moment surrte auch schon ein Pfeil um Haaresbreite an Rodrik vorbei und durchschlug den Brustkorb eines der Gefangenen. Sogleich folgten unzählbare Pfeile und völlig panisch stürzten Sklaven zu der verschlossenen Tür und hämmerten dagegen, doch sie blieb festverschlossen.

„Zugleich!", rief Rodrik über die angsterfüllten Schreie der Männer hinweg und wieder schlugen Pfeile links und rechts von ihnen in das Holz der Tür aber auch in seine Mitstreiter ein. Er hörte qualvolles Stöhnen zu beiden Seiten.

„Jetzt!", brüllte Rodrik und gemeinsam schlugen sie mit aller Kraft mit ihren Pickeln gegen die Tür, welche nicht nachgeben wollte.

„Jetzt!", schrie er erneut, doch diesmal konnte er die Panik aus seiner Stimme nicht vertreiben. Die Tür hielt immer noch stand und wieder hörte er, wie Pfeile ihr Ziel trafen. Die Gefangenen stiegen einfach über ihre gefallenen Mitsklaven, um auch auf die Tür einzuschlagen.

„Jetzt!" Endlich, nach dem dritten gemeinsamen Schlag gab die Tür nach und fiel geräuschvoll nach hinten um. Geblendet vom einfallenden Licht der Sonne stürmten sie aus der Höhle. Ein jeder sich selbst der Nächste, schoben und schubsten sie einander, um auch ja aus der Falle zu kommen.

„Links!", befahl Rodrik laut und so schlugen sie an der Gabelung den linken Gang ein. Sie rannten, so schnell ihre Beine sie trugen, durch die kalten Gänge der Festung, Rodrik mittlerweile vorne weg. War es möglich, dass ihr Fluchtversuch aufgrund der schieren Größe Kratak noch nicht aufgefallen war?

„Was zum", stieß eine überraschte Wache aus, die zuvor wohl noch an der Wand gelehnt hatte. Rodrik riss ihm den Wanst auf und beendete mit einem zweiten Schlag sein Leben und damit auch seine angsterfüllten Schreie. Rodrik hob seine Faust und die Männer blieben stehen. Er horchte in die Stille, welche nur durch das schwere Atmen der Männer durchbrochen wurde. Hastig deutete Rodrik in die Richtung, aus der sie gekommen waren und hob seinen Pickel drohend hoch, die übriggebliebenen zwei Dutzend taten es ihm gleich. Und keine drei Herzschläge später stürmten die mit Bögen bewaffneten, maskierten Peiniger um die Ecke und rannten nichts ahnend in die blutrünstige Meute. Unter nicht enden wollenden Schreien schwangen die Männer ihr Werkzeug und schlugen auf alles ein, was sie von den acht maskierten Männern erreichen konnten. Warmes Blut spritzte in hohen Fontänen aus ihren bereits leblosen Körpern, doch sie schlugen ein ums andere Mal weiter auf die Toten ein.

„Genug!", rief Rodrik endlich, er fühlte sich nicht mehr menschlich, nachdem er einen letzten Blick auf die völlig deformierten Körper geworfen hatte. Es war nur noch zu erahnen, dass dieses am Boden liegende Etwas, einmal Menschen gewesen waren.

„Weiter", keuchte er nun und so setzten sie sich wieder in Bewegung. Er war schon einmal, bevor Kratak einer Ruine glich, hier gewesen, daher wusste er, dass der einzige Weg in die Freiheit über den Innenhof führte. Durch das große Festungstor, dessen Fallgitter, er konnte nur beten, hoffentlich nicht heruntergelassen war.

Durch die Fenster und Nischen konnten sie immer wieder einen ungehinderten Blick hinaus auf den Innenhof werfen, welcher menschenleer schien. Es durften jetzt bloß keine neuen

Sklaven auf Karren samt den Entführern kommen, dachte er flehend, als sie um die letzte Kurve hasteten, eine lange, steinerne Treppe hinunter, nur noch wenige Fuß von der Freiheit entfernt.

Rodrik stieß die letzte Tür auf und sie strömten hindurch. Und er konnte seinen Augen nicht trauen: Das schwere Falltor war offen!

„Rennt!", rief Rodrik, doch er hätte es ihnen nicht zu sagen brauchen. Als wären tollwütige Hunde hinter ihnen her, rannten sie so schnell sie nur konnten über den verlassenen Innenhof hin zum Tor, hin zu ihrer Freiheit. Nur noch gut hundert Fuß trennte sie von dem großen Tor und Tränen der Anstrengung wurden Rodrik ins Gesicht getrieben. Nur noch 60 Fuß. Die Männer vor ihm blieben schliddernd stehen und schrien vor Angst. Und jeder Frohsinn, jede Hoffnung schien zu weichen. Vor ihnen kamen vier, fünf Dutzend maskierte Männer aus dem Wehrgang gelaufen und formierten sich vor dem Tor, als hätten sie die ganze Zeit gewusst, dass dies passieren würde.

„Zurück!", schrie Rodrik voller Verzweiflung, noch das Richtige tun zu wollen, doch auch der Weg zurück wurde ihnen von maskieren Männern mit gezogenen Waffen versperrt. Und so standen sie da, inmitten des Innenhofes, gefangen wie eine Fliege im Netz der Spinne.

„Kommt zu mir! Kommt zu mir!", rief er und die Männer stellten sich Rücken an Rücken eng aneinander.

„Männer", begann Rodrik gerade so laut, dass die Fliehenden ihn hören konnten.

„Was auch immer die Götter nun mit uns vorhaben, wir haben uns den Platz bei Ta und Ag heute verdient. Für jeden getöteten Bastard ist Ta uns Dankbar." Den letzten Satz schrie Rodrik über den Innenhof, welcher nun wieder in vollkommener Stille lag.

Keiner rührte sich, weder die Gefangenen, noch die Maskierten. Doch dann machten die Peiniger alle einen bedrohlichen Schritt nach vorne, was den Abstand zwischen ihnen und dem Kreis der Gefangenen verkürzte. Wieder und wieder traten sie im Gleichschritt näher an die Gruppe, die mit erhobenen Pickeln dort stand, bereit ihr Leben so teuer wie möglich zu verkaufen Die maskierten Männer hatten alle ihre Schilde erhoben, sodass sie wie ein undurchdringbares Bollwerk wirkten.

„Mutter verzeih uns!", schrie Rodrik mit Entschlossenheit im Gesicht, sich seines Todes bewusst. Er konnte keinen klaren Gedanken fassen, er konnte nicht an all die vergangenen Taten seines Lebens denken, er wollte nur noch, dass der Kampf endete. Die Männer schrien mit ihm und schwangen ihre Pickel in Richtung der Maskierten, doch es war nur das Geräusch von Eisen, welches auf die Schilde der Männer niederbrannte zu hören. Kein Blutvergießen, keine qualvollen Schreie. Die Maskierten schlugen nicht zurück. Sie entzerrten die Blutverschmierten Gefangenen lediglich, entwaffneten sie und zwangen sie zu Boden. Auch Rodrik wurde dieses Schicksal zuteil, während er unaufhörlich auf das Schild eines Mannes einschlug, welcher immer weiter zu Boden sank, bis Rodrik von vier Männern festgehalten und ebenfalls entwaffnet wurde. So hockten sie alle da, keuchend, das Blut von ihrem Gesicht tropfend, im Kreis, sich anschauend und auf ihre Exekution wartend. Keiner sprach ein Wort. Bis die Maskierten unaufgeforderte einen Schritt zurück traten sodass eine Lücke entstand. Verängstigt blickten die Gefangenen sich an: Würde der Narr wiederkehren und nun einen jeden von ihnen zu Tode prügeln? Dann wären sie wohl lieber im Kampf gestorben, dachte

Rodrik bitter, doch es war zu spät. Über den sonst totenstillen Innenhof hörte man nun das Klirren einer Rüstung näherkommen, Schritt für Schritt.

Und ein Mann in einer Rüstung, wie Rodrik sie damals selbst getragen hatte trat in ihre Mitte. Ein Keuchen und Ächzen ging durch die Gefangenen und Rodrik konnte nicht anders, als vor Schreck stöhnen.

„Lysander?", fragte er entgeistert und ein jedes seiner Glieder schien sich zu verkrampfen.

„So ist es, Bruder", sagte der große Mann langsam sowie ernst und wandte sich dem am Boden knienden Rodrik zu.

„Mich zu sehen überrascht dich?", fragte der zwei Winter ältere Lysander, kalt und mit hochgezogenen Brauen.

„Was... Aber... Wieso?", stammelte Rodrik zusammenhangslos. Lysanders Haar, welches ebenso blond war, wie einst Rodriks, schimmerte in der Morgensonne leicht golden.

„Wieso? Du möchtest mich wirklich »wieso« fragen?", fuhr ihn sein Bruder an und seine Stimme wurde zorniger, während er in dem Kreis der am Boden knienden umher ging.

„Lysander, du lebst. Wir können doch über alles sprechen, wie Menschen. Wir sind keine Tiere. Bruder", sagte Rodrik leise und wollte an Lysanders Verstand appellieren. Er hatte sein Leben lang mit dem Wissen gelebt, dass sein Bruder in den Flammen starb.

„Reden!" Lysander schrie plötzlich so laut, dass selbst seine Soldaten zusammenzuckten.

„Rodrik, Vater sperrte mich ein! Du kamst nie auf die Idee, dass ich noch leben würde? Und jetzt plötzlich ist dir nach Reden? Du elender Heuchler!", schrie er abermals und hockte sich vor

Rodrik, der tatsächlich seine Augen vor dem Lärm schloss, den sein Bruder machte, Rodrik war so verwirrt.

„Lysander", begann er leise, gleichwohl sein Inneres brodelte.

„Hör auf zu reden, falsche Zunge!", fuhr ihn Lysander mit erhobenem Finger an. „Sag, wissen deine Bürger eigentlich, dass ich existiere? Dass der barmherzige König Rodrik eine Missgeburt als Bruder hat? Eine Missgeburt, welche nicht mal Vater Darran, der Weise, erziehen konnte?" Seine Stimme hallte laut über den Innenhof wider. Alle Blicke der Gefangenen ruhten nun auf Rodrik, der nur traurig zu Lysander aufblickte.

„Oder glauben sie immer noch das Ammenmärchen, dass der arme, kleine, gerade acht Winter alte Bruder des Rodrik bei einem tragischen Unfall im Schloss ums Leben kam? Obwohl ich eigentlich nur weggesperrt wurde!", brüllte er und hastig senkten alle Gefangenen den Blick zu Boden, als hätten sie Angst, allein der Blick Lysanders würde auch sie wahnsinnig werden lassen.

„Von unserem eigenen Vater weggesperrt, der meinte, der Tod persönlich hause in mir!" Er spuckte in Rage und begann, wieder auf und ab zu gehen.

„Ich bin nicht verantwortlich für Vaters Entscheidungen, ich dachte du wärst gestorben, ich hab jeden Tag an deinem Grab geweint", wandte Rodrik leise ein.

„Doch hast du etwas dagegen unternommen?" Lysander wandte sich erneut Rodrik zu.

„Ich war sechs und glaubte Vaters Worte!", erwiderte Rodrik entgeistert und auch er erhob nun seine Stimme.

„Jeder kann sich das einreden, Rodrik. Doch was hast du nach Vaters Tod getan? Bist du nie auf die Idee gekommen der Gefangene *Malar*, den niemand kannte und der zufällig an meinem angeblichen Todestag in die Gefängnisfestung gesteckt wurde ein anderer war?", fragte er und deutete drohend auf ihn.

„Lysander, verzeih mir", begann Rodrik schwach.

„Dir verzeihen?" Lysander schrie noch lauter als zuvor. In der Ferne flohen Krähen kreischend aus einem Baum, aufgeschreckt durch das Getöse. Lysander fuchtelte wild mit den Armen.

„Dir verzeihen? Du verlogener Hund!" Des Königs Bruder fuhr sich aufgebracht durch die Haare und atmete unkontrolliert aus und wieder ein.

„Nie werde ich dir verzeihen", sagte er, plötzlich wie ausgewechselt, ruhig und ernst, sich das Haar glättend.

„Lysander, denkst du nicht, ich hätte nicht an dich gedacht?", fragte Rodrik und versuchte, nicht flehend zu klingen.

„Alle waren davon überzeugt, dass du nicht mehr warst", fuhr er fort und als er es ausgesprochen hatte merkte er, wie bedeutungsschwach seine Worte waren.

„König Rodrik, der den Weg des geringsten Widerstands geht." Lysander nickte mit einem Blick voller Verachtung Rodrik zu. „Du bist schwach. Ein schwacher König, der den Thron nicht verdient. Du hast Vaters geeintes Land verloren. Einfach hergegeben, damit sich zwei andere Männer König nennen können. Wie kannst du dich selbst im Spiegelbild ertragen? Diesmal schrie er nicht, doch seine Worte trafen Rodrik härter, als jedes Schwert es hätte tun können.

„Was hast du jetzt vor, Lysander? Mich umbringen? Hier im Dreck von Kratak? Dem königlichen Rat wird meine Abwesenheit schon längst aufgefallen sein und sie werden nach mir suchen. Meine Spur wird sie direkt nach Kratak bringen und dann schützen dich diese maskierten Feiglinge auch nicht. Lysander wir teilen dasselbe Blut, lass uns doch vernünftig miteinander reden", legte Rodrik ihm ruhig vor. Doch zu Rodriks größter Überraschung schmunzelte Lysander nur diabolisch.

„Deine Spur?", fragte er süffisant lächelnd. „Nein, meine Spur wird sie leiten", eröffnete er Rodrik, welcher ihn nur verständnislos anblickte.

„Ich war über vierzig Winter in der Gefängnisfestung. Mein Plan ist fehlerlos. Mein Brief wird sie geradewegs nach Bergesthron leiten, wo ein bereits aufgewiegelter König Auril mit seiner Armee nur darauf wartet, zuzuschlagen." Lysander hatte sich wieder vor Rodrik gehockt und lächelte ihn bloß feindselig an.

„Bringt sie her!", befahl er seinen Männern, welche sogleich zwei Männer mit hängenden Köpfen in den Kreis der am Boden knienden zerrten.

„Jost!", keuchte Rodrik vor Glück, dass Lord Blum noch am Leben war. Doch er sah schwach aus, als wäre das Leben beinah gänzlich aus ihm entwichen. Der andere Mann war Beatrus, einer der Geflohenen aus der Gefängnisfestung, mit wilden schwarzen Haaren und einem narbenverzierten Gesicht. Auch er wurde auf die Knie gezwungen.

„Ich bin der Mann des Sturms!", rief Lysander laut und drehte sich zu seinen maskierten Soldaten um.

„Der neu geborene König." Während Lysander dies sagte, breitete er seine Arme weit aus.

„Du bist kein König, Lysander", flüsterte Rodrik und er merkte, wie das warme Blut in seinem Gesicht trocknete und seine Haut verklebte.

Lysander beugte sein Haupt hinab zu Rodrik, bevor er zu sprechen begann.

„Wenn du mich in eine Höhle mit Wölfen wirfst, kann ich nicht versprechen, was mit den Wölfen passieren wird, bis ich erhobenen Hauptes aus der Höhle geklettert komme, mit einem Wolfspelz um die Schultern. Also, wer ist dein König?" Lysander kam ihm so nah, dass seine Lippen sein Ohr berührten „Also wer ist dein König?", flüsterte er Rodrik zu.

„Ich!", schrie Lysander plötzlich so laut, dass ausnahmslos alle Umherstehenden zusammenzuckten.

„Nicht du!", er zeigte auf Rodrik.

„Nicht du!", diesmal zeigte er auf Beatrus und zog sein Schwert.

„Und auch nicht du!" Mit einem Schlag enthauptete er Lord Blum, dessen weit aufgerissene Augen Lysanders Klinge als letztes erblickten. Und dessen Mund im Tod stumm den Namen „*Ehona*", formte.

„Ich!", seine Venen am Hals pulsierten, während Blut in hohen Fontänen aus Lord Blums offenem Hals strömte und in Rodriks Gesicht spritze.

„Ich bin euer König! König Lysander ist mein Name!", seine mächtige Stimme hallte in der gesamten Festung wider.

Rodrik atmete unkontrolliert schnell, Verzweiflung durchströmte seinen Körper, in weniger als einem Wimperschlag hatte sein Bruder Lord Blums Leben ausgelöscht.

Quälend langsam verging die Zeit und er sah, wie der leblose Körper allmählich zur Seite kippte und mit einem dumpfen Geräusch direkt vor Rodrik fiel, der seinen Blick nicht davon abwenden konnte. Dicke Tränen rannen ihm nun langsam über die schmutzigen Wangen.

Aufgebracht atmete Lysander energisch aus und fuhr sich durchs Haar.

Es war der Tod, der ihm die Kehle zuschnürte, ihn am At-men hindern wollte. Lysander ging in dem Kreis umher und spuckte wütend aus, das blutverschmierte Schwert immer noch vor sich erhoben. Rodrik nahm um sich herum nichts mehr war. Es war, als würde er langsam seines Augenlichts beraubt. Alles um ihn herum verschwamm. Das einzige was er sah, war Josts abgetrennter Kopf, welcher ihn mit weit aufgerissenen Augen an-starrte.

Der Sturm war aufgezogen.